We Are All Completely Beside Ourselves

私たちが姉妹だったころ

Karen Joy Fowler
カレン・ジョイ・ファウラー

矢倉尚子
［訳］

白水社

私たちが姉妹だったころ

装丁　奥定泰之

本と動物たちの擁護者
そして、その両方で私を護ってくれた
名エージェント　ウェンディ・ウェイルを偲んで

皆さま諸先生方も、元はといえば猿としての前身をお持ちであって、過去とのへだたりの点におきましては、このわたしとチョボチョボのところなのです。この地上を歩くとき、踵がかゆい気がするものですが、小はチンパンジーから大は英雄アキレスにいたるまで、この点にかわりはないのであります。

フランツ・カフカ「ある学会報告」

プロローグ

いまの私を知る人は、子どものころ大変なおしゃべりだったと知ったら驚くに違いない。わが家には私が二歳のとき撮影された八ミリ映画が残っていて、昔のことだから音声もなく、すっかり退色しているのだけれど——空は白いし、私の真っ赤なスニーカーは褪せたピンク色だ——それでも私がいかにおしゃべりだったかはわかる。

映画の中の私は庭仕事をしているつもりらしく、砂利を敷きつめた車寄せから石をひとつずつ拾ってきては大きなブリキの洗い桶に放り込み、またつぎの石を拾いにいっている。一生懸命、でもこれ見よがしに働く私。サイレント映画のスターのようにぱっちり目を見ひらいて。透き通った石英を見せびらかすように掲げると、口に入れてふくらんだ頰を見せる。

そこに母が現れて、私の口から石を取り出す。つぎの画面から母は消えるけれど、私は何かさかんに言い張っているようだ——動作でそれがわかる——そこに母がもどってきて、さっきの石を洗い桶に落とす。全部で五分ほどのフィルムだが、その間私は一度もしゃべるのをやめない。

その後何年かたって、母が私たちに昔のお伽話を読んでくれた。姉娘がしゃべる言葉はヒキガエルやヘビに変わり、妹娘の言葉は花や宝石になって出てくる。八ミリ映画の中のこの場面、母が私の口に指を入れてダイヤモンドを取り出す場面を見ると、いつもこのお話を思い出す。

当時の私は薄い金髪で、大人になってからよりも愛らしく、カメラを向けられるとポーズを取るような子どもだった。くるくるの前髪は水をつけてぴったり横分けにし、リボン型のラインストーンのバレッタで止めている。頭を振るたびにバレッタが日の光できらきら光る。石を入れた桶の上で小さな手を払うように振ってみせる。これが全部、いつかあなたのものになるのよ、とでも言っているように。

だが、もしかしたら全然違うことだったかもしれない。この映画の目的は言葉そのものではない。両親が注目していたのは、私の圧倒的な言葉数の多さ、途切れることのない話の流れだった。

とはいえ、こんな私でもときにはおしゃべりを止められることがあった。お行儀のいい子は、言いたいことが二つあったら、好きなほうを選んでそっちだけを言うものよ、と、あるとき母は私に釘を刺した。その後ルールは三つにひとつに修正された。父は毎晩おやすみを言いに私の寝室に来てくれた。私は声だけで父を部屋に引きとめようとして、息も継がずにしゃべりまくったものだ。父の手がドアノブにかかり、ドアが閉まりかけるのが見える。あのね、パパに言うことがあるの！　私が叫ぶと、閉まりかけたドアが止まる。

じゃあ真ん中から話しなさい、と父が言う。廊下の明かりを背にした父は、夜に大人たちが見せる疲れた顔をしている。寝室の窓に反射した光が、願いごとのできる星のように見える。

初めのところはとばして、真ん中から話してみよう。

第一章

過去より吹ききたる強風は大幅になごみまして……
フランツ・カフカ「ある学会報告」

1

私の話を真ん中から始めると、一九九六年の冬になる。このころうちの家族は、例の八ミリ映画が未来を予言していたかのように、私と母、姿は見えないけれどカメラの向こうにいる父の三人に縮小してしまっていた。一九九六年といえば、兄と最後に会ってから十年、双子の姉が行方不明になってから十七年経っていた。私の話の真ん中の部分は、兄と姉の不在がすべてといってもいい。私が打ち明けなければ、だれも気づかなかったかもしれないが。一九九六年の私は、めったにふたりを思い出すこともなく日々を過ごしていた。

一九九六年。うるう年。丙子の年。クリントン大統領が再選されたばかりだ。しかしその後すべてが涙に終わることになる。カブールはタリバンに制圧された。サラエヴォ包囲は終結した。チャールズはすこし前にダイアナと離婚した。

地球の上空にはヘール・ボップ彗星がやってきた。彗星の軌道上に土星状の天体が見えるという報告が十一月ごろから上がりはじめた。クローン羊のドリーと、チェス専用コンピュータープログラムのディープ・ブルーがスーパースターになった。火星に生命体の存在を示す証拠が発見された。ヘール・ボップ彗星の尾にある土星に似た物体は、異星から来た宇宙船ではないかといわれた。一九九七年五月、この宇宙船に乗りこむための手段だと称して、三十九人が集団自殺を遂げた。

こうした状況を背景にすると、私のなんと平凡に見えることだろう。一九九六年、私は二十二歳で、カリフォルニア大学デイヴィス校で五年目を迎えてぐだぐだとしており、まだ三年生か、よくて四年生だったが、単位とか必須科目とか学位といった面倒ごとにはいっさい関心がなかったので、近いうちに卒業できるあてはまったくなかった。父は私の学問について、広いが浅いなと言っていた。よくそう口にしたものだ。

でも私は急ぐ必要など感じなかった。広く尊敬されるようになるか、陰で影響力をもつことになるか以外にこれといって野心はなく——ふたつの間でどちらにするか揺れていた。しかも何を専攻しようとどちらかに確実に到達できるわけではないから、どうでもよかった。

いまだに親がかりで暮らす私に、両親はいらだちを募らせていた。このころの母は何かにつけいらだつようになった。これは怒るべきところで怒りを示せるように処方された興奮剤のおかげで、母にとっては新鮮だった。若返ったような感じだった。母は私と父の間で通訳や仲介人のような役目をするのはもうやめたと宣言したばかりで、以後、父と私はほとんど口をきいていなかった。だからといって私が気にした記憶はない。父は自分も大学教授で、徹底的に学者ぶっていた。何を言うときもサクランボの中の種のように、中に教訓が隠されていた。おかげで私はいまでも、ソクラテス式の問答をやられるとだれかに嚙みつきたくなる。

その年の秋は、扉が開くように突然やってきた。ある朝自転車で教室に向かっていると、頭上をカナダガンの大きな群れが通り過ぎた。ガンの姿は見えなかったし、そもそも霧で何も見えなかったのだが、ホーンクホーンクというにぎやかな声だけは聞こえた。草原から降りてきた、カリフォルニア特有のチュール・フォッグと呼ばれる霧にすっぽり包まれてしまい、雲の中でペダルを漕いでいるような感じだった。チュール・フォッグはほかの霧のようにむらがあったり流れたりはせず、その場に重くたまっている。前が見えない世界では素早く動くのは危険だと感じるのがふつうだろうが、私は——すくなくとも子どものころは——体を張ったギャグやどたばたが異常に好きだったので、思いきりスリルを愉しんでいた。

湿った空気に磨かれたような感じで、ちょっとばかり渡り鳥の気分、野生じみた気分になっていたような気がする。つまり、図書館でそれっぽい人が横にすわったら気を引こうとしたかもしれないし、教室で白昼夢にふけったかもしれないということだ。そのころ私はよく無茶をした。それはいい気分ではあったが、なんの成果も上がらなかった。

ランチタイムに、私は大学内のカフェテリアでグリルドチーズ・サンドイッチか何か、食べるものを買った。とりあえずグリルドチーズということにしておこう。カフェテリアではいつも隣の椅子に本を置いておくことにしていた。おもしろそうな人が通りかかったらすぐに席を空け、つまらなそうな人が来たらすわらせないようにするためだ。二十二歳の私にとってのおもしろさの定義は幼稚きわまりないものだったし、自分の尺度に照らしても、私自身まるでおもしろい人間ではなかったのだが。

近くのテーブルにすわっていたカップルの女性の声がしだいに甲高くなってゆき、いやでも耳に入ってきた。「はあ？　居場所がないってどういうことよ？」丈の短いTシャツに、ガラスのエンゼルフィッシュのついたネックレスをして、長い黒髪はぼさぼさの一本三つ編みで背中に垂れている。女は立ちあがりざま、片腕を大きくまわしてテーブルの上のものを叩き落とした。二の腕がすごくきれいな形だった。私もあんな腕だったらよかったのにと思ったのを覚えている。

皿が床に落ちて砕け散った。ケチャップとコーラが飛び散り、割れた破片と入り混じる。今日びどこに行ってもバックグラウンドミュージックがあって人生がサントラ盤のようなものだから（しかも往々にしてそれが偶然とは思えない皮肉な組み合わせになる。どうでもいいことだが）、たぶん何か音楽が流れていたと思うが、記憶はない。もしかしたら心地よい静寂のなかで、グリルで脂が跳ねる音だけが響いていたのかもしれない。

「これでどうよ？　黙れなんて言わないでよね。お望みどおり居場所を作ってやってるんだから」女はついにテーブル本体を押して大きく横倒しにしてしまった。「ほらね？」そこでさらに声を張り上げた。「悪いけどみんなさっさとここを出てってくれない？　あたしの彼氏は場所がいるんだってさ。やたらと場所がいるヤツなの」ケチャップと皿の山の上に椅子を叩きつける。さらに割れる音がして、突然あたりにコーヒーの香りが漂った。

私たちはみな固まっていた——フォークを口に運びかけたまま、スープにスプーンを突っ込んだまま、ヴェスヴィオ火山の噴火跡で見つかった人たちみたいに。

「やめろよ、ベイビー」彼氏は一度だけたしなめたが、女はやめる気配もなく、男も繰り返そうとはしなかった。彼女は汚れた食器のトレイが置かれた空のテーブルに移動すると、きっちりと壊せるものは壊し、投げられるものはほうり投げていった。床の上を塩入れがくるくる回って私の足元で止まった。

若い男が椅子から立ちあがると、どもりながら鎮静剤をのませてはどうかと言った。彼女が投げつけたスプーンが、その男の額に音を立ててぶつかった。「クソ野郎たちの肩もつんじゃないよ」とわめいた彼女の声は、鎮静にはほど遠かった。

男は目をまるくして椅子にもたれこんだ。「いや平気だけど」居合わせただれにともなく言ったが、自分でも自信はなさそうだった。それから驚いたように言った。「くっそ、嘘だろ！　これって傷害事件だよな」

「ああ、もうこんなクソはやめだ！」彼氏のほうが言った。細面の大柄な男で、だぶだぶのジーンズにロングコートを着ている。鼻がナイフみたいだった。「勝手にぶっ壊しまくればいいさ。頭おかしいんだろ。けどその前に俺んちの鍵返せよ」

彼女はべつの椅子を振りあげた。椅子は私の頭から一メートルほどのところを通って――好意的に言っての話で、実際はもっとずっと近い気がしたが――私のテーブルを直撃し、横倒しにした。私は思わずコップと皿をつかんだ。大きな音を立てて本が床に落ちた。「さあどうぞ」

急におかしさがこみ上げた。割れた皿の山の前で、注文した料理ができたような言いぐさだ。そう思うと発作的に笑ってしまった。アヒルの鳴き声みたいな妙な音が出て、みんなが振り向いた。私はすぐに笑うのをやめた。笑いごとではないし、じろじろ見られていたからだ。ガラス越しに、中庭にいて騒ぎに気づいた連中が、こちらをのぞきこんでいるのが見えた。ランチにやってきた三人連れが、ドアのところで立ちすくんだ。

「わかったよ」彼氏は彼女のほうに二、三歩踏み出した。女はケチャップの浸みた角砂糖をひとつかみ取って投げつけた。

「ああもう終わりだ。完全に終わりだ。おまえの荷物を廊下に放り出して、鍵を変えてやるぜ」彼が向きを変えたところに、女がコップを投げつけた。コップは彼の耳に当たって跳ね返った。彼はよろけながら立ちどまり、片手を耳に当てて血が出ていないか確かめた。「ガソリン代の貸しがあるからな。郵便で送れよ」振り向きもせずに言い捨てて、彼は出ていった。

ドアが閉まると、一瞬の空白があった。それから彼女は私たちのほうに向きなおった。「何ぼけっと見てるのよ」そして倒れた椅子を持ちあげたが、それを立てようとしているのか投げようとしているのか、私には判断がつかなかった。本人も決めかねていたのではないかと思う。

そこへキャンパス内に常駐している警官が駆けつけてきた。警官はホルスターに片手をかけて、警戒しながら私に近づいてきた。この私に！　ひっくり返ったテーブルと椅子を見おろすように立ち、ミルク入りのグラスと無害な食べかけのグリルチーズサンドが載った皿を手にしている私。「よおし、そいつを置くんだ」警官は言った。「すわってじっとしてろ」置くってどこに？　どこにすわるのよ？　近くに倒れていない椅子はなかった。「話を聞こうじゃないか。どういうことか話してみなさい。いまならまだ間に合うぞ」

「その子じゃありませんよ」カウンターの向こうにいた従業員の女が警官に声をかけた。大柄で年配で――四十はまわっているだろう――上唇にほくろがあり、いつも目の縁にアイライナーがよれて溜まっている。まったく自分の店みたいに大きい顔してさ。以前にそう言われたことがある。私がバーガーを突き返してちゃんと火を通してと言ったときのことだ。あんたがたは来てはいなくなるだけ。あたしはずっとここにいるんだって、考えたこともないんだね。

「背の高いほうですよ」彼女は警官に言った。指差しもしたのだが、警官は見ようとせず、私がどんな動きに出るかだけに気を取られていた。

「さあ、落ち着いて。いまならまだ間に合うからな」親しげにやさしい声で言いながら、椅子を手にした三つ編みの女の子の前を通りすぎ、こちらに近づいてきた。警官の肩越しに彼女と目が合った。

「困ったときにおまわりは来ない、と」彼女は私に向って言うと、にっこり笑った。いい感じの笑顔だった。大きな白い歯が見えた。「悪人に休息なし」彼女は椅子を頭のうえまで持ちあげた。「おまえにスープはやらない」そして私と警官から遠いほう、ドアのほうに向って椅子を投げた。椅子は背もたれを下に着地した。

警官が振り向いたとき、私は手にしていた皿とフォークを落とした。わざとやったわけではない。左手の指が急に開いてしまったのだ。その音で警官はまたこちらを見た。

私はまだ、半分ほどミルクの入ったグラスを持っていた。それを乾杯でもするように軽く持ち上げた。「よせ」警官が言った。さっきまでの親しげな調子はもうなかった。「笑いごとじゃない。ふざけたらただじゃおかんからな」

そして私はグラスを床に投げた。グラスが割れて私の靴の片方にミルクがかかり、靴下にまで浸みこんだ。今度はただ落としたわけではない。思いきり叩きつけたのだ。

2

四十分後、例の頭のおかしな子と私は、ヨーロー郡警察のパトカーの後部座席にぎゅっと押し込まれていた。事態は実直な学内警官の手に負えないところまで来てしまったからだ。手錠までかけられ、それが手首に食い込んで想像を絶する痛さだった。

逮捕されて以来、彼女の精神状態は劇的に改善していた。「だからあいつにはさんざん言ってやったのに。ふざけてるわけじゃないって」それは学内警官が私に言った言葉とほぼぴったり一致していた。勝利宣言というよりは、悲しげな調子だったが。「いっしょに来てくれてほんとによかった。あたしハーロウ・フィールディング。演劇科よ」

マジで?

「ハーロウって人、はじめて会った」私は言った。ファーストネームがハーロウという意味だ。ラストネームなら会ったことがある。

「母親の名前。ジーン・ハーロウからつけたんだって。ジーン・ハーロウは美人だけど頭もよかったからで、べつにおじいちゃんが女好きだったわけじゃないの。だけどさ、美人で頭がいいからって何か得したわけ？　どうよ。理想の女性とか？」

私はジーン・ハーロウのことは何も知らなくて、たぶん『風と共に去りぬ』に出た人ではないかと思ったが、その映画を観たこともなければ、観たいと思ったこともなかった。とっくに終わった戦争だ。もう乗り越えなくては。「あたしはローズマリー・クック」

「思い出のローズマリー」ハーロウは言った。「いけてる。すっごくいい」彼女は両腕をお尻の下に入れ、さらに脚の下をくぐらせたので、手錠をかけられた両手が身体の前に来た。私も同じようにやれば握手ができたはずだし、彼女はその気だったのだと思う。でも私にはできなかった。

私たちは郡の留置場に連れていかれたが、そこでも彼女の曲技はセンセーションを巻き起こした。何人かの警官たちが呼ばれ、ハーロウがおとなしくスクワットをして手錠を掛けられた両手の上をまたいでみせるのを見物した。彼女は警官たちの興奮を慎み深くかわした。「あたし、すごく手が長いんです。だから合う服を探すのに苦労しちゃって」

私たちの担当はアーニー・ハディック巡査だった。ハディック巡査が帽子を取ると生え際が後退して丸いきれいなカーブを描いているので、妙にすっきりした顔になって、まるでスマイルマークみたいに見えた。

巡査は私たちの手錠を外し、処理手続き（プロセッシング）のために郡側に引き渡した。「なにさ、プロセッシングなんて人をチーズかなんかみたいに」ハーロウは言った。彼女はことあるごとに、その道のプロのようにふるまっていた。

私は違った。今朝感じていた大胆さはとっくに鳴りを潜め、べつのものが潜り込んでいた。何か哀しみか、ホームシックのようなもの。なんてことをしてしまったのだろう。いったいどうしてあんなことを？　天井でジジジとハエのような音を立てている蛍光灯のせいで、みんな目の下に隈（くま）ができて、老けて疲れた、緑がかった顔に見えていた。

「すみません。これいつまでかかるんですか?」私は訊いた。精一杯丁寧に言ったつもりだった。このままでは午後の授業を逃すことになると気づいたからだ。ヨーロッパ中世史。鉄の処女に地下牢に火あぶりの刑。

「やるべきことが終わるまで」郡の女性係官は私のほうに意地の悪い不快そうな顔を向けた。「うるさく質問して私をいらだたせなけりゃ早くすむけど」

しかし時すでに遅しだった。郡の女性係員は即座に私を厄介払いのために監房に送り込み、ハーロウの書類作成に取りかかった。「心配しないでボス。すぐそっちへ行くから」ハーロウが私に声をかけた。

「ボス?」郡の女性係員が訊きかえした。

ハーロウは肩をすくめた。「ボス。リーダー。親分」そして私にやったねという得心の笑みを浮かべて見せた。「エル・カピタン」

警察と大学生が無条件で敵対しない日というのがいつかは来るのかもしれないが、私が生きているうちにはあり得ないと思う。私は時計も靴もベルトもはぎとられ、鉄格子の向こうのべたつく床の部屋に裸足で押し込まれた。所持品を取り上げた女性係官は、あり得ないぐらい意地が悪かった。部屋にはビールとカフェテリアのラザーニアと虫除けスプレーと小便の入り混じった悪臭が漂っていた。

鉄格子は天井まで達している。そこは念のためにチェックしてみた。私は女にしては登るのがうまいほうなのだ。ここの蛍光灯のほうがうるさく、一本が切れかかって点滅しているので、監房の中は明るくなったり暗くなったりして、めまぐるしく日が過ぎていくようだった。おはよう、おやすみ、おはよう、おやすみ。せめて靴ぐらいは履いていたかった。

部屋には先客がふたりいた。ひとりはむき出しのシングルマットレスにすわっていた。若くて華奢で、黒人で酔っぱらっていた。「医者呼んで」私に言って、片ひじを突き出した。細い切り傷からゆっくりと血が流れ出していて、灯りが点滅するたびに赤く見えたり紫に見えたりした。彼女がだしぬけに叫んだので、私はたじろいだ。「だれかなんとかしてよ！　どうしてだれも助けてくれないの？」私を含めてだれも返事をせず、彼女は二度としゃべらなかった。

もうひとりの女は中年の白人で、ぴりぴりして針のように痩せていた。脱色した髪はごわごわして、サーモンピンクのスーツを着ていたが、それは場違いにドレッシーに見えた。うっかりパトカーに追突してしまったのだが、その一週間前に日曜午後の自宅でのフットボール・パーティーのためにトルティーヤとサルサを万引きして逮捕されたばかりだったという。「こりゃまずいわ。正直、最悪にツイてないって感じ」彼女は私に言った。

やっと私の手続きの番が来た。時計がないので何時間待ったかは言えないが、希望が完全に消えてからずいぶんたっていた。ハーロウはまだ事務所にいて、がたつく椅子の上で落着きなく体を揺すり、足をトントンいわせながら供述書に微調整を加えていた。容疑は器物破損と迷惑行為だった。こんなのゴミみたいなもんよ、とハーロウは私に言った。だれも気にしてなかったから、あなたのこともだれも気にしないって。彼女はボーイフレンドに電話した。例のカフェテリアの相手だ。彼はすぐに車を飛ばしてきて、彼女は私の供述書が終わらないうちにさっさと帰ってしまった。

私はつくづくボーイフレンドの便利さを思い知った。これが初めてではなかったが。

私の容疑も同じだったが、もうひとつ重要な項目が加えられた――警官に対する暴行で、これをゴミだと言う者はなかった。

このころにはもう、自分が絶対悪くないこと、たまたま居合わせた場所とタイミングが悪かっただけだということを確信していた。私は両親に電話した。ほかにかける相手もいないからだ。いつものように母が出てくれればと思ったのだが、あいにくブリッジで留守だった。母がインチキをするのはみんな知っている。それでもプレイする相手がいることが不思議だったが、ブリッジにはまると、それほど見境なくなるものなのだ。ドラッグと同じだ。一、二時間たてば、母は銀の留め金のついた財布に後ろ暗い金を入れて、ふだんよりは機嫌をよくして帰ってくることだろう。

それも父から私の一件を聞くまでだが。「いったい何をやらかしたんだ?」父の声には怒りがにじんでいた。何か非常に重要なことを中断されたかのように、そしてどうせこうなるとわかっていたかのように。

「べつに。学内警察にしょっぴかれちゃったの」言いながら私は、ヘビの脱皮よろしく不安が消えていくのを感じた。父を相手にするといつもこうなるのだ。父がかっかすればするほど、私はしらっとして笑えてくる。もちろん父はそれを見てさらにいらだつ。公平のために言えば、だれだってそうなるだろうが。

「無能なやつほどすぐカッとなるものだ」父は言った。こうして私が逮捕されたことさえ教訓の機会になってしまう。「留置場から電話してくるとすれば、てっきりおまえの兄さんのほうだと思ったがね」とも言った。めったに兄を話題にしない父がそんなことを言ったのには驚いた。いつもはもっと用心深い。家の電話では特に。盗聴されていると信じているからだ。

私もありきたりの返事はしなかった。兄はいずれ刑務所に入ることになるかもしれないが、何があっても家に電話はしないはずだ、などとは。

電話の上の壁に、青いボールペンで「あたまが大事」となぐり書きしてある。なんていいアドバイスだろうと思ったが、この電話を使う人間には少々遅すぎたことになる。そういえば美容院の名前にしたらぴったりだ。

「やれやれ、どうしたものか見当もつかんね。いったい何があったのか、わかるように説明してもらおうじゃないか」父が言った。

「わたしだって初めての経験よ、パパ」

「カマトトぶっとる場合じゃないだろう」

するとそのとき、まったく突然に私はわっと泣き出してしまい、口もきけなくなった。何度かしゃくりあげてはしゃべろうとしたが、言葉が出てこなかった。

父の口調が変わった。「おおかただれかにそそのかされたんだろう。おまえはいつだってコロリと騙される。とにかくそこでじっとしていなさい」——私にべつの選択肢があるとでもいうのか——「何ができるかやってみるから」

私の後で電話を使ったのは例の脱色ブロンドだった。「ねえ、あたしいったいどこにいると思う？」お色気たっぷりの明るい声で話しかけていたが、残念ながら番号違いだった。

父はいかにも父らしく、つまりどこでも我を通す専門職の男性らしく、担当の警察官を電話口に呼び出すことに成功した。ハディック巡査も子を持つ父親だったので、父が受けてしかるべきだと考えているとおりの同情を向けてくれた。ふたりはあっというまにヴィンス、アーニーと呼び合う仲になり、暴行容疑は公務執行妨害に軽減され、やがて完全に取り下げられた。そして器物破損と迷惑行為だけになった。その後、カフェテリアにいたアイライナーの従業員が訪ねてきて事情を説明してくれたので、容疑は完全に取り消された。私のことを、たまたま居合わせただけでなんの罪もなく、コップを壊したのもわざとではないと弁護してくれたのだ。「みんなショック状態だったんですよ。ご存じないでしょうけど、そりゃあすごい騒ぎで」だがこうなる前に私は父と、感謝祭（サンクスギビング）の連休は丸四日ずっと家に帰ってこの件についてきちんと話しあう約束をしてしまっていた。ミルクをこぼしただけにしては高い代償だった。刑期を計算に入れなくても。

3

私の逮捕事件のような一触即発の話題を論じあって休日を潰すというのは絵空事であり、私が約束させられている瞬間にも、お互いにそれはわかっていた。両親は性懲りもなく、うちは仲むつまじくて、どんなことも包み隠さず話しあい、困ったときは頼りあえる家族だというふりを続けていた。きょうだいが二人も失踪中だというのに、希望的観測の驚くべき勝利だ。私はただ感嘆するしかなかった。そしていっぽうでは、内心はっきりと確信していた。私たちがそんな家族だったことは一度もないと。

思いつくままに例を挙げてみよう。たとえばセックス。私の両親は自分を、科学者であり、人生の厳しい現実を扱う立場にあり、フリーセックスがもてはやされた六〇年代の申し子だと思い込んでいた。そのくせ考えてみると、私が知っていることはすべて教育チャンネルの野生動物や自然を扱った番組と、その道の専門家ではない作者が書いた小説、答えを見つけるより疑問ばかり増えて終わる冷血な実験から学んだことばかりだった。ある日ベッドの上に、ジュニアサイズのタンポンの箱がパンフレットと一緒に置かれていたことがある。パンフレットは専門的すぎて退屈そうなので読まなかった。タンポンについては、その後もいっさい説明はなかった。たまたま火をつけて吸わなかったのは運がよかったとしか言えない。

私はインディアナ州ブルーミントンで育った。一九九六年当時、両親はまだそこに住んでいたので、週末に帰省するのはそうたやすいことではなく、私は約束した四日間をまるまる家で過ごすことはできなかった。飛行機の安売りチケットは水曜日と日曜日は売り切れていたので、木曜日の朝にインディアナポリスに着き、土曜日の夜にもどる便になった。

感謝祭のディナーのとき以外、父とはほとんど顔を合わせずに終わった。父はNIH〔アメリカ国立衛生研究所〕から助成金を受け、何かひらめくたびに横道にそれていた。私が家に帰っているあいだほとんどの時間を書斎で過ごし、自分専用の黒板を _o' = [oo1] and P(Sin + 1) = (P(Sin)(i − e)q + P(S2n)(1 − s) + P(Son) cq. といった数式で埋めていた。ろくに食事をせず、眠ってもいなかったと思う。ひげもまったく剃らなかった。父はひげが濃く、いつもは日に二回剃っていた。ドナお祖母ちゃんは父の夕方のひげ面を見て、ニクソンそっくり、と言っていたものだ。お世辞に見せかけて、父がひどく嫌がっているのをちゃんと知っていた。父が部屋から出てくるのはコーヒーを飲むときと、フライフィッシングのロッドを持って庭に出るときだけだった。母と私はキッチンで食器を洗ったり拭いたりしながら、父がロッドを振ってラインを置き、凍った芝生の上を毛鉤(けばり)がきらめきながら走るのを窓から見ていた。これは父が好む瞑想法だったが、いかんせん裏庭には木が多すぎた。近隣の住民は父の習慣になかなかなじめずにいた。

こうして仕事に没頭しているあいだは酒を飲まないので、私たちにはありがたかった。父は何年か前に糖尿病と診断され、本来なら禁酒すべきところを、隠れて飲むようになった。おかげで母はつねに厳戒態勢を敷いていた。私はときどき、うちの親の結婚生活はジャヴェール警部とジャン・ヴァルジャンが夫婦になったようなものではないかと心配になることがあった。

今年の感謝祭は、ボブ叔父さんと叔母さん、二人のいとこたちといっしょにドナお祖母ちゃんの家によばれる番だった。わが家では、休暇のたびにかわるがわる両方の祖父母のところに遊びに行くならわしだった。それが公平というもので、どちらか一方だけに喜びを独占させるべきではないからだ。ドナお祖母ちゃんは母の母で、フレデリカお祖母ちゃんが父の母だ。

　フレデリカお祖母ちゃんの家では、食事はもっぱら湿って重たい炭水化物系だった。少量でもお腹にたまるものだが、少量で終わったためしはなかった。この祖母の家は安っぽい東洋の小物であふれていた——絵のついた扇子、玉(ぎょく)を彫った小さな動物の置物、漆塗りの箸。対になったランプもあった——二人の老賢人の形に彫った石の台に赤いシルクのシェードがついていた。賢人たちは二人とも細く長いひげをたらし、石の手には本物の人間の爪が埋め込まれていて気味が悪かった。ほんの数年前、フレデリカお祖母ちゃんは私に、ロックンロール・ホール・オブ・フェイムの三階こそいままでに見たうちでいちばん美しい場所だと打ち明けた。もっと立派な人間にならなくちゃと崇高な気持ちになるわよと。

　フレデリカお祖母ちゃんは、来客に二度も三度もお代わりを強いるのが礼儀だと固く信じているタイプだった。それなのに私たちはみな、ドナお祖母ちゃんの家にいるときのほうが食が進んだ。ドナお祖母ちゃんは客がお代わりしようがしまいが気にとめなかったが、パイの皮はさくさくで、オレンジクランベリーマフィンはふんわり軽かったし、テーブルには銀の燭台に銀のろうそく、秋の木の葉をあしらったセンターピースなど、すべて非の打ちどころない趣味で整えられていた。

　ドナお祖母ちゃんはオイスタースタッフィングの皿をまわしながら父に、心ここにあらずのようだけれど今度はいったい何を研究しているのかと訊いた。非難する意味で言ったのだが、気づかないのは父だけだった。あるいはわかっていて無視したのかもしれない。父は回避条件づけのマルコフ連鎖分析を試みているのだと答えると、咳払いをしてもっとしゃべりたそうな様子を見せた。

私たちは即座にその機会を奪いにかかった。小魚の群れのように、熟練し、シンクロナイズされた動きだった。見事な条件反射。まさに回避条件づけの極致。

「お母さん、ターキーをまわしてよ」ボブ叔父が言うと、近ごろの七面鳥はもも肉より胸肉が多くなるように人為的に改良されているのだと、なめらかに不満をぶつけはじめた。「おかげでろくに歩くこともできやしない。哀れな奇形さ」じつはこれも私の父に向けられたあてこすり、クローンだの遺伝子を集めて創られた妙な動物だの、ゆき過ぎた科学技術への皮肉だった。私の身内が嫌みを言うときは、もってまわった言い方で包み隠し、横からフェイントをかけたり、否認権を与えたりする。

おそらく同じような家族は多いだろうと思う。

ボブ叔父はこれみよがしに胸肉を皿によそった。「この馬鹿でかい胸のおかげで、よろけて転ぶんだよ」

父が下品な冗談を言った。父はボブ叔父がきっかけをくれるたびに、つまり一年おきに必ず、同じかそれに近い冗談を言う。おもしろければここで紹介するところだが、あいにくつまらないと来ている。書いてしまえば読者は父を見くだすだろうが、父を見くだすのは私であって読者ではない。

その後の沈黙は私の母への同情で満ちていた。ウィル・バーカーと結婚できたはずなのに、血迷ってインディアナポリス出のチェーンスモーカーで大酒呑みでフライフィッシング狂の無神論者を選んでしまった母への。バーカー家はダウンタウンで文房具店を営んでおり、ウィルは不動産弁護士だったが、そんなことより重要なのは、父のような心理学者ではないということだった。

ブルーミントンで祖母ぐらいの齢の人間が心理学者と聞いて連想するのは、キンゼイとその卑猥な研究であり、スキナーと赤ちゃんを閉じ込めたとんでもない箱のことだった。心理学者はオフィスで仕事を終えようとしない。家にまで持ち込むのだ。そして朝の食卓で実験を始め、自分の家族を見世物にし、まともな人間なら尋ねようともしない質問にだれかれなく答えさせる。

ウィル・ベイカーはあなたのママのことを崇拝していたのよ、とドナお祖母ちゃんは昔たびたび口にしたので、この有利な結婚が実現していたら私は存在しなかったという事実を、祖母ははたして考えたことがあるのだろうかと訝ったものだ。私の不存在はドナお祖母ちゃんにとってバグか売りかどちらだったのだろう。

いまの私は、祖母はわが子を愛するあまり、ほかのだれも入りこむ余地がなかったのだと考えている。祖母にとって孫は大切だったけれど、それはわが子たちにとって大切な子どもだからというだけだった。けっして批判しているわけではない。母がこれほど愛されて育ったと思うとうれしい。

トリプトファン――七面鳥に残留して眠気や不注意を引き起こすという噂の化学物質。家族が集まる感謝祭の風景に潜む、数多い地雷原のひとつだ。

地雷原その二。上質の食器。私が五歳のとき、ドナお祖母ちゃんのウォーターフォードのゴブレットの縁を、歯の大きさ程度嚙み切ってしまったことがある。できるかどうか試してみたかったばかりに。以来私にはドナルドの絵のついた（その姿は年々縮んでいったけれど）マクドナルドのプラスチックのコップでミルクが出されるようになった。一九九六年にはワインを飲める齢になっていたが、飽きの来ないネタとして定着したコップはそのままだった。

この年の話題はほとんど忘れてしまった。ただし話題にならなかったことのリストだけは自信を持って教えられる。

行方不明の家族のこと。いないものはいないのだから。

クリントン再選。二年前のこと、ボブ叔父がクリントンはアーカンソーでひとりどころか数人の女性をレイプしていたと決めつけたことに私の父が怒りだし、せっかくの祝日が台無しになったのだ。ボブ叔父は世界を歪んだ鏡に映して見るような人で、しゃくれた顔に口紅で「だれも信じるな」と書きなぐってあるタイプだった。政治の話はいっさい禁止よ。ドナお祖母ちゃんは新しいルールを打ち立てた。私たちはだれも意見の不一致を認めようとしなかったし、ナイフとフォークは目の前にあったからだ。

私自身の逮捕劇。これは私の両親以外だれも知らなかった。親戚はみな、私がいずれよからぬことをしでかすのではないかと待ちかまえていた。もうすこし待たせておいても悪いことはない。どうせ臨戦態勢でいるのだから。

みんな知っているのに知らないふりをしている、私のいとこピーターの悲惨なSAT〔大学進学適性テスト〕スコア。一九九六年はピーターが十八歳になった年だが、彼は生まれたときから私など永久になれないほどの大人だった。ピーターのお母さんにあたるヴィヴィ叔母は、身内の中で私の父と同じぐらい浮いていた――よほどよそ者がなじみにくい家系らしい。叔母は原因不明の動悸や大泣き、不安感に悩まされていたので、ピーターは十歳になる前から、学校から帰ると冷蔵庫の中を見て、ありあわせで四人分の食事を用意するようになった。六歳にもならないピーターがホワイトソースを作れるという話を、周囲の大人たちはあからさまな嫌みをこめて私に吹聴したものだ。

町一番のチェロの名手でありながらハイスクールのイケメン投票でトップを飾ったのは、後にも先にもピーターしかいないだろう。茶色の髪に細かいそばかすが頬全体に雪のように散っていて、古い傷跡が鼻すじを横切り目頭の手前で止まっていた。

ピーターはだれからも愛された。父がピーターを気に入っていたのは、ふたりが釣り仲間で、たびたびいっしょにレモン湖に逃げ込んではバス釣りに興じていたからだ。母がピーターを好きだったのは、身内がもてあます父を慕ってくれたからだった。

私はピーターが妹にやさしいところが大好きだった。一九九六年当時十四歳だったジャニスはにきびだらけの仏頂面をして、ふつうに変わった子だった（つまり相当変わっていたということだ）。それでもピーターは毎日ジャニスを学校まで車で送っていき、オーケストラの練習のない日は迎えにも行っていた。妹が冗談を言えば笑った。落ち込んでいれば話を聞いてやった。誕生日にはアクセサリーや香水を買ってやり、必要に応じて両親やクラスメートからかばってやった。あんまりいい子なので、見ていてつらいほどだった。

彼には何か妹のいいところが見えていたのだろう。実の兄ほど理解してくれるひとなどいるだろうか。兄に愛されてさえいれば、かなりのことに耐えられると思う。

デザートの直前になって、ヴィヴィ叔母は父に統一テストをどう思うかと訊いた。父は答えなかった。皿の上のサツマイモを見つめ、空中に何か描くようにフォークを小さく回したり突いたりしていた。

「ヴィンス！」母が声をかけた。「統一テストよ」

「きわめて不正確だ」

これこそヴィヴィ叔母が聞きたい答えだった。ピーターはすばらしく成績がよかったし、よく勉強していた。彼のＳＡＴのスコアは理不尽もいいところだったのだ。示し合わせたような和気藹々（わきあいあい）とした空気が流れ、ドナお祖母ちゃんのすばらしいディナーも終わりを迎えようとしていた。パイが配られた

——パンプキンとリンゴとペカン入りだった。

それをぶち壊したのは父だった。「ロージーのSATはすごかったぞ」と言ったのだ。まるでみんなが注意深くSATの話題を避けているのを知らないように、まるでピーターが私のスコアを聞きたがっていてもいるように。父は行儀よく頬をふくらませてパイを呑みこんでから、私に誇らしげな笑みを向けた。父の頭の中にはマルコフ連鎖が金属製のゴミ箱の蓋を打ち合わせたように見えていた。「諦めて二日も封を切らずにいたくせに、開いてみたら最高点だったのさ。とくに言語テストのほうがな」そこで私に向って軽く頭を下げてみせた。「当然のことながら」

ボブ叔父のフォークが皿に落ちてカチンという音を立てた。

「この子は小さいころからテストばかり受けていたからよ」母はボブ叔父に直接話しかけた。「テストに強いの。テスト慣れしていたのね、それだけ」それから私のほうを向くと、私がいまの言葉を聞いていなかったかのように言った。「あなたが誇らしいわ、ハニー」

「一時は大いに期待したものだがね」父が言った。

「期待！」母の笑顔は揺るがず、その声は不自然に明るかった。「いまだって期待してますとも！」母は私とピーターとジャニスを目で追った。「あなたがたみんなにね！」

ヴィヴィ叔母は口元をナプキンで覆っていた。ボブ叔父はテーブル越しに壁の静物画を凝視していた——つややかに積み上げた果実とぐったりした一羽の雉。神の意図したとおり修正を加えない胸。死んでいるのも神の計画の一部だ。

父は言った。「覚えているかね？　小学校で雨の日の休み時間にハングマンのゲームをしていたとき、ロージーが自分の番に考えた言葉が refulgent 燦然たるだったのを。ない言葉をでっちあげたと教師に言われて、泣きながら帰ってきたものさ」

（ここは父の記憶違いだ。小学校の先生はけっしてそんなことは言わなかった。先生は、ずるをするつもりじゃなかったのはわかってますよ、と言ったのだ。あくまでも寛容に、嬉々として）

「ロージーのスコアなら覚えてるよ」ピーターが感嘆するようにピュッと口笛を吹いた。「めちゃくちゃ感心したからね。だってすごく難しいテストだぜ。すくなくとも僕には難しかったな」なんていいやつだろう。でもあまり惚れ込んではいけない。この本には関係ない人物だから。


金曜日、家で過ごす最後の夜に母が私の部屋に来た。私は中世経済学の教科書のある章をまとめているところだった。まったくちんぷんかんぷんだ——こんなに努力してるのに！　私以外はみんな休日を楽しんでいるなんて——そのとき窓の外に真紅のショウジョウコウカンチョウを見つけた。私にはわからない何かを欲しがって小枝を相手に争っているようだった。カリフォルニアには赤い鳥がいない。そのぶんだけ地味な州になっている。

母が入ってくる音がしたので、鉛筆を投げ捨てた。重商主義。ギルドによる独占。トマス・モアのユートピア。私は言った。「ねえ知ってた？　ユートピアにも戦争があったんだって。奴隷もいたし」

母は知らなかった。

母はしばらくうろうろして、シーツを直したり、ドレッサーに置いた鉱石を手に取ってみたりした。ほとんどが晶洞石で、ファベルジェの卵のように、割って中の結晶が見えるようになっている。

この鉱石は私のものだ。子どものころ石切り場や森の中に連れていってもらったときに見つけて、ハンマーで叩いたり、二階の窓から車寄せに落としたりして割ったのだけれど、ここは私が育った家ではないし、この部屋も私の部屋ではない。私は生まれてから三回引っ越しをしたが、両親は私が大学に行ってからこの家に居を移した。空き部屋がたくさんあると悲しくなるから、と母は言った。過去は振り返らないこと。うちの家族同様、家もだんだん縮小していった。新しい家はどれも、ひとつ前の家にすっぽり収まりそうだった。

最初の家は郊外にあった。ハナミズキやウルシやアキノキリンソウやツタウルシの繁る二万五千坪の土地に建った大きなファームハウスで、カエルやホタルがたくさんいたし、お月様の色の眼をした野良猫も一匹棲みついていた。私の記憶にあるのは母屋よりむしろ納屋のほうで、納屋よりよく憶えているのは小川、小川よりはっきり憶えているのは、兄や姉がよじ登って二階の寝室に出入りしていたリンゴの木だ。私は地面から一番下の枝に手が届かないので登れなかった。だから四歳になったころ、二階の窓から木をつたって降りようとした。そこで鎖骨を折ってしまい、母からは死ぬところだったと言われた。上から落ちたのだったらそうかもしれないが、私はあとすこしのところまで降りてきていたのに、だれもそこに気づいてくれないみたいだった。これで何を学んだかね、と父に訊かれた。当時はまだ言葉にできなかったが、いまにして思えば、人生では何を達成したかより何に失敗したかのほうが意味をもつ、というのが私の学んだ教訓だったような気がする。

ほぼ同じころ、私は空想の友だちを創りあげた。友だちには私の名前の使っていない半分、つまりメアリーという名前を与え、性格のほうも当面使わない部分を分けてあげることにした。メアリーと私はいつもいっしょだった。幼稚園に入るとき、母からメアリーはいっしょに行けないのよと言われた日まで。これは衝撃だった。幼稚園では本当の自分、まるごとの自分でいてはいけないと言われたような気がした。

入ってみれば、母の警告はありがたかった。幼稚園とは、学校に上がったとき自分のどの部分が歓迎され、どの部分がされないかを学ぶ場所だといえる。いろいろあるけれど、たとえば幼稚園では一日のほとんどの時間を、おしゃべりするより黙って過ごすように求められる——たとえ子どもの言うことが先生の話よりずっとおもしろくても。

「メアリーは家でママとお留守番すればいいから」母は言った。これはますます衝撃だし、メアリーにしては意外にずるい手口だった。母はメアリーがあまり好きではなくて、好かれないというところがメアリーの魅力の重要な要素でもあったのだ。母のメアリー評が一気に好転し、しまいには私よりメアリーのほうが好きになってしまうのではないかと急に心配になった。そこでメアリーは、私が幼稚園に行っているあいだ家のそばの排水溝で寝ていることになり、だれに魅力をふりまくでもなく、ある日突然家に帰ってこなくなり、わが家の伝統に従って二度と話題にのぼらなくなった。

私が五歳になった夏、私たちはそのファームハウスを出た。家のあった場所はやがて開発の波に呑みこまれてしまい、いまでは塀に囲まれて通り抜けのできない住宅地になっている。野原も納屋も果樹園もなくなって新しい家ばかりだ。そうなる前から、私たちは大学のそばのソルトボックス型の古家に移り住んでいた。おもてむきは、父が歩いて職場にいけるように。「うち」と言って私が思い起こすのはこの家だが、兄にとってはその前のファームハウスのほうだった。引っ越しが決まったときは猛烈に怒ったものだ。

ソルトボックスハウスには私が登ることを禁じられていた急勾配の屋根と小さな裏庭があり、予備の部屋はなかった。私の寝室はピンクの壁にシアーズの通販のギンガムカーテンが掛かっていたが、ある日学校に行っているあいだに、ジョーお祖父ちゃんが断りもなく壁をブルーに塗りかえてしまった。

「ピンクの部屋では眠れない、ブルーの部屋ならするっと眠れる」私が文句を言うと、祖父はそう切り返した。うまく韻を踏めば私が納得して黙ると思ってでもいるみたいに。

そしていまはこの三番目の家にいる。すべて石張りの床、高い窓、埋め込み式の照明、ガラスのキャビネット――広々とした幾何学的なミニマリズム。派手な色はまったくなくて、すべてがオートミール色と砂色とアイボリーだ。入居して三年になるというのに妙にがらんとして、長く住むつもりはないように見える。

石は私のものだけれど、それが置いてあるドレッサーも、ベルベットグレイのキルトのベッドカバーも、壁に掛かった絵も――ぼやっとしたブルーと黒で、睡蓮と白鳥か海藻と魚か、ひょっとしたら惑星と彗星かもしれない――見覚えはない。晶洞石はこの場所で浮いているように見え、私の帰省に合わせて箱から取りだされたのではないか、私が帰ったらすぐにまた箱にしまわれるのではないかという気がした。急にすべてが手の込んだ芝居ではないかという疑念がわいてきた。私がいなくなったとたんに両親は本当の家にもどり、そこには私の部屋はないという。

母はベッドに腰掛け、私は鉛筆を置いた。もちろんはじめに咳払い代わりの前置きのような会話があったが、もう憶えていない。たぶん「あなたが口をきいてあげないから、パパは傷ついてるのよ。気づいていないと思ってるかもしれないけど、ちゃんとわかってる」といったところだろう。『素晴らしき哉、人生!』と同様、クリスマスの定番だ――それなしにこの季節を乗り切るのは難しい。

「私の古い日記をどうするか、パパといろいろ話し合ったの」母はついに切り出した。「私はやっぱり私的なものだと思うけど、パパは図書館に寄贈すべきだと言うのよ。よくある、死後五十年は非公開みたいなのかしらね。もっとも図書館は嫌がるらしいけど。家族だけは例外にできるかもしれない」

私は不意をつかれて驚いた。母は、私たちが絶対に、断固として話題にしないと誓ったことを話そうとしているに等しい。過去について。心臓が音を立てて打つ。私は機械的に答えた。「ママがしたいようにすべきよ。パパがどう思おうと関係ない」

母は私に不快そうな目を向けた。「アドバイスがほしいわけじゃない。あなたにあげることにしたの。パパが言うとおり寄贈を受けてくれる図書館もあるかもしれないけど。ただパパは実際より科学的な記録だと思っているようね。何にしても、決めるのはあなた。ほしくないかもしれないし、まだ早すぎるかもしれない。捨てたってかまわない。折って帽子にしても。訊いたりしないと約束するわ」

私は母に返す言葉を探した。口論を始めずに母の決断に謝意をあらわせるような言葉を。でもそんなことができたとは思えない。何か品がよくておおらかなことを言えていればよかったとは思うが、たぶんそうはいかなかっただろう。

つぎに憶えているのは、父がゲストルームにプレゼントを持ってやってきたことだ。何か月も前にフォーチュンクッキーで引き当てて、私に宛てたメッセージだと思って財布にいれておいたおみくじ。

忘れないで、ここでいつもきみを想ってることを。

ときには歴史と記憶が靄(もや)のように煙って、実際に起こったことより起こるべきだったことのほうが重要に思えることがある。靄が晴れるとそこにいるのは私たち。善良な両親と善良な子どもたち、とくに理由もなく声が聞きたくて親に電話をかけ、おやすみと言ってキスをし、休暇に帰省するのを楽しみにしている、感謝に満ちた子どもたち。私のような家族をもっていれば、無理して愛情を勝ちとる必要もなければ愛情を失うこともあり得ない。ほんのすこしのあいだ、私はうちの家族をそんなふうに見てみる。修復され、修繕された家族。再会した家族。燦然(さんぜん)と煌めいて。

4

いくら感動したとはいえ、母の日記など世の中でいちばんほしくないものだった。何もかも書きとめてあり、どこにそれがあるのかもわかっているなら、あえて話題にしないことに何の意味があるだろう。

母の日記帳は大判で、スケッチブックぐらいの大きさだがもっとぶ厚く、しかも二冊もあって古びたグリーンのクリスマスリボンで束ねてあった。私はスーツケースの中身を空けて詰め直し、上に乗ってファスナーを閉めなければならなかった。

どこか、おそらくはシカゴで飛行機を乗り換えるときに、私のスーツケースは勝手に冒険の旅に出た。サクラメントに着いて荷物コンベヤーの前で一時間待ったあと、悪びれたようすもなく態度の悪い職員たちとさらに一時間やりあった。結局手ぶらでデイヴィス行きの最終バスに乗り込んだのだった。

母の日記を一日もたたないうちに失くしたことは後ろめたかった。とはいえ今回に限って、航空会社が無能さを害悪ではなくよいことのために使ったのだと思うとうれしかったし、他人の職務能力を信用しすぎるということ以外に私の落ち度はなかったけれど、あのノートを二度と見ないですむと思うとほっとした。教科書を勉強しておかなくて良かったと思った。

何よりも、私は疲れ果てていた。自分の階でエレベーターを降りたとたんにジョーン・オズボーンの

『ワン・オブ・アス』が聞こえ、その音は私の部屋に近づくにつれて大きくなった。これには驚いた。トッド（私のルームメイト）は日曜まで帰らないとばかり思っていたし、トッドは世界中でただひとり、『ワン・オブ・アス』が大嫌いな人だとばかり思っていたからだ。

　トッドが話し相手を求めていないといいのだが。前回お父さんに会いに帰ったとき、彼と父親は信念や希望や自分自身について長時間、本音で話し合った。それがあまりに感動的だったので、トッドはおやすみを言ったあとでわざわざ階下に降り、ぐっと距離が縮まった気がするよと父親に伝えにいった。ドアの前に立ったとき、父がアイルランド訛りで後妻に話している声が聞こえてきた。「いや参ったよ、あの間抜け（イージット）には。本当に俺の子かといつも思うんだ」トッドが予定を早めて帰ってきたとすれば、ただごとではないだろう。

　ドアを開けてみると、私のカウチにハーロウがすわりこんでいた。私が麻疹（はしか）にかかったときにフレデリカお祖母ちゃんが編んでくれた鉤針編みのショールにくるまり、私のダイエットソーダを飲んでいた。彼女は弾かれたように立って音量を下げた。黒っぽい髪を頭の上でねじって鉛筆でとめてある。私の帰宅が想定外なのは明らかだった。

　むかし保護者面談で幼稚園の先生が、私にはほかの子との距離の取りかたに問題があると言ったことがある。すぐに手を出してさわりたがるのはだめだと教えてあげないと。それを聞いたときの悔しさはまだ忘れない。ほかの子をさわってはいけないなんて考えたこともなかった。むしろ逆だと思っていた。でも私はそういう思い違いばかりしている。

　だから、帰ったとき自分の家にろくに知りもしない人がいるのを見つけたときの正しいリアクションを、だれかに教えてもらいたい。そうでなくても私は疲れてぴりぴりしていた。とっさのリアクションは、金魚みたいに声もなく口をぱくぱくすることだった。

「ああびっくりした！」ハーロウは言った。

さらに間抜けな口ぱくが続く。

彼女はちょっと間をおいた。「やだ。まさか気にしてないよね？」まるで私が気にするかもしれないと、やっといま気づいたみたいに。誠実さのにじみ出る言葉に改悛の情。すっかり早口になっている。「レグに追い出されちゃったの。こっちはお金も行くところもないとわかってるからよ。二、三時間も歩きまわれば這ってでももどってきて、家に入れてって泣きつくと思ってる。あたしもうどうしていいかわからなくて」女性の連帯！「だから来ちゃったわけ。どうせあなたは明日まで帰ってこないと思ったから」弁明。冷静な態度。「ねえ、ほんとに疲れてるんだよね」思いやり。「いますぐ出ていくから心配しないで」約束。

彼女はなんとか私の思惑を読もうとしていた。でも私には思惑などなかった。骨の髄まで、べたつく髪の根元まで、ただただ疲れていたのだ。

まあそれと、すこしばかりの好奇心。ほんのちょっとだけ。「なんで私の住所がわかったの？」

「警察の調書で」

「どうやって入ったの？」

ハーロウが鉛筆を抜いたので、つやつやした髪がはらりと肩に落ちた。「アパートの管理人ににっこりして、思いきり悲惨な話を聞かせてやっちゃった。ねえ、あんな管理人、信用しないほうがいいよ」いかにも心配してくれている口ぶりだった。

私は寝ながら怒っていたに違いない。朝、怒りながら目が覚めたからだ。電話が鳴っていて、航空会社から私の荷物を午後届けるというのだった。そして次回もぜひ当社のフライトをご利用くださいと言った。

トイレに行ってみると、詰まって水があふれた。流そうと何度か無駄な努力をしたあと、管理人に電話した。バスルームに呼びつけて私のオシッコの処理をしてもらうのは恥ずかしかったが、オシッコ以上のものがなかったのは幸いだった。

管理人はやる気満々だった。小走りにやってきた彼は、清潔なシャツの袖をまくりあげて二の腕を見せていた。吸引具を振りかざしたところはフェンシングみたいだった。ハーロウがいるかと見まわしていたが、なにしろ狭い部屋なので、いないのは一目でわかったはずだ。「友だちはどこだね？」彼が訊いた。管理人はエズラ・メッツガーという、かなり詩人じみた名前だった。親がこの息子に期待した時期もあったのだ。

「彼氏と住んでる家に帰ったんでしょ」私は相手を気遣ってやる気分ではなかった。でもふだんはいつもエズラによくしてあげているつもりだ。以前、特徴のない男が二人で訪ねてきて、エズラのことをいろいろ訊いていったことがある。ＣＩＡの求人に応募したという話だったが、どう考えてもまずい選択に思えた。それでも当座の思いつきとしては最高の褒め言葉を送っておいた。「全然姿を見ませんけど。向こうが見られたいと思うとき以外は」と言ったのだ。

「彼氏の話は聞いたよ」エズラは私の顔を見た。彼には前歯を舌でなめる癖があり、そのたびに口ひげが上がったり下がったりした。それがしばらく続くのはわかっていた。やがて彼は言った。「まずいな。帰らせるべきじゃなかった」

「あなたこそ彼女をうちに入れるべきじゃなかったでしょ。留守中だとわかってたのに。それって違法じゃないの？」

エズラは以前私に、自分ではこのアパートの管理人というより心臓のつもりだと言ったことがある。この世は弱肉強食のジャングルで、俺を陥れようと狙っているやつが大勢いる。たとえば三階のギャングどもだ。俺は正体を知ってるが、向こうは俺を知らない。どういう人間を相手にしてるか知らないんだ。いずれ思い知らせてやる。エズラはどこにでも陰謀を見つけた。草深い高みで野営しているつもりで生きていた。

エズラはよく名誉も話題にした。たったいまも、口ひげが苦渋に震えるのがわかった。トイレの吸引具で切腹できるものならやっていただろう。だが次の瞬間、自分に落ち度はないのだと思い直した。苦渋は怒りにかわった。「ボーイフレンドに殺される女が年間何人いるか知ってるかい？　友だちの命を救ってやったのに、つべこべ言われる筋合いはないぜ」

私たちは冷え冷えした沈黙に沈んだ。十五分後、エズラがタンポンをたぐり出した。私のではなかった。

もう一度ベッドに入ろうとしたけれど、枕には長い黒い髪が何本も貼りつき、シーツはバニラコロンの匂いがした。ゴミ箱にはラムネ菓子（ピクシー・スティック）の包み紙が突っ込まれ、キッチンのカウンタートップにはまな板なしで何かを切ったらしい新しい傷ができていた。ハーロウは環境にやさしく暮らすタイプではないとみえる。私がお昼に食べるつもりだったブルーベリーヨーグルトもなくなっていた。トッドが歩く不機嫌という様子でどかどか入ってきた。不法侵入のことを知ってさらに機嫌が悪くなった。

トッドにはアイルランド系アメリカ人三世の父親と日系アメリカ人二世の母親がいて、たがいに憎みあっていた。子どものころ彼は父親の家で夏休みを過ごし、母親が負担すべき予定外の支出のリストを持たされて家に帰った。破れて買い替えた『スター・ウォーズ』のTシャツ一七ドル六〇セント、靴紐一ドル九五セント。きみんちみたいにまともな家族だったらいいだろうな、と私に言ったことがある。

一時トッドが実験的フュージョンを夢見て、アイリッシュハープとアニメを融合できるのは自分しかないと考えたことがある。その彼もいまでは〝通約不可能性〟という概念を理解した。彼自身の言葉を借りれば、物質と反物質。この世の終わりだ。

グレート・イージット事件以来、トッドは悪態をつきたいときは日本文化側に傾倒するようになっていた。バカ（idiot）、オバカサン（idiot の丁寧形）、キサマ（jackass）。「そいつ、いったいどんなキサマだよ?」トッドは言った。「ドアロック替えなきゃいけないのかな? どんだけ高くつくか知ってるか?」彼は寝室にCDを数えにいったあと、また出かけてしまった。私も出ていって町でコーヒーでも買いたい気分だったが、スーツケースが届くので家にいなければならなかった。

荷物は届く気配もなかった。五時ちょうどに航空会社に電話してみたところ、サクラメント空港の遺失荷物デスクに直接連絡するように言われた。サクラメントのデスクはお電話ありがとうございますと礼を言うばかりで、だれも出ようとしなかった。

午後七時ごろ電話が鳴ったが、それは母からで、私が無事着いたかどうか確認するためだった。「二度と話題にしないと言っておきながらあれなんだけど」と母は言った。「あなたに日記を渡してほんとにほっとしたわ。まさに肩の荷が下りた感じ。ほらね。今度こそ、この話をするのはこれが最後よ」

トッドは九時過ぎに、お詫びとしてシンポジウム・レストランのピザを買って帰ってきた。ガールフレンドのキミー・ウチダも加わって、テレビで機能不全家族のコメディ『マリード・ウィズ・チルドレン』を観ながら食べたが、キミーとトッドはまる四日も会っていなかったので、その後カウチは少々慌ただしくなった。私は部屋に行ってしばらく本を読んだ。たしかこのときは『モスキート・コースト』を読んでいたと思う。父親が家族を巻き込む愚行には際限がないものだと思った。

5

翌朝私は電話で起こされた。航空会社からで、スーツケースが見つかって今日の午後届けるという。私は授業があるので、荷物は管理人に預けてもらうことにした。

つぎに私がエズラを見つけたのは三晩後のことだった。その間に一度、私はハーロウと出かけた。彼女がジーンズのジャケットと小さなフープ型イヤリングをつけて玄関までやってきたのだ。髪の毛に金ラメがついていたが、それは本人に言わせると、途中でパーティーの人込みを通り抜けてきたせいだった。金婚式の。「まるで一生にひとりの夫しかいないのが自慢の種かなんかみたいにさ」彼女は言った。「ねえ。怒ってるのはわかってる。最低だった。断りもしないで勝手に泊まっちゃうなんて。そりゃ怒るよね」

「もう怒ってないよ」私は言った。すると彼女は、まだ火曜日だから週末飲みには早いけど（一九九六年当時、週末はまだ木曜からだったと思う。いまは水曜だとか聞くけれど）ビール奢らせてよと言った。私たちはダウンタウンを歩いてスイート・ブライアー・ブックスと生協スーパーの大きなトマトの置物の前を通りすぎ、ジャック・イン・ザ・ボックスとバレーワインも過ぎて駅の角の反対側にあるパラゴン・バーまで行った。日は落ちたが地平線はまだ真っ赤な切り傷のように見えた。木々の間でカラスが騒いでいた。

以前はこの町のだだっ広い空や、柵をめぐらした平坦な土地や、一年中夏のような牛糞の臭いが嫌いだった。いまは柵もすんなりなじめたし、臭いも気にならず、広い空まで好きになっていた。自分が見た夕日は見なかったのよりいつも美しい。星は多ければ多いほどよい。カラスについてもそう思っているが、思わない人もいる。気の毒に。

私はパラゴンにはほとんど来たことがなかった。学生がたむろするのは別の場所だ。ここはデイヴィスではいちばん柄の悪い店で、つまり客が本気で酒を飲み、腕力を見せつけたがる、死にぞこないのミュータントの大群で、そのほとんどが昔デイヴィス・ハイスクールに通って、お決まりのフットボールとスケボーとビールパーティーに熱中した連中だった。テレビからはバスケの試合が大音量で流れ——ニックス対レイカーズ——部屋中にゾンビみたいなノスタルジアが漂っていて、それが断続的などよめきを引き起こしていた。

ここではみんなハーロウを知っているらしかった。飲物はバーテンダーが自分で運んでくる。私がピーナツをつまむたびに、彼が来て補充していく。ビールを飲み終わるとすぐにお代わりが来た。バーにいる男たちの奢りで、彼らはつぎつぎテーブルにやってきてはハーロウに追い返された。「ほんとにごめんねー」ハーロウは砂糖をまぶしたような笑顔で言った。「たったいま、すっごく大事な話してるところなんだ」

私は彼女に訊いた。出身はどこ（フレズノ）、デイヴィスに来てどのくらい（三年）、卒業したら何をするつもり？　ハーロウの夢はオレゴン州アッシュランドに住んで、シェイクスピア・カンパニーの舞台や照明をデザインすることだった。

彼女は私に訊いた。耳が聞こえないのと目が見えないのとどっちがいい？　頭脳と美貌とだったら？

嫌いな男でも相手の魂の救済のためなら結婚する？　膣オーガズムを感じたことは？　好きなスーパーヒーローは？　オーラル・セックスしてもいいと思う政治家は？

ここまで徹底的に晒されたのははじめてだ。

母親と父親とどっちが好き？

おっと、危険な領域に入ってきた。黙り込んで言わずにすませる場合もあるが、しゃべることで言わずにおける場合もある。私もまだ必要ならしゃべることはできる。しゃべりかたを忘れたわけではない。

そこで私はハーロウに、子どものころの話をした。ファームハウスから引っ越しした夏の話。家族のことを訊かれたときによく使う私の鉄板ストーリーだ。親しみを見せ、心を開いて中身の濃い話をしたと相手に感じさせるために。もっとも、暴力じみたバーで大声で怒鳴りながら話すのでは、その効果もいくぶん怪しかった。

話は真ん中から始まる。私がジョーお祖父ちゃんとフレデリカお祖母ちゃんのもとに預けられたところだ。当時私は何も聞かされていなかったし、いまとなっては両親が何と説明したのかも覚えていない——何を聞いたにせよ、はなから信じなかったのだと思う。いくら子どもでも、運命の嵐が吹けばわかる。私はひどく悪いことをしたせいでよそへやられるのだと信じていた。

クック家の祖父母はインディアナポリスに住んでいた。暑いむっとする家で、家の中はもうすこしでいい匂いになるはずなのに残念な、古くなったクッキーみたいな匂いがした。私の部屋にはハーレクインの仮面をかぶった男と女の絵がかけられ、リビングにはありとあらゆる安っぽいアジアグッズが飾ってあった。正真正銘のげてもの。げてもの中のげてものだ。本物の人間の爪がついた賢人像を覚えているだろうか？　そういう家で寝る子を想像してほしい。

その通りに住んでいる数少ない子どもたちは、私よりずっと年上だった。私は玄関の網戸の内側に立って外を見ながら、だれか私が答えられる質問をしてくれないかと待っていた。もちろんだれもしてくれなかった。ときどき庭にも出てみたが、庭は手入れが面倒だとジョーお祖父ちゃんがコンクリートで固めてしまったため、家の中よりさらに暑かった。しばらくまりつきをしたり花壇のアリを観察したりするのだが、結局また家に入ってアイスキャンディーがほしいとむずかるのがおちだった。

祖父母はたいていテレビを見るか、テレビの前の椅子で居眠りして過ごした。私は毎土曜日に家では許されていなかったアニメを見せてもらった。『スーパー・フレンズ』をすくなくとも三回は見たから、すくなくとも三週間は預けられていたことになる。午後はたいてい連続メロドラマをやっていて、三人でいっしょに見た。ラリーという男の人とカレンという奥さんの話だった。ラリーは病院の院長で、だんなさんが働いているあいだにカレンは家でいろんな男の人をもてなしていた。私にはさほどいけないことには思えなかったが、じつはいけないらしかった。

「『ワン・ライフ・トゥ・リブ』でしょ」ハーロウが言った。

「何でもいいけど」

フレデリカお祖母ちゃんは、私がドラマのあいだしゃべってばかりいると腹を立てながらも、近ごろのドラマはセックスばかりでおもしろくないねえと文句を言った。むかしは家族の話だったのに。五歳の孫が同じ部屋にいてもいっしょに見られるようなドラマだった。ジョーお祖父ちゃんは、私のおしゃべりがドラマに花を添えると言っていた。ただし、じつの人間はこんなことはしないと覚えておくんだよと釘を刺した。まるで、双子のお兄さんと入れ替わって死んだふりをしてもいいとか、自分の赤ちゃんが死んだからと、よその赤ん坊をさらってきてもいいとか思い込んで、家に帰るのではないかと思っているみたいに。

だが、ほとんどの時間は何もすることがなかった。毎日がまったく同じ日の繰り返しで、夜になると、つねる指先とハーレクインの仮面が出てくる悪夢を見た。小さな白い斑点が混ざった大盛りスクランブルエッグの朝食。私は絶対食べなかったのに、それでも毎日出てきた。「これじゃいつまでたってもおチビさんのままだねえ」フレデリカお祖母ちゃんはいつも、悲しそうにヘラで皿を拭いながら言った。そして――「ちょっとでいいから黙っててちょうだい。自分で考えてることも聞こえやしない」とも。それは私が物心ついて以来言われつづけてきたことだった。当時、私の答えはノーだったけれど。

そうこうするうちに、祖母は美容院で知り合った女の人から、家に来てうちの子と遊ばせてあげてもいいと言われた。車でないと行けない距離だった。子どもというのは大柄な男の子二人で、ひとりはまだ六歳というのに巨大だった。その家にはトランポリンがあり、私はスカートをはいていたので、跳ぶたびにひらひらしてパンツが丸見えになった。そのことでからかわれたのか私が勝手に傷ついたのか、もう覚えていない。でも私にとってはそれが決定打になった。だれも見ていない隙に玄関から出て、家をめざして歩き出した。ブルーミントンの、本当の家に。

長く歩かなければならないのはわかっていた。迷子になるかもしれないとは考えもしなかったような気がする。私は陰になった芝生とスプリンクラーのある道を選んだ。ポーチにすわった女性がお父さんとお母さんはどこにいるのと訊いてきたが、お祖母ちゃんの家に行くのだと答えるともう何も訊かなかった。歩き出したときがもうかなり遅い時間だったのだと思う。まだ五歳だったから、自分で思ったほど遠くまでは歩けなかったはずだ。しかもまもなく暗くなってきた。

　私がその家を選んだのは、色が気に入ったからだ。明るい青に塗られていて、ドアは真っ赤だった。そしてまるで絵本に出てくるおうちのように小さかった。私がノックすると、アンダーシャツにバスローブ姿の男の人が出てきた。おじさんは私を家に入れて、台所のテーブルにすわらせてクールエイドのコップをくれた。やさしかった。私はラリーとカレンのこと、ハーレクインのこと、巨人みたいな男の子たちのこと、ブルーミントンまで歩いて帰ることを話した。おじさんは真剣に聞いてから、私が見落としていた問題点をいくつか指摘した。当てずっぽうにノックして夕食やランチを頼んだら、嫌いな料理を出されてしまうかもしれないこと。お皿を洗うように言われるかもしれないこと。そういう決まりの家もあるからだ。芽キャベツとかレバーとか、私がいちばん嫌いなものを食べさせられるかもしれない。いずれにせよ、私はもうブルーミントンまで歩くのをあきらめるように、喜んで説得されたい気分になっていた。

　そこで私は祖父母の名前はクックというのだと話した。おじさんは電話帳でクックという家につぎつぎ電話をかけ、祖父母を見つけ出した。ふたりが迎えに来て、私は翌日家に送り返された。手がかかるし、おまけにうるさ過ぎるからと言われて。


「お母さんに赤ちゃんが産まれたんじゃなかったの？」ハーロウが訊いた。

「違う」

「なんだ、当然そうかと思った――子どもがお祖母ちゃんちに預けられるのってたいていそれじゃない？　古典的なケース」

母はお産をしたわけではない。神経衰弱になったのだ。でもハーロウに打ち明けるつもりはなかった。この話のミソと役目は、相手の注意をそらすことにあるのだから。だから私は言った。「いちばん異様なところをまだ話してないんだけど」ハーロウはぴしゃりと両手を打ち合わせた。逮捕されたり酒を飲んだりすると、こちらの気が抜けるほど人がよくなるたちなのだ。

セルティクスのジャージを着た男が私たちのテーブルに近づいてきたが、ハーロウが手を振って追いやった。しかも、あんたのためを思って、みたいな顔をしてみせた。「ここからいちばん異様なとこになるんだから」相手の男はその異様なところを自分も聞こうとしてぐずぐずしていたが、だれにでも聞かせる話ではないから、私は彼がいなくなるのを待った。

「その青い小さな家で、わたしはトイレを借りた」私は声をひそめて顔を近づけたので、ハーロウの息のホップの匂いが嗅ぎ取れた。「バスローブのおじさんには右側の二番目のドアだと言われたんだけど、なにせまだ五歳でしょ、間違って寝室のドアを開けちゃったのね。そうしたらベッドの上に、女の人がいたの。両手と両足を背中のうしろでストッキングで縛られて。全然動けないわけ。しかも口に何か入れられてた。たぶん男物のソックス」

「ドアを開けたとき、その人が首をひねってこっちを見たのよ。どうしていいかわからなかった。どう考えていいのかもわからなくて。でもこれは絶対絶対まずいというのはわかった。そのとき――」ちょうどだれかがパラゴンの入口のドアを開けて入ってきたので、冷たい風がさっと吹き込んだ。

「その女の人がウィンクしたの」

男がハーロウのうしろから歩み寄り、彼女のうなじのあたりに手を置いた。カナディアン・メープルリーフのアップリケがついた黒いニット帽をかぶり、とがった鼻がかすかに左に曲がっている。やや暗めのサーファーといったタイプ。イケメンで、私が前に見たときは大学のカフェテリアでハーロウが投げる角砂糖をよけていた。「ローズ、これがレグ」ハーロウが言った。「いつもあたしのこと好きだ好きだって言ってるやつ」

レグは私を無視した。「仕事があるとか聞いたと思うけど」

「そっちは図書館に行くって言ってたじゃないか。全員集合だって」

「舞台で何か問題が起きたとか言ってた」

「大事な試験があるから勉強するって言ったじゃない。全将来がかかってるとかって」

レグは隣のテーブルから椅子を引いてきてハーロウのビールを飲みはじめた。「あとになれば俺のおかげだと思うさ」

「うるさいわね。ほっといてくれる?」ハーロウは甘い声で言い、だしぬけに続けた。「ローズマリーのスーパーヒーローはターザンなんだって」

「だめだな」レグは間髪を入れずに応じた。「ターザンにはスーパーパワーがない。スーパーヒーローじゃないよ」

「やっぱりね! あたしもそう言ったんだ」

それは本当だった。ハーロウに訊かれるまで、私にお気に入りのスーパーヒーローはいなかった。ターザンと答えたのはほんのでまかせだ。ほかの質問の答えもそうだったが。自由連想による自由発想テスト。なのに答えについてあれこれ訊かれれば訊かれるほど、私はそれに固執していった。昔から反対されると意固地になる癖があるのだ。父に聞いてみるがいい。

蒸し返したのは彼女のほうだから、卑怯だと思った。納得したふりをしておいてじっと時機をうかがい、応援が来るのを待っていたなんて。

でも数で負けるのと言い負かされるのとは違う。すくなくとも私の家系では。「状況によりけりよ」私は言った。「こっちの世界では通常のパワーでも、あっちの世界ではスーパーパワーになるとか。スーパーマンを見て」

だがレグはスーパーマンを認めようとしなかった。「バットマンが限界だ。それ以上は無理だね」帽子はセクシーだけど脳みそはハマグリ程度なのだ。この男と寝るのが私じゃなくてよかった。

6

じつのところ、それまで私はバローズを読んだことがなかった。両親が家に置かせたがらないタイプの本だからだ。ターザンについて知っていることといえば、水道水に何が入っているのかと同じくらい、あやふやだった。レグがターザン・シリーズの人種差別主義について解説を始めたときも、本そのものがレイシストなのか（それならターザンに罪はない）、ターザン自身がレイシストなのか（その場合は問題が複雑になる）判断がつかなかった。とはいえ無知を認めて議論に勝てるとも思えなかった。そこで残された唯一のオプションは、おっともうこんな時間、と退散することだった。

　私は暗い格子模様のようなダウンタウンの道路をとぼとぼ歩いて帰った。右手を長い列車が轟音とともに通りすぎてゆき、遮断機のライトが点滅してベルが鳴った。冷たい風が木の葉をはためかせ、ウッドストック・ピザの店の外では男たちがゆるくたむろしていたので、それを避けて道を渡った。ひとりが私を見て誘いの言葉をかけてきたが、まったくそそられなかった。

　トッドはまだ起きていて、やはりバローズは読んでいなかったものの、『ジャングルの王者ターちゃん』という漫画バージョンはすべて精読していた。ターちゃんにはスーパーパワーがある。間違いなく。トッドはそのシリーズを言葉で説明しようとしたあと（どうやらクッキングとポルノの愉快なミックスといったところらしい）、つぎに家に帰ったら二、三冊持ってきてあげると約束してくれた。もっとも私が日本語を理解できるかどうかは別問題だが。

トッドを話の核心――レグは最低なやつだという――に引きもどすのはいまや不可能だった。完全に自分の世界に入っていたから。つまりマサヤ・トクヒロは天才だという話だ。こうなるとレグが本当に無茶苦茶見当外れだったのかどうか、わからなくなってきた。そもそも何だって私はターザンなどの話を延々と続けたのだろう。それだけでも軽率すぎる。よほど酔っぱらっていたに違いない。

二晩ほどたってから、私はようやくエズラをつかまえた。エズラはスーツケースを預かっていたが、私への懲罰はまだ終わっていなかった。いま渡している暇はないよというのだ。「忙しいの？　あなたが？」私は耳を疑った。アパートといってもいったい何フロアあるというのだ。

「そのとおり」彼は言った。「忙しくないと思うところが何もわかってない証拠だぜ」

それからまた二日たって、彼はやっと掃除用具置き場の鍵を開け――（ここには水源を終わらせちまうようなクソが置いてあるのさ。その気になりゃ町中の人間を毒殺できるぐらいだ、とエズラは以前言っていた。そのクソが三階に住んでいるテロリストどもの手に渡らないようにするのが彼の仕事なのだった）――スーツケースを引き出した。パウダーブルーのハードタイプだった。

エズラが言った。「おっといけねえ、忘れてた。昨日あんたの兄さんのトラヴァースってのが来たよ。待たせてほしいとか言ってたが、留守中に友だちやら家族やらを泊まらせようものならあんたがひきつけを起こすと言ってやった」

私はその客が本当に兄だったのだろうかという疑念と、とうとう会いに来てくれたという嬉しい驚き、そしてエズラが追い返してしまってたぶん二度と来ないだろうという激しい失望との狭間で揺れ動いた。同時に抱くには複雑すぎる感情だった。針にかかった魚のように、胸の中で心臓がバクバクした。

両親はまだ折にふれて葉書を受け取っているようだが、私自身が兄から最後に連絡をもらったのはハイスクール卒業のときだった。世界は広いぞ。兄はアンコールワットの写真の裏にそう書いていた。**大きくなれ**。消印はロンドンだったので、どこにいたにせよロンドンではないはずだった。兄の名前がトラヴァースでないことが、エズラの話のもっとも信憑性の高いところだ。兄は絶対に本名を名乗らないはずだから。

「また来ると言ってた?」私は訊いた。

「たぶん。たしか近いうちにと言ってたな」

「近いうちって、二、三日中って感じだった? それとも二、三週とか?」

だがエズラはもううんざりしていた。情報というのは必要最小限渡せばいいと信じているのだ。彼は歯をしゃぶりながら、はっきりとは覚えていないと言った。忙しかったんだ。なにせこのアパートを運営しなきゃならんのだから。

子どものころ、兄が世界一大好きだった。いじめられるときもあったし、いじめられることが多かったが、そうでないときもあった。何時間もキャッチボールを教えてくれたこともある。カードゲームもそうだった。カジノにダウト、ジンラミー、ゴーフィッシュ、ハーツにスペーズ。兄はポーカーがうまかったが、その薫陶を得て私はさらにうまくなった。というか、こんなに幼い子どもがポーカーができるとはだれも思わなかったせいだろう。私たちは兄の友だちからかなりの額を巻き上げた。兄は現金で受け取ったが、私はもっと一般的な通貨であるガーベイジ・パッチ・キッズ・カードで受け取った。一時は何百枚も持っていた。私のお気に入りは緑蠅の少女バギー・ベティーだった。笑顔がとてもかわいかったから。

ある日スティーヴン・クレイモアが私に石の入った雪玉をぶつけた。私があんたってほんとに〝不可避〟ねと言い、その言葉の響きが気に入らなかったからなのだが、実際そのとおりだったわけだ。私はおでこにスポンジ状の瘤をつくり、膝に砂利をつけて家に帰った。翌日兄が学校に現れ、スティーヴンの腕を後ろにねじ上げて謝らせた。それから私を連れてデイリー・クィーンにいき、自分の小遣いでチョコレートディップのソフトクリームを買ってくれた。これは後でちょっとしたトラブルを引き起こした。腕をねじ上げたことも、だれにも告げずにふたりでそれぞれの学校を抜け出したことも。だが兄がかかわると家庭の規律はどうもあやふやで複雑なものに変わってしまうので、どちらにも結局深刻な結果にはならなかった。

というわけで、私にはカリフォルニア大学デイヴィス校を進学先に選ぶ理由があったのだ。

第一に、家からじゅうぶんに遠いので、だれも私のことを知らない。

第二に、母と父が賛成してくれた。私たちは三人でキャンパスの見学に行ったのだが、両親はここはまるで中西部だと言った。とくに広い自転車専用道には感激していた。

でも第三の、そして本当の理由は兄だった。両親もそれを知っていて密かに期待もしていたのだと思う。ふだんの父なら財布を握りしめ、地元のインディアナに文句なく良い大学があってそのうちひとつは家から数ブロックのところにあるというのに、たとえ自転車道路があろうが中西部の雰囲気があろうが、州外出身者の高額な学費を一年でも支払うことなどありえなかったはずだ。

しかしFBIは私たちに、出奔からおよそ一年後の八七年の春に兄がデイヴィスにいたと告げていた。政府もさすがにいつもしくじっているわけではないだろう。止まった時計も一日二回は正しい時刻を示す、というではないか。そしてFBIがいままでに兄の居場所として挙げた地名はデイヴィスだけだった。

それに私はもうこれ以上耐えられなくなっていた――両親のひとりっ子でいることが。空想の世界では、兄がうちのアパートのドアをコンコンと叩き、私はエズラがトッドのゲームボーイを借りにきたか、危険物の捨て方について新しい規則を作ったと指導しにきたのかぐらいに思って何も期待せずにドアを開ける。即座に兄だと気づく。くそ、会いたかったぜ。兄は言って私をぎゅっと抱きしめる。俺が出てってからのこと、ぜんぶ聞かせてくれよ。

私が最後に兄に会ったのは十一歳のときで、兄は私を心底嫌っていた。

言うまでもないことだが、届いたスーツケースは私のではなかった。

7

私がハーロウに語って聞かせた話――インディアナポリスの祖父母の家に預けられた話――は、じつは真ん中から始まっているわけではない。私がハーロウに話したのは話の真ん中からではあったけれど、実際に起こるのと人に話すのとは全然違うものだ。私の話が真実でないというわけではないのだが、正直なところ自分でも、本当に憶えているのか話しかたを憶えているだけなのか、わからなくなってしまっている。

言葉は人の記憶にそんな働きをする――単純化し、凝固させ、体系化し、ミイラ化させる。繰り返し語られる話はファミリーアルバムの写真のようなものだ。それが捉えようとしたはずの瞬間に、いつのまにか取って代わっている。

そこでいま私が行き着いたところはといえば、兄が姿を見せた以上、過去にもどらずに先に進む方法はなくなってしまった――例の話の最後の部分、祖父母のもとから自宅に帰ったところへ。

それはまた、私が語り方を知っている部分が終わるところであり、私がだれにも話したことのない部分が始まるところでもある。

第二章

カレンダーでいえばわずか五年でありますが、この身で駆け抜けなくてはならなかった目まぐるしい変転の点から申しますと、無限に永い時間でした。その間、ときには立派な人と出くわし、よき忠告を受け、拍手や、にぎやかな音楽に迎えられはしましたが、しかしながら、つまるところは一人っきりだったのです。

フランツ・カフカ「ある学会報告」

1

時は一九七九年。未年だ。己未。

読者の記憶にあるのはおそらくこんなことだろうか。マーガレット・サッチャーは首相に選出されたばかり。イディ・アミンがウガンダから亡命した。ジミー・カーターはまもなくイランの米国大使館人質事件に直面しようとしている。ちなみに同じ年、カーターは後にも先にもヌマチウサギの襲撃を受けた唯一の大統領になった。まったくもって忙しいことだ。

つぎのような事実は、当時はまだみなさんの意識になかったかもしれない。イスラエルとエジプトが平和条約を締結した同じ年、サハラ砂漠に三十分間雪が降った。動物防衛同盟（アニマル・ディフェンス・リーグ）が結成された。カナダのマグダレン島では、シー・シェパードの八人のクルーが千頭以上の子アザラシに、無害だが消えない赤い染料を散布した。毛皮としての価値をなくして子アザラシをハンターから守るためだ。活動家たちは逮捕され、まさに完璧なオーウェル的言葉のすり替え例として、アザラシ保護条例違反で起訴された。

ラジオではシスター・スレッジの『ウィー・アー・ファミリー』が流れ、テレビでは『爆発！デューク』をやっていた。映画館では『ヤング・ゼネレーション』が話題を呼び、舞台になったインディアナ州ブルーミントンは一躍脚光を浴びようとしていた。

このなかで当時の私が認識していたのは『ヤング・ゼネレーション』だけだ。私は五歳で、いろいろ個人的な悩みを抱えていた。でもブルーミントンはそれほどの熱狂状態だったのだ——不幸せな子どもでさえハリウッドの狂騒に巻き込まれずにいられないほどに。

父なら私に、当時まだ五歳だった私は、認知思考技能と情緒的発達においてジャン・ピアジェの言う前操作段階にいたのだ、と指摘させたいところだろう。そして現在の私が成人としての観点に立ち、その時点ではできなかったはずの解釈に論理的な後付けを加えているというだろう。前操作段階における感情は二分化し、極端になるものだ。

とはいうものの。

二分化や両極端が正当化される時代がないわけではない。話を単純にするために、私の物語のこの時点では、うちの家族全員、老いも若きもみんなが本当に本当に取り乱していたというだけにしておこう。

トランポリンから小さな青い家に至る州都縦断の旅の翌日、父が現れた。祖父母が電話で迎えにくるように言ったのだが、私はだれからも知らされていなかった。その時点ではまだ自分はよそにもらわれていくと思っていて、祖父母がもう私を預かりたくないのは確かなので、どこかべつの家に行くのだと思っていた。つぎはどこだろう？　こんな私を愛してくれる人がいるのだろうか。私はできるだけ上品にすすり泣いてみた。父は私が泣くのを嫌がるし、私はまだ希望を捨ててはいなかったからだ。だがそんな健気な自制の努力を褒めてくれる人もなく、父に至っては涙に気づいてさえくれなかった。私のことは完全に匙を投げたらしかった。

私が部屋の外に出されたあと、中では押し殺した声で不穏なやりとりが続いていた。荷造りが終わり、後部座席にすわらされて車が動き出しても、私はまだ家に帰るのだとは知らずにいた。実際帰ったわけではないからそれでよかったのだが。

幼いころ、私は不快な状況になったときは眠ってやり過ごすと決めていた。このときもそうしたので、目覚めてみると見知らぬ部屋にいた。この部屋のいちばん奇妙なところは、ところどころに見知った部分があったことだ。私の整理ダンスが窓際にあった。寝かされているのは私のベッドだし、くるまっているのは私のキルトだった。フレデリカお祖母ちゃんがまだ私を愛してくれていたころに作ってくれたキルトで、ヒマワリのアップリケが足元から枕元まで伸びていた。けれども引出しは空っぽで、キルトの下は裸のマットレスで留め具のボタンが見えていた。

窓際には積み上げた箱の要塞ができていて、そのうちのひとつは缶ビール用のキャリーオールだった。そのハンドルの間から、私の『かいじゅうたちのいるところ』の絵本がのぞいていた。ハーシーのキスチョコでつけた卵形の染みがあるから確かだった。箱のひとつに登って外を見てみると、そこにはリンゴの木も納屋も埃っぽい野原もなかった。かわりに見えるのはよその家の裏庭で、バーベキューセットに錆びたブランコ、手入れのいい野菜畑があって、赤く色づいたトマトやはじけたエンドウマメが二重ガラスの窓の向こうで霞むように揺れていた。私が住んでいたファームハウスでは、こういう野菜は摘まれるか、食べられるか、枝で熟れる前に捨てられてしまうかに決まっていた。

私が住んでいたファームハウスは、愚痴ったり口笛を吹いたり悲鳴を上げたりする家だった。いつもだれかしらピアノを弾いたり、洗濯機を回したり、ベッドで飛び跳ねたり、鍋をガンガン叩いたり、いま電話中なんだから静かにしてよと怒鳴ったりしていた。それにひきかえこの家は、夢うつつで静まりかえっていた。

　このとき何を考えたかは憶えていないが、ここにひとりで住むのだと思ったのではないだろうか。いずれにしても私は、すすり泣きながらベッドにもどって寝てしまった。やがて期待もむなしく同じ場所で同じ涙を流しながら目を覚まし、悲嘆に暮れながら母の名を呼んだ。

　かわりにやってきたのは父で、私を抱き上げて抱きしめてくれた。「しーっ、お母さんは隣の部屋で眠っているんだよ。怖かったのかい？　ごめんごめん。ここが新しい家なんだ。これがロージーの新しい部屋だよ」

「みんなでここに住むの？」私はまだ期待は禁物だと思いながら慎重に訊いてみた。父がつねられでもしたようにひるむのがわかった。

　父は私をおろした。「ほら、前よりずっと大きな部屋だろう？　きっとみんなで楽しく暮らせるぞ。歩きまわってみるといい。探検だ。ただしお母さんの部屋だけは入っちゃいけないよ」そこで指差したのはすぐ隣の部屋だった。

　前の家の床は傷だらけの板かリノリウムで、水の入ったバケツとモップでさっと拭きとれるようになっていた。この家の床は、私の部屋から廊下までちくちくする灰色のカーペットが継ぎ目なく敷きつめられている。ここではソックスでスケートするわけにはいかない。このカーペットではスクーターにも乗れないだろう。

　新居の二階には私の部屋と両親の寝室、父の書斎があり、その壁にはもう黒板が立てかけてあった。そしてシャワーカーテンなしの水色のバスタブのある浴室がひとつだった。私の新しい部屋はファームハウスの明るい小さな角部屋より広かったが、家そのものはずっと小さかった。あるいは五歳の私にはそんなことはわからなかったかもしれない。ピアジェなら何と言うだろう。

一階にはタイル張りの暖炉のある居間と、前からある朝食用テーブルの置かれたキッチンと、バスタブなしでシャワーだけの小さな浴室と、その横に兄の部屋があったけれど、兄のベッドには毛布がなかった。夜になって知ったことだが、兄はこの新しい家に入るのを拒否して、親友のマルコの家に置いてもらえるかぎり居候を決め込んでいたのだ。

それこそが私と兄の決定的に違うところだった——私はいつもよそへやられるのではないかとびくびくしていたが、兄はいつも家を出ていこうとしていた。

どの部屋にも箱が積まれ、ほとんどどの箱も開けた形跡がなかった。壁には何も掛かっていなかったし、棚も空だった。キッチンには食器がすこしあるだけで、ブレンダーもトースターもブレッドメーカーも見あたらなかった。

十八歳になるまで住むことになるこの家をはじめて歩きまわりながら、私は何が起こったかをうすうす悟りはじめた。大学院生たちが作業をする場所はなかった。何度も何度も見かえして、二階に行ったり降りてきたりしてみたけれど、どう見ても寝室は三つしかなかった。ひとつは兄の部屋。ひとつは母と父の部屋。ひとつは私の部屋。私はよそへやられたのではなかった。

やられたのはべつの子だった。

大学進学でブルーミントンを離れ、新しい出発をするにあたって、私は注意深くひとつの決断をした。双子の姉のファーンのことは絶対に、だれにも話さないでおこうと。大学時代、私は一度もファーンの話をしなかったし、めったに思い出すことさえなかった。だれかに家族のことを訊かれたら、夫婦そろった両親と、旅行がちの兄がひとりいると答えた。ファーンの話をしないのは最初は自分の意志だったが、やがて習慣になってしまい、いまでは変えることが苦痛なほどだ。二〇一二年の現在になっても、他人に彼女の話を持ち出されるのは耐えられない。自分のほうからそっと入っていかなければならない。タイミングを選ぶ必要があるのだ。

人生からファーンが消えたときはまだ五歳だったが、私はちゃんと憶えている。強烈に憶えている——ファーンの匂いや感触、その顔や耳、顎、そして眼の、とびとびのイメージ。ファーンの腕や足、指。でも全体を完全に憶えているわけではない。ローウェルのようには。

ローウェルというのが兄の本当の名前だ。私の両親が出会ったのは、ハイスクールの夏休みのサイエンス・キャンプで行ったアリゾナのローウェル天文台だった。「宇宙を見ようとして行ったのに、星はママの目の中にあったんだよ」と父はよく言っていて、私はうれしいのと同じぐらい気恥ずかしく思ったものだ。科学オタクの恋の顚末。

もし私がローウェルのようにファーンの失踪について怒りを爆発させていたなら、いまごろもっと自分を評価していられたのだろうが、あのころの私にとって両親を責めるのは危険すぎるように思え、それよりむしろおびえてしまっていた。それに私のなかには、よそにやられずに家に残されたのが自分だったことにほっとする気持ちがあって、それは強烈な、恥ずかしい事実だった。このことを思い出すときはいつも、まだ五歳だったのだからと自分に言い聞かせることにしている。私自身の問題だとしても、そこだけはフェアにしておきたい。それが赦しにまで繋がればいいのだが、まだ成功したとは言えないし、将来も自分を赦せるかどうかわからない。そもそも赦すべきかどうかも。

インディアナポリスで祖父母と過ごした数週間は、いまだに私の人生における極限の境界だったような気がする。私にとってのルビコン川だ。あのときまでは双子の姉がいた。その後はいなくなった。

あのときまで、私がしゃべればしゃべるほど両親はうれしそうにしていた。その後は世界中の他人と同じように、頼むから静かにしてと言うようになった。最終的に私はしゃべらなくなった（とはいえ、それはもっと後のことだし、頼まれてそうなったわけではない）。

あのときまで、兄は家族の一員だった。その後は私たち家族を厄介払いできるまで時間稼ぎをしているだけになった。

あのときまで、さまざまな出来事が私の記憶から抜け落ち、あるいは拭い去られて、お伽話のように凝縮されてしまっている。むかしむかしあるところに、庭に大きなリンゴの木と小川があって、まんまる目玉の猫のいるおうちがありました。その後は数か月にわたって、私はいろいろなことを憶えていて、その多くが怪しいほど鮮明な記憶として残っている。私の幼いころの思い出を拾い出してもらえば、一瞬でそれがファーンがいたときのことか、いなくなってからかを告げることができる。それができるのは、どちらの自分がいたかを憶えているからだ。ファーンといっしょの私か、ファーンのいない私か。そのふたりは完全に別人格だったから。

とはいえ、疑惑を抱く理由はある。私は当時たったの五歳だった。それなのに会話を一言一句記憶していたり、ラジオで流れていた曲や自分が着ていた服をはっきり憶えていたりするのはおかしくないだろうか。さまざまな場面をあり得ない視点で記憶し、まるで緞帳（どんちょう）のてっぺんに上って家族を見おろしてでもいたかのように、いろいろなものを俯瞰（ふかん）図で思い描いてしまうのはなぜだろう。しかも私が総天然色、サラウンド音響でくっきりと憶えているひとつの事件が、実際には起こったはずがないのはどうしてだろう。このことは記憶にとどめておいていただきたい。後でまた話題にするから。

静かにしなさいと言われつづけていたのは憶えているものの、そのとき自分が何をしゃべっていたのかはほとんど記憶にない。その部分が欠落しているせいで、読者には当時私がもうあまりしゃべらなくなっていたような、誤った印象を与えてしまうかもしれない。これからのシーンでも、私が無口になったとお断りするまでは、とめどなくしゃべりつづけていたことを覚えておいていただきたい。

いっぽう父と母はそれ以後すっかり口を閉じてしまい、私の子ども時代は両親の奇妙な沈黙のうちに過ぎていった。たとえば私がタオル地の縫いぐるみペンギン、デクスター・ポインデクスター（だれかさんとは違って、愛され過ぎてぼろぼろにすりきれた――）をガソリンスタンドのトイレに置き忘れたせいで、インディアナポリスからの行程の半分近くをもどらなければならなかったことは、二度と話題にのぼらなかった。友人のマージョリー・ウェイヴァーがまったく同じ場所に義母を置き忘れたことは語り草になったにもかかわらずだ。たしかにそちらのほうが話題としてはおもしろかったが。

私が一度、長時間行方不明になって警察が呼ばれた話は、両親ではなくフレデリカお祖母ちゃんから聞いた。私はデパートのサンタクロースを追いかけて、サンタがタバコ屋で葉巻を買うところまでついていったのだ。サンタは葉巻のリングをくれたので、警官がやってきたことは、私にとって素敵な一日の追加のボーナスみたいなものだった。

あるとき私がサプライズでケーキの種に十セント硬貨を埋め込んだ話は、両親ではなくドナお祖母ちゃんから聞かされた。それで大学院生のひとりの歯が欠けてしまい、みんなはてっきりファーンのしわざだと思ったのだが、私が勇気を出して正直に告白したのだ。しかも十セント硬貨は私のものだったから、じつはずいぶん気前のいい話だった。

裏付けになる事実がほとんどないのだから、私の記憶がとんでもない空想や飛躍に走ったとしても、だれにわかるだろう？　学校でからかいの種になったのをべつにすれば、ファーンを話題にしたのは、母に口止めされる前のドナお祖母ちゃんと、家出する前のローウェルだけだった。どちらの話も信頼するに足る理由があった。ドナお祖母ちゃんは私の母が責められないように守ろうとしていたし、ローウェルはファーンの物語をナイフへと砥ぎ上げていた。

むかしむかしあるところに、ふたりの娘のいる一家がありました。お父さんとお母さんは、ふたりの娘にぴったり同じだけの愛情をそそごうと約束していました。

2

だいたいどこの家にも、親のお気に入りの子どもがいるものだ。親はとんでもないと否定するし、実際本人は気づいていないのかもしれないが、子どもたちにははっきりと見えている。子どもは不公平が大嫌いだ。いつも二番手に置かれるのはつらい。

逆に、ひいきされる立場もつらいものだ。愛される理由があろうがなかろうが、お気に入りというのは重荷なものである。

私は母のお気に入りだった。ローウェルは父のお気に入りだった。私は父も母も大好きだったが、ローウェルがいちばん好きだった。ファーンは母がいちばん好きだった。ローウェルは私よりファーンのほうが好きだった。

こうして事実を書き出してみると、本質的に害はなさそうに見える。みんなに一番があるから。堂々めぐりにはじゅうぶん以上だ。

3

インディアナポリスから帰ってからの何か月かは、私の人生でいちばん悲惨な時期だった。母はいまにも消えてしまいそうに儚げだった。寝室から出てくるのは夜だけで、いつもネグリジェを着ていた。ほっそりとした花柄のフランネルで、首元に妙に子どもっぽい蝶結びがついていた。とかすのをやめてしまった髪は顔のまわりでもつれ、もじゃもじゃの煙のようで、落ちくぼんだ目は殴られて痣にでもなったように見えた。何か言おうとして両手を上げると、空中の自分の手の動きに驚いて黙ってしまうというふうだった。

母はほとんど食べ物を口にせず、料理はいっさいしなかった。代役に入ったのは父だが、いつもうわの空だった。大学から帰ってくると、食料庫を覗きこむ。夕食がピーナッツバターを塗ったクラッカーだけだったり、缶入りトマトスープを食べたあとのメインディッシュが缶入りクラムチャウダーだったりした。毎回の食事が受動攻撃的な心の叫びだった。

ドナお祖母ちゃんが毎日私の子守に来るようになったが、一九七九年のブルーミントンでは、それは四六時中祖母の監視下に置かれたということではない。かつてファームハウスの敷地内を自由にうろついていたように、私は家のまわりを勝手に歩きまわった。違うのは気をつけなければいけないのが小川ではなく、道路だというだけだった。大人の助けなしに道路を渡ることは禁じられていたが、必要とあれば助けはすぐに見つかった。ご近所の住人とは、手を握って左右を確認することでほとんど知り合いになった。ミスター・ベクラーには、もしかしておしゃべりオリンピックの訓練でもしているのかねと訊かれたのを憶えている。もしそうなら間違いなく金メダル候補だな、と言われたものだ。

うちのブロックに子どもは多くなくて、同年代の子はひとりもいなかった。アンダーソンさんの家にはエロイーズという赤ちゃんがいた。二軒先にはウェインという十歳の男の子が住んでいた。道の向かい側の角には男子高校生がいた。つまり私がふつうに遊べる相手はいなかった。

かわりに友だちになったのは、ご近所の動物たちだった。いちばんの仲良しは、ベクラーさんの家のピンクの鼻をした茶色と白のスパニエル、スニペットだ。ベクラー夫妻はこの子を庭に繋いでいた。というのも隙さえあれば逃げ出してしまうからで、わかっているだけでも一度は車にはねられていた。私はスニペットと何時間もいっしょに過ごした。スニペットは私の脚や爪先に頭をのせ、耳を曲げて、何時間でもじっと話を聞いてくれた。そのことがわかってから、ベクラー夫妻は庭に私用の椅子を置いてくれた。それはお孫さんたちが小さいころに使った小さな椅子で、ハート形の座面にクッションがついていた。

ひとりで、あるいはメアリーと（メアリーをご記憶だろうか？　みんなに嫌われていた私の空想の友だちを？）ふたりだけで過ごすことも多かったが、それは以前にはけっしてなかったことだった。私はひとりが好きではなかった。

ドナお祖母ちゃんはシーツを替えて洗濯をしてくれたけれど、それも父がいないときだけだった。祖母は父と同じ部屋にいることに我慢ならなかったのだ。ファーンが家を出されたことをローウェルが怒っていたとすれば、ドナお祖母ちゃんにはそもそもファーンがうちに連れてこられたことが赦せなかった。祖母はそんなことありませんよ、いつだってファーンを愛していたわと言うだろうが、五歳の私にすらわかっていた。私の一歳の誕生日のときファーンがお祖母ちゃんのハンドバッグをひっくり返して、ダンお祖父ちゃんの最後の写真を食べてしまった話を何度も聞かされていたから。お祖母ちゃんはその写真をいつもバッグに入れて持ち歩き、寂しくなると取りだして見ていたのだ。

もし写真がもう一枚あったらきっと私が食べていただろう、何でもファーンの真似をしたからとローウェルは言った。ローウェルはまた父の話として、毒になる物が入ったバッグを、ファーンには手が届き私には届かない場所に置いていたのはいかにもお祖母ちゃんらしいとも言った。

父はファーンと私に両方の祖母の名前をつけるつもりでいた。つまりコインを投げて、ひとりをドナ、もうひとりをフレデリカと名づけるつもりだったのだが、祖母たちはふたりとも私に自分の名前をつけるように言い張った。父にすればよかれと思い、おそらくは償いの意味もこめて提案したことだったから、この争いはショックだった。ドナお祖母ちゃんはともかく、実の母親がそんなことを言うとは予想外だったのだろう。ぽっかりと穴が開いてクック一家の時空連続体が決壊しようとしていたまさにそのとき、母が現れて穴をふさいだ。私をローズマリー、ファーンをファーンという名前にする、自分が母親で、これが母親の望みだからと宣言したのだ。私がこの当初の目論見を知ったのは、あるときドナお祖母ちゃんが口論のなかで父の変人ぶりの一例として引き合いに出したからだ。

個人的には、この計画が頓挫してよかったと思っている。ドナお祖母ちゃんのせいで、ドナというのはおばあさんの名前にしか思えないからだ。ましてフレデリカとは。バラはどんな名前で呼ぼうとよい香りがする、とシェイクスピアのように人は言うかもしれない。だとしても、一生フレデリカと呼ばれつづけて、何かしら影響がなかったとは思えない。念力のスプーン曲げみたいにひねくれてしまったのではないかと思う（いまの私がひねくれていないとは言わないけれど）。

　というわけでドナお祖母ちゃんはキッチンを片づけ、ほかにだれも箱を開ける気がないのは明白だったので、余力があれば食器や私の服を荷ほどきしてくれた。私の昼ご飯を用意してから半熟卵といった滋養のあるものをつくって寝室に運び、母を椅子にすわらせてシーツを替え、ネグリジェを洗濯に出すように命じ、お願いだから食べてと懇願した。あるときは思いやり深く、祖母が健康によいと信じている話題――会ったこともないひとたちの健康や結婚問題のこまごま――を語って聞かせた。とくに好きなのは死んだ人の話だった。ドナお祖母ちゃんは歴史上の人物の伝記ものを愛読していて、とくに夫婦間の不和がエクストリームスポーツになっていたチューダー朝に目がなかった。

　これが功を奏さないとみるると、つぎは毅然とした態度に出た。こんないい天気の日を無駄にするなんて、と天気のよくない日にも言い、子どもたちにはあなたが必要なんだからと諭したりした。私のことは、この子は一年前から保育園に行っていまごろは幼稚園に通っていなくちゃいけないのに、とも言った（私が幼稚園に行かなかったのはファーンが行けなかったからで、その意味ではメアリーも同じだった）。さらに、だれかローウェルの暴走を止めなくちゃ、まだ十一歳だというのにこの家を仕切っているじゃないのと。祖母は自分の子どもたちのだれかが心理学的な脅迫ゲームを仕掛けてやるべきだったのに、ローウェルはこれまで逃げおおせてきたのだと考えていた。あの子には父親のベルトの威力を見せつけておくべきだったのだ。

　あるときはローウェルを連れ帰ろうと車でマルコの家まで出かけ、敗北を喫してプルーンみたいな赤黒い顔をして帰ってきたことがある。少年たちは自転車で出かけていて行き先などだれも知らないし、マルコのお母さんは父からローウェルを預かってくれて助かりますと礼を言われていたので、お父さんが迎えに来ないかぎり返すわけにはいきませんと言い張った。あの母親ときたら子どもをまるっきり放任してるんだから、とドナお祖母ちゃんは母にこぼした。しかもひどく礼儀知らずで。

祖母はいつも父が仕事から帰宅する前に帰っていった。ときどき私に、お祖母ちゃんが来たなんて言うんじゃありませんよと念を押したが、それはエンジェルフードケーキに折り込まれた卵白みたいに、祖母のＤＮＡには秘密主義が埋め込まれているからだった。もちろん父は気づいていたが。さもなければ私を家に置いていくわけがない。帰宅後しばらくすると父は寝室から祖母の料理したものを持って降りてきて、生ごみ入れに放り込んだ。それからビールを一本、二本と飲みはじめ、最後はウィスキーになった。飲みながら私のためにクラッカーにピーナツバターを塗っていた。

夜になって自分の部屋にいると、言い争う声が聞こえてきた。母の声はか細すぎて聞きとれず（あるいは黙っていたのかもしれない）、父のほうは（いまの私にはわかるが）泥酔した声だった。どいつもこいつも寄ってたかって俺のせいにしやがって。実の子どもから女房まで。いったい他にどうすりゃよかったんだ？　俺だってつらいのは同じなんだぞ。

そしてある日、ついにローウェルが帰ってきた。暗がりをだれにも気づかれずに階段を上がり、私の部屋に入ってきて起こした。「おまえさえ――」十一歳の少年が五歳の私をつかまえて、痣がＴシャツの袖の下に隠れるように腕の上のほうを叩きながら――「おまえさえ、一度でいいからその口を閉じていられりゃよかったんだ」

後にも先にも、だれかに会えてこんなにうれしかったことはなかった。

4

　私は閉ざされた両親の部屋のドアに対して病的な恐怖を抱くようになった。夜遅くなると、ドアがドア枠の中で心臓のように鼓動するのが聞こえた。入れてもらえるときはいつでもローウェルの部屋に逃げ込んだ。家の中でそのドアからいちばん遠いところにあったからだ。

　ときにはローウェルがそんな私に同情してくれることがあった。ローウェル自身がおびえて見えることもあった。ふたりともファーンの突然の失踪や母の病気の心痛を背負っていて、ときおり短時間ながら哀しみを共有した。ローウェルは私に本を読んでくれたり、二組か三組のトランプを使って複雑でほとんど勝ち目のないソリテアをするあいだ、私が横でぺちゃくちゃおしゃべりするのを我慢してくれたりした。だれかがゲームに勝つことさえできるなら、ローウェルは気にしないのだった。

　たまにうまく寝入りばなにあたると、暗くなってから父の怒鳴り声から逃げてきた私がベッドにもぐり込むのを許してくれることがあったが、怒っているのを思い出し、声を押し殺して泣く私を二階に追い返すこともあった。ベッドからベッドに移動するのはわが家の昔からの習慣だった――ファーンと私が最初に入ったベッドでそのまま朝まで眠ることはめったになかった。父と母は、ひとりで寝たくないのは哺乳類として当然の欲求だと考えていたので、蹴ったり転げまわったりする私たちが自分のベッドでおとなしく寝てくれればいいとは思いながらも、移動を禁じることはなかった。

ローウェルが眠っているあいだ、その髪の毛をいじらせてもらうと心が落ち着いた。二本の指でひとふさの髪をはさんで、ぼさぼさの先端を親指でなでるのだ。ローウェルのヘアカットはルーク・スカイウォーカーふうだが、髪の色は完全にハン・ソロだった。もちろん当時の私は映画を観たことはなかった。まだ小さすぎたし、ファーンといっしょには行けなかったから。でもトレーディングカードを持っていた。だから髪のことは知っていた。

しかもローウェルは映画を何度も観ていて、私たちに実演してくれた。私はルークがいちばん好きだった。僕はルーク・スカイウォーカーです。あなたを助けに来ました。でもファーンはもっとおませだったので、ソロがお気に入りだった。ほくそ笑んでろ、この毛玉野郎が。

子どもは不公平が大嫌いだ。やっと『スター・ウォーズ』を自分で観られたとき、最後にルークとハンだけがメダルをもらってチューバッカがもらえなかったところで、私にとってこの映画は終わった。ローウェルの語りではこの部分が変えてあったので、事実を知って大ショックだったのだ。

ローウェルの部屋は湿った杉の木の匂いがしたが、それは父の研究室で失格になった三匹のラットが住んでいるケージから来ていた。ラットたちは夜通しチューチュー鳴いたり、回し車をカラカラ回したりしていた。考えてみると、実験用ラットがある日突然データポイントからペットに変身し、名前や特別待遇や獣医の予約を与えられるなんて、意味不明なくらい奇妙な話だ。これぞシンデレラ・ストーリー！　でも私は後になるまでそのことに気づかなかった。ハーマン・ミュンスターとチャーリー・チェダーと眠そうな目をしたチビのテンプルトンは、私の目にはただのペットのネズミだった。

ローウェル自身の体臭もあって、いやな匂いではなかったが、私には強く感じられた。以前とは変わっていたからだ。当時は怒っているせいだと思った。怒りの匂いがするのだと思った。でも本当は大人になりかけていて、子どもの愛らしさを失って体臭がきつくなっていたのだ。ローウェルは寝汗がひどかった。

ほとんどの朝、ローウェルは家族がまだ眠っているうちに家を出ていった。はじめはわからなかったのだが、じつはバイアードさんの家で朝ご飯を食べていたのだ。バイアード夫妻は子どもがなく、敬虔なクリスチャンで、うちの向かいの家に住んでいた。ミスター・バイアードは視力が落ちていたので、ローウェルが新聞のスポーツ欄を読んであげているあいだに、ミセス・バイアードがベーコンエッグをつくった。ミセス・バイアードに言わせると、ローウェルはピーカン・パイみたいにいい子だから、いつ来てくれても大歓迎なのだった。

ミセス・バイアードはわが家の状況を多少知っていた。ブルーミントンの住民のほとんどが多少は知っていたがだれも理解できずにいた。「ご家族みなさんのためにお祈りしていますよ」ある朝うちの玄関にやってきたミセス・バイアードは私に言った。お手製チョコレートチップクッキーが入った缶を持ち、やわらかな秋の日差しを背にして天使のように見えた。「あなたが神様の御姿に似せて作られたのだということだけはけっして忘れないでね。それさえ覚えていればどんな嵐でも乗り切れるものよ」

まったくねえ、だれもかれもファーンが死んだものと思ってるのよ、とドナお祖母ちゃんは言った。みなさんもおそらくそう思っているだろうし、もちろん五歳の私では人から言われなければ思いつかなかっただろうが、もうすこし年長なら確かにそう思い込んだことだろう。

私としては、両親はファーンがいなくなった事情をおそらく何度も説明してくれたのに、自分で記憶を抑圧してしまったのだと思う。父と母が何も言わないなんて考えられないからだ。ただこれだけははっきりと憶えている――毎朝目覚めるときも毎晩眠りにつくときも、得体の知れない恐怖のなかにいたこと。自分が何を怖れているのかわからないという事実は恐怖を和らげはしなかった。むしろ悪化させた。

それはともかく、ファーンは死んではいなかった。いまも死んではいない。

ローウェルはカウンセリングを受けるようになり、そのことが父の夜ごとのモノローグにたびたび取りあげられるようになった。ローウェルのカウンセラーが何か新しいことを提案するたびに――家族会議、両親とカウンセラーの面談、可視化法や催眠術の施術――父は怒りを爆発させた。もともと精神分析なんてものはまったくのインチキで、文学談義ぐらいにしか使えないというのが持論だったのだ。小説の筋立てを考えるときに、ある人間の生き方が幼いころのたった一度のトラウマで決まってしまい、しかもその記憶が遮断されているとなれば便利きわまりないじゃないか。しかし盲検試験はどうなった？　対照群は？　再現可能なデータはどこにある？

父によると、精神分析学という名称（ノーメンクラター）は、ラテン語源の英語に翻訳されてはじめて科学らしき様相を帯びたのだという。オリジナルのドイツ語では爽快なほど控えめなのだそうだ（父がこれを大声でわめいているところを想像していただきたい。私が育った家では、癇癪（かんしゃく）を起こした人間がこうした堅苦しい専門用語をわめくのが日常茶飯事だった）。

とはいえカウンセリングはもともと父のアイデアだった。大半の問題児の親と同じように父も何か手を打たなければと考え、大半の問題児の親と同じように、思いついたのはカウンセラーを頼むことだけだった。

父は私のためにはベビーシッターを雇った。メリッサという大学生で、フクロウみたいな眼鏡をかけ、髪の毛に稲妻みたいな青いジグザグのメッシュを入れていた。最初の週、私はメリッサが来たとたんにベッドに入り、帰ったとたんに起き出した。つまりベビーシッターにとっては夢のような子どもだった。

これは学習行動だった。私が四歳のとき、おしゃべりをやめさせようとして、レイチェルというベビーシッターが私の舌にポップコーン用のコーンをひと匙のせ、頑張ってずうっと口を閉じていれば弾けてポップコーンになるからねと言ったのだ。きわめて望ましい目標に思えたので、我慢できるだけ我慢して、失敗したときは自分を責めたのだが、あとになってローウェルから、そんなことあるわけないと教えられたのだった。以来私はベビーシッター全般に深い不信感を抱くようになった。

メリッサに慣れてくると、この人は好きだなと思った。これはちょっとした幸運だった。私は自分の唯一の武器――おしゃべり――を使って家族の関係を修復しようと計画をめぐらせているところで、それはひとりではできないことだったからだ。そこでメリッサに、父にもちかけようとしているゲーム、私が受けることになるテストについて説明しようと試みたのだが、メリッサは理解できないか、理解しようとしなかった。

私たちは妥協点を見出した。メリッサはうちに来るたびに辞書の中から新しい単語をひとつ私に教える。ルールはひとつだけ。それはだれからも顧みられずに寂しく埃をかぶった、メリッサ自身も聞いたことのない言葉でなければならない。私のほうは意味が何であろうと気にしなかったので、そのぶん手間が省けた。お返しに、私は一時間彼女に話しかけないことになっていた。メリッサは念のためにオーブンのタイマーをセットする。すると私は二、三分ごとに、まだ一時間たたないの、と訊く。言いたいことがどんどん胸にたまってきてせめぎあい、いまにも爆発しそうだった。

「ただいま。今日はどうだったかね、ロージー？」大学から帰った父は毎日訊くので、私は ebullient 溌剌だったの、と答える。あるいは limpid 清澄だった、dodecahedron 十二面体だったと。「それはよかった」と父は言った。

べつに何かに役立てようとしてやっていることではなかった。筋が通っている必要さえなかった。

私はただ父に、すくなくとも私だけは頑張って生きていることを知ってほしかったのだ。父さえその気になれば、いつでも私がここにいること、袖をまくって張り切って待っていることを。

catachresis 俗綴法？　ボーナスポイント進呈だ。

ある日の午後、ドナお祖母ちゃんがやってきて、母を強引に外に――コーヒーとショッピングに連れ出した。夏は過ぎ去り、秋も賞味期限切れ間近になっていた。メリッサは私を見ることになっていたのに、実際にはテレビばかり見ていた。

メリッサはいまやすっかり一家の一員になり、午後じゅうずっとテレビを見ていた。以前はうちでは昼間のテレビが禁じられ、子どもは自分で遊びを見つけなさいと言われていたのに。

メリッサはメロドラマにはまっていた。ただ祖父母が見ていたのとは違い、カレンもラリーも出てこなかった。メリッサの昼メロはベンとアマンダ、ルシールとアランの話だった。そして祖父母が見ていたドラマがセックスばかりで残念だとすれば、こちらはまるで乱交パーティーだった。メリッサはどうせ何もわからないからと、私がいっしょに見るのを許してくれた。私はどうせ何もわからなかったので、とくに見たいとも思わなかった。ドラマのあいだ私がどの程度静かにしているべきかについては、ふたりの意見が分かれるところだった。

メリッサはルールを無視するようになった。私に単語だけを教えて、父や母には絶対に言わないと約束させた。その言葉はithyphallic淫靡(いんび)というのだった。何年もたってithyphallicという単語がＳＡＴに出てくれれば、やったねと言うところだったが、あいにくそんなツキはなかった。要するにあまり便利な単語ではなかったのだ。

私が約束を守る人間かどうか知りたければ、ローウェルに訊いてみるがいい。私は父の姿を見たとたん、この日の正式な単語であるpsychomanteum死者に会うための部屋のかわりに、今日はithyphallicだったと言った。メリッサはまもなく解雇されたが、このせいだったのかどうかはわからない。

ところで、私は父にithyphallicと告げるより前に、ローウェルに話してしまった。ローウェルは学校のある日だったのに抜け出してきて、裏口からそっと入ってくると、自分のあとについて外に出るようにと手招きした。私はすぐついていったが、ローウェルが期待したように黙ってではなかった。ローウェルは私の新しい単語には興味を示さず、うるさそうに片手で払いのけた。

家の外には近所の住人が待っていた。角の白い家に住んでいる身体の大きな高校生だ。ラッセル・タップマンは母の青いダットサンにもたれてけだるそうに煙草に火をつけ、思いきり吸い込んだ。まさかうちのドライブウェイでラッセル・タップマンに会うことがあろうとは。私は息をのんだ。舞いあがった。そして一瞬で恋に落ちた。

ローウェルが片手を上げて振ってみせた。車のキーが音をたてた。「こいつ大丈夫なのか?」ラッセルは私を目で示して訊いた。「すげえおしゃべりだろ」

「こいつがいないとだめなんだ」ローウェルが答えた。そこで私は後部座席に乗らされ、ローウェルがシートベルトを締めてくれた。たとえ運転するのがラッセルでなくても、ローウェルはこの点とても几帳面だった。あとになって知ったことだが、ラッセルはこのときまだ正確には運転免許を持っていなかった。ただ高校で自動車教習やら何やら必要な授業を取っていたので、運転のしかたは知っていた。ラッセルの運転に不安を感じた記憶はない。あとになって大変な騒ぎにはなったのだけれど。

ローウェルは、みんなで秘密の冒険に行くのだ、スパイをやるのだと説明し、私にメアリーを連れていっていい、メアリーはよけいなおしゃべりをしないからみんなのお手本になれると言った。私はこの展開がうれしくてたまらず、大きい男の子たちの仲間に入れてもらえて得意満面だった。いま思うとローウェルはまだ十一歳でラッセルは十六歳だったから、大きな年の開きがあったわけだが、私にはふたりともかっこよく見えた。

そもそもこのころの私は、家の外に出たくて出たくてたまらなかったのだ。直前には、両親の部屋のドアをだれかが内側からノックする夢を見た。はじめはタップダンスのような軽やかなリズムで始まるのだが、一音ごとに大きくなってゆき、最後は鼓膜が破裂するかと思うほどの大音響になる。私はおびえて目を覚ました。シーツがびしょびしょに濡れていて、ローウェルに頼んでパジャマを着替えさせてもらい、シーツをはがしてもらわなければならなかった。

ラッセルが母のセットしたラジオ局を学生向けのＷＩＵＳに変えたので、知らない曲が流れてきたが、私は後ろの席でかまわず歌いつづけた。ラッセルはついに、るせえな、頭が変になるぜ、と言った。

「るせえな。私は何度か繰り返してみたが、ラッセルを困らせないように声には出さなかった。「る」が巻き舌のようになるところが気持ちよかった。

私の席からフロントウィンドウは見えなくて、ラッセルの後頭部がヘッドレストから飛び出したり隠れたりしているだけだった。私はずっと、どうすれば彼に愛してもらえるかを考えていた。難解な単語でラッセルのハートに訴えることはできないと心のどこかではわかっていたものの、ほかに捧げられるものを思いつかなかった。

ラジオからはさらに音楽が流れたあと、ハロウィーンに放送するオリジナルのミステリーの宣伝があった。その後リスナーが電話してきて、クラス全員、『ドラキュラ』を読んだら魂が危険にさらされると思い込んでいるキリスト教徒にまで、全員に強制的に読ませる教授の話をした（ここで閑話休題。一九七九年に吸血鬼が怖いと思っていた人は、いまはどう感じているのだろう。では物語にもどる）。リスナーからの電話が続いた。ほとんどの人がドラキュラ好きだったが、嫌いな人もいた。学生に読むべき本を押しつける教授を好きだという人はいなかった。

車ががたがた揺れはじめ、タイヤが砂利を踏む音がした。車が止まった。なつかしいファームハウスのドライブウェイにあるユリノキの色鮮やかな梢が目に入った。薄青色の空に金色の葉が浮いているように見えた。ローウェルが車を降りてゲートを開け、車にもどった。

ここへ来るつもりだとは思ってもみなかった。私のはしゃいだ気持ちは急に不安に変わった。だれかがそう言ったわけではないし、そもそもだれも何も話してくれなかったのだが、私は勝手に、ファーンがこのファームハウスに残されて大学院生たちと暮らしているのだと思い込んでいた。私が思い描くファーンの生活は以前と大差なくて、たぶん私が経験したような混乱もないはずだった。ママを恋しがっているのはたしかだけれど（それは私たちも同じだ）、パパは相変わらずここに来てドリルをやらせたり、カラフルなポーカーチップとレーズンのゲームをやったりしているのだろう。まもなくファーンの六歳のお誕生日だから、例年通りファーンと私の大好きなバラの花のアイシングをのせたバースデーケーキをもらうのだろうと思っていた（いまでも、確かにもらわなかったと知っているわけではない）。

というわけで私の受けとめかたとしては、ファーンが母に会えないのはかわいそうだし、自分では向こうの立場になりたくはないが、まあそれほどひどくはないだろう、というものだった。大学院生はやさしくてけっして怒鳴ったりしない。怒鳴ることは禁じられているし、みんなファーンが大好きだからだ。学生たちは私よりファーンのほうが好きだった。だから私はときどき注意を惹きたいばかりに、学生の脚にしがみついたりしたものだ。

車はがたがたとドライブウェイを進んでいた。車が来ると最初に気づくのはいつもファーンだ。いまごろ窓からのぞいているだろう。ファーンに会いたいのかどうか、自分でもわからなかった。でもファーンが私に会いたがっていないのだけはたしかだ。「メアリーはね、ファーンに会いたくないんだって」私はローウェルに言った。

ローウェルが身をよじって振り向くと、細めた目で私をにらみつけた。「あきれたな。おまえファーンがまだここにいると思ってんの？　ファック、ロージー」

ローウェルがファックと言うのを聞いたのは初めてだった。いま思うとラッセルの前で虚勢を張ったのだろう。ファックも口に出してみると気持ちのいい言葉だった。ファック、ファック、ファック。クワック、クワック、クワック。「ほんとに赤んぼだなあ。ここにはだれもいないよ。空家だ」

「赤んぼじゃないもん」これは条件反射だった。私はほっとして、気を悪くするどころではなかった。では怒りの再会は避けられたわけだ。見慣れた木々の梢が金色の雲のように頭上をおおっている。

地上はといえば、タイヤの下で砂利がバチバチと音をたてている。この砂利道でいつも透きとおった水晶の結晶を探していたのを思い出した。四つ葉のクローバーと同じで、苦労して探すとたまに見つかるところが絶妙なのだ。新しい家には砂利道がない。だから探す意味もない。

車が止まった。私たちは車を降りて家の横にまわり、勝手口に行ってみたが、ドアには鍵がかかっていた。ドアと窓は全部鍵がかかってるんだ、とローウェルはラッセルに話していた。二階の窓にも去年鉄格子がつけられて、リンゴの木づたいに寝室に忍びこむルートは私がマスターする前に遮断されてしまった。

唯一期待がもてるのが、勝手口についている犬用ドアだ。私にはうちに犬がいた記憶がないが、じつは大きなテリア——タマラ・プレスという名前だった——がいたらしい。私とファーンはふたりともこの犬に夢中で上に乗って寝たりしていたのだが、私が二歳になる前に癌で死んでしまった。ふつうの犬用ドアとちがって、この家のは掛け金が外についていた。

ローウェルが掛け金をはずした。私はここをくぐれと言われた。

くぐりたくなかった。怖かったのだ。家が、私の家でなくなったことを怒っているに違いない、捨てられたと感じているに違いないと思った。「ただの空家じゃないか」ローウェルが勇気づけようとして言った。「ほら、メアリーもいっしょだろ」まるでこの私でさえ、いざというときメアリーが頼りになると思ってでもいるみたいに。

メアリーなんか何の役にも立たない。ファーンさえいてくれたら。ファーンはいつになったら帰ってくるのだろう?

「あのさ」ラッセルが言った。この私に話しかけてくれた!「俺たちおまえだけが頼りなんだよね、チビちゃん」

私は愛のために受けて立った。

私は犬用ドアをすり抜けてキッチンに入ると、差し込んでくる陽ざしの中に立ちあがった。私のまわりを小さな埃のかけらが飛んでぶつかりあい、キラキラと輝いていた。何もないキッチンを見るのははじめてだった。すり減ったリノリウムの床は、朝食用のテーブルがあったところだけが滑らかで光っていた。ファーンと私は一度このテーブルの下に隠れて、フェルトペンで床にいたずら描きしたことがある。わかっている者の目で見れば、ふたりの芸術作品はまだそこに残っていた。

何もない部屋にハミングのように包み込み締めあげられて、私は息ができなくなった。キッチン全体が逆上しているのがはっきり感じられたが、本当に怒っているのが家なのかファーンなのかわからなかった。私は急いでローウェルとラッセルのためにドアを開けた。ふたりが入ってきたとたんに家は私を解放してくれた。家はもう怒っていなかった。ただ悲しみに沈んでいた。

ローウェルとラッセルは低い声で話しながら家の奥に入っていった。何を言っているか聞きとれなかったので、疑心暗鬼になってあとを追った。なつかしいものがたくさんあった。この幅広の階段が恋しかった。よくビーズソファに乗って滑り降りたものだ。地下のセラーも恋しかった。冬になるとリンゴやニンジンの籠が積んであって、大人に訊かなくても好きなだけ食べていいことになっていたのだが、ただ暗いところへ自分で取りにいかなければならなかった。いまはローウェルたちが降りていかないならひとりで行くつもりはないけれど、もしふたりが降りていくなら、ひとりで待っているのも絶対いやだった。

この家がどんなに広くて騒々しかったかを思い出すと、むしょうになつかしかった。隣家との境界が見えない広い敷地。大きな納屋。中の馬房には壊れた椅子や自転車、古雑誌、ベビーベッド、私たちのストローラーやチャイルドシートが詰め込まれていたっけ。小川とバーベキューコンロ。あそこで夏にはポテトを焼いたりポップコーンを作ったりしたものだ。理科観察のためにポーチに並べていたオタマジャクシの入ったビン、天井に描かれた星座、ライブラリーの床に描かれた大きな世界地図。ランチをもっていって、オーストラリアやエクアドルやフィンランドにすわって食べた。地図の西側の端には赤い字で「私の手のひらがふたつの大陸を覆う」〔ウォルト・ホイットマン『草の葉』の「ぼく自身の歌」の一節〕と刻まれていた。私の手のひらはインディアナ州を隠すことさえできなかったけれど、自分の住む州は形で憶えていた。もうすぐ字が読めるようになるところだった。引っ越す前、母は父の数学の本を使って私に読み方を教えようとしていた。**二つの数の積は数である。**

「何だここ。きったねえなあ」ラッセルが言った。その瞬間家は輝きを失った。まったくボロ家だ。新しい家の私の部屋はここよりずっと広い。

「芝生にはまだ電気が流れてるのか?」ラッセルが訊いた。家の前庭はタンポポとキンポウゲとクローバーで埋まっていたが、もともと芝生だったことは判別できた。

「何の話?」ローウェルが訊き返した。

「ここの芝生に入ったら電気ショックで一発でやられるって聞いたぜ。よそ者が入らないように家のまわりは全部電気が通ってるって」

「ちがうよ。ふつうの芝生だよ」ローウェルが言った。

メロドラマがついに終わり、メリッサは私がいないのに気づいた。近所を捜しまわった末に、バイアードさんに言われて父に電話した。父はちょうどそのときローウェルが学校からいなくなったことを知ったところだった。おかげで授業を休講にしなければならず、その話は何日にもわたって蒸し返された——パパだけじゃなくて、クラス中の学生に迷惑をかけたんだぞ、と。父が授業に現れなかったことは学生たちには今週のハイライトだったに違いないのに。帰宅した父は車がないのに気づいた。

というわけで私たちが家に帰ったときチャイルドシートから降ろしてくれたのは父で、今日はどうだったかいとは訊かなかった。それでも私はおかまいなしにしゃべった。

5

じつはメアリーについて、ここまで書かずにきたことがある。私が子どものころいつも遊んでいた空想の友だちは、人間の子どもではない。幼いチンパンジーだ。

いうまでもなく、姉のファーンもチンパンジーだ。

うすうす勘づいていた読者もあるだろう。そうでない読者は、ファーンが人類ならぬ類人猿に属するという重要な要素を伏せておくとは、ずいぶんたちが悪いと思ったかもしれない。

いいわけになるが、それには理由がある。私は人生の最初の十八年間を、このたったひとつの事実、チンパンジーといっしょに育てられた、というレッテルだけで生きてきた。レッテルから逃れるために、アメリカ大陸を半分ほど横断しなければならなかった。これからも初対面の相手に打ち明けることはけっしてないだろう。

でもそれよりずっと重要なのは、変に誤解されたくないということだ。たったいまもファーンがチンパンジーだと言ったとたんに、読者はなんだ、お姉さんじゃなかったのかと思っただろう。私たちがファーンを一種のペットとしてかわいがっていたと思ったに違いない。ファーンがいなくなったときドナお祖母ちゃんはローウェルと私に、前に飼犬のタマラ・プレスが死んだときもあなたがたのママはひどく落ち込んだものよと言った。つまり、今度もおんなじよ、という意味で。ローウェルが父に言いつけ、私たちがあまりに憤慨したので、祖母は即座に撤回するはめになった。

ファーンは断じてペットなどではなかった。ローウェルのかわいい妹であり、つきまとって離れない忠実な子分だった。両親がファーンを実の娘として愛すると約束した経緯があったため、その約束は守られたのだろうかと私は長いあいだ自問しつづけたものだ。まず父や母が読んでくれる物語に以前より注意をはらうようになり、まもなく自分で物語を読みはじめてからは、本の中の親が娘たちをどんなふうに愛しているかばかりが気になった。私自身が妹であり娘でもあったから、気にかかったのはファーンのためだけではなかった。

本の中には甘やかされた娘もいたし、虐待された娘もいた。自己主張の強い娘もいれば、口を封じられた娘もいた。塔に幽閉された娘、ぶたれて召使のようにこき使われる娘、愛されて育ったのにおそろしい怪物の身の回りの世話をするために送られてしまう娘もいた。家を出されるのはジェイン・エアやアン・シャーリーのような孤児が多かったが、例外もあった。グレーテルは兄と一緒に森の奥に連れていかれて捨てられた。ダイシー・ティラマン〔米国の児童文学作家シンシア・ヴォイトによるシリーズ作品の主人公〕はきょうだいと一緒にショッピングモールの駐車場に置き去りにされた。『小公女』のセイラ・クルーは父親に溺愛されていたのに、それでもやはりひとりで寄宿学校に送られた。要するに娘の運命にはありとあらゆるバリエーションがあって、ファーンのケースもたやすくそこに収まるのだった。

この本の冒頭で触れたお伽話をご記憶だろうか――姉妹のうちひとりがしゃべると言葉は宝石や花に変わり、もうひとりの言葉はヘビやヒキガエルに変わってしまうという話を。物語の結末はこうだ。姉娘は森の奥へと追いやられ、ひとりぼっちで野たれ死ぬ。味方だったはずの母親に追い出されて。あまりに嫌な話なので私は聞かなければよかったと思い、ファーンが家を出されるよりずっと前から、このお話だけは二度と読まないでねと母に頼んでいた。

でももしかしたら、最後の部分は私が思いこみでつくりあげた記憶かもしれない。あまりにも不愉快で怖かったせいで。もしかしたらファーンがいなくなったあと、こう感じるべきだったと反省して記憶を修正したのかもしれない。よくあることだ。人間はいつもそういうことをやっている。

ファーンが追い出されるまで、私はひとりになることがほとんどなかった。ファーンは私の双子の姉妹、ビックリハウスの鏡に映った自分、くるくる動きまわるもうひとりの私だった。忘れないでほしいのは、ファーンにとっての私も同じだったということだ。ローウェルと同じように私も彼女を実の姉として愛していたと思うが、ほかに女きょうだいがいないのでよくわからない。きちんと管理されない実験みたいなものだ。とはいえ、はじめて『若草物語』を読んだとき、私はファーンをジョーがベスを愛するようにとまではいかなくとも、ジョーがエイミーを愛する程度には愛していたなと思ったものだ。


当時チンパンジーの赤ちゃんを人間の子ども同様に育てる試みをしていた家庭は、うちだけではなかった。ウィリアム・レモン博士が院生や親たちに気前よくチンパンジーを処方していたオクラホマ州ノーマンのスーパーマーケットに行ってみれば、こんな家族が通路にあふれていたはずだ。

人間の子どもといっしょにチンパンジーを育てる実験をした家もうちだけではなかったが、人間とチンパンジーを双生児として育てたのは、一九三〇年代のケロッグ一家以来うちだけだった。一九七〇年代になるころには、チンパンジー入り家庭の人間の子どもはみな大きくなっていて、実験には参加していなかったのだ。

ファーンと私は、可能なかぎりそっくり同じように育てられた。チンパンジーのきょうだいがいるせいで誕生日パーティーの招待をすべて辞退した子は、アメリカ広しといえども私くらいだろう。それはおもに風邪を家に持ち帰らないための用心だったのだが。赤ちゃんチンパンジーは呼吸器系の感染症にとても弱いのだ。私とファーンは人生最初の五年間でたった一度しか誕生日パーティーに行ったことがない。私自身は覚えてさえいないのだが、ローウェルが話してくれたところによると、ピニャータと野球のバットと飛び交う大量のキャンディーがからんだ不運な事件が起こり、最後はファーンがバースデイガールのパーティー・カビンスの脚に嚙みついて終わったらしい。家族以外のひとを嚙むなんて――それはもう一大事だ。

もちろん憶測に過ぎないけれど、よそのチンパンジー入り家庭には違うやりかたがあったのだと思う。ファーンはたしかにえこひいきには超敏感で、すごい剣幕で食ってかかった。チンパンジーは不公平なことが我慢ならない。

私の最初の記憶は視覚というより触覚で、ファーンに寄り添って寝そべっているところだ。ファーンの毛が頰をくすぐる。ファーンはバブルバスに入った直後で、ストロベリーソープと濡れタオルの匂いがする。顎にまばらに生えた白い毛にはまだ水滴がついている。私はもたれかかった肩ごしにそれを見あげている。

ファーンの手と黒い爪、曲げたり伸ばしたりしている指が見える。ふたりともごく幼いころだったと思う。彼女の手のひらがまだやわらかくて、皺が寄ってピンク色だったから。ファーンは大粒のゴールデンレーズンをひとつ、私にくれようとしているところだ。

目の前の床にそのレーズンを入れた皿がある。レーズンは私のではなくファーンのもので、何かのゲームに勝ってもらったのだと思うが、どうでもいいことだ。とにかく分けっこしてくれているのだから――自分にひとつ、私にひとつ、自分にひとつ、私にひとつ。私にとってこれは、深い満足感をともなう記憶だ。

もうすこし後の思い出がある。私たちは父の書斎にいて、同じ同じじゃないゲームと名づけたゲームをやっている。ファーン向けのバージョンは、二つの物を見せるところから始まる。たとえばリンゴ二個とか、リンゴ一個とテニスボール一個とか。ファーンは赤と青のポーカーチップを握っている。二つの物が同じだと思ったら、今日の担当院生のシェリーに赤いチップを渡すことになっている。青は違うという意味だ。ファーンがこのゲームを理解しているかどうか、まだ定かではない。

でも私にとっては、このゲームはもうやさし過ぎる。私はエイミーの前にすわって、彼女が四つの物のリストを読み上げるのを聞いている。つぎに、違うのはどれ、と訊かれる。なかなかトリッキーなリストもある。子豚、子ガモ、馬、子熊は、豚、カモ、馬、熊になる。私はこのゲームが大好きで、父がどんな答えでも間違いはないんだよ、考え方を見るだけなんだからと説明してくれたので、ますます好きになった。というわけで私は負ける心配のないゲームをしては、自分が考えたことをありったけ、相手かまわずしゃべるようになった。

私はエイミーに自分が選んだものを告げ、ついでにアヒルやら馬やらについて知っていることや経験したことを話しつづける。ときどきカモにパンをあげてるとね、大きいのが全部食べちゃって、小さいのはひとつも食べられなかったりするでしょ、とエイミーに言う。それってずるいでしょ？　みんなに分けてあげなくちゃ。

それから、手持ちのパンがなくなってカモたちに追いかけられた話をする。ファーンはカモにパンをあげないの、自分で食べちゃうから。それは事実のときもあれば、事実でないこともある。だがエイミーがたしなめようとしないので、私はいい気になって繰り返す。ファーンはけちなんだよ、と、私にはちゃんと分けてくれたのを無視して言う。

私はエイミーに、馬にはまだ乗ったことがないけど、いつかは乗れるようになるんだと言う。いつか自分の馬を持って、スターとかブレイズとかいう名前をつけるの。ファーンは馬には乗れないでしょ？私は訊く。私はいつも、自分にできてファーンにできないことを探しまわっている。「そうかもねえ」エイミーは言って、逐一メモを取る。私にとって、こんな気分のいいことはない。

だがファーンは不満がたまっている。リンゴを食べさせてもらえないからだ。同じか同じじゃないかゲームもやめてしまう。近づきざま、でこぼこした額を私の平たいおでこに押しつけるので、私は彼女の琥珀色の瞳をまっすぐのぞきこむことになる。目の前にいるファーンの息が私の口に入ってくる。機嫌が悪いのは匂いでわかる。いつもの濡れタオルみたいな匂いに、ちょっとツンと来るような刺激臭が混じっている。「じゃましないでよ、ファーン」私は彼女を押しやる。だっていま私はお仕事中なのだ。

ファーンは部屋の中をうろついて、リンゴやバナナやキャンディーや、おいしいものの名前を手話で言ってみせるが、何も出てこないのでひどく悲しそうな顔をする。それから父のデスクと大きなアームチェアのてっぺんを、ぴょんぴょんと行き来しはじめる。お気に入りのブラックバードの絵のついた黄色いスカートをはいていて、跳ぶたびにスカートがはね上がるので、紙オムツが丸見えになる。ファーンは口を漏斗のように突き出し、小さな顔は青ざめて厳しい。不安なときに出す、うう、うう、ううという低い声が聞こえてくる。

ファーンは愉しんで跳んでいるわけではないのだが、それでも私にはおもしろそうに見える。私は真似して父のデスクにのぼってみるが、だれも危ないよとは言わない。ファーンに言わなかったので、いまさら言えないのだろう。アームチェアは思ったより遠くて、私は肘から床に落ちてしまう。落ちたひょうしにファーンの笑い声が聞こえる。その場にちょっとした興奮が走る。通常チンパンジーは、身体的接触があったときしか笑わない。これまでファーンが笑ったのは、追いかけられたりくすぐられたりしたときだけだった。からかって笑うのは人間特有の現象のはずだった。

ファーンが笑ったとき、父はシェリーとエイミーに注意して聞くようにと指示する。その音は呼吸に制約され、呼吸のタイミングで出てくるので、笑い声が喘ぎ声のように聞こえる。おそらくファーンは呼気と吸気を繰り返すあいだ同じ音を発声しつづけることができないんだろうと父は言う。とするとそれは発語の発達にとってどんな意味をもつか？　ファーンが意地悪をしたことはだれも気にしていないようだ。私にとってはそこが肝心かなめなのに。

後になって、肘が痛いと騒いでも無視されるだけだった私が結局骨折していたと判明したとき、父は謝罪のしるしにレントゲン写真で折れたところを見せてくれた。亀裂は貫入仕上げの陶器の皿のように見える。骨折という深刻な結果になったことで、私はちょっと慰められる。

でもすっきりとまではいかない。私にできてファーンにできないことなど、ファーンにできるのに私にはできない山のようなことに比べれば取るに足らないからだ。身体は私のほうがかなり大きくて、それはそれで意味があるものの、力はファーンのほうがずっと強い。私のほうが上手なのはしゃべることだけだが、はたして交換条件として有利なのかどうか、つまり階段の手すりを駆け上がったり、食料庫の扉のてっぺんにヒョウのように寝そべったりできる技と、即座に交換したいと思わないかどうかは、自分でもよくわからない。

だからこそ私は、雪辱を期してメアリーを生み出したのだ。メアリーはファーンができることなら何でも、もっとうまくやってのける。しかもその能力を悪ではなく善のために使う。つまり、私の言うとおりに私のために使ってくれるということだ。

とはいえ、メアリーを考え出した第一の目的は、私をいちばんに選んでくれる友だちをもつことだった。メアリーのいいところは、ちょっと退屈な子だということだ。

ファームハウスに忍びこんでから数日後のこと、メアリーと私はラッセル・タップマンの家の裏庭にあるカエデの木に登っている。そこからはラッセルの家の台所がのぞめ、パッチワークのベストを着た妖精みたいなお母さんがテーブルを新聞紙で覆い、大きな肉切り包丁でパンプキンに立ち向かっているのが見える。

なぜラッセルの家のカエデなのか？　それは、このブロックで唯一私が簡単に登れる木だからだ。この木は幹が根元で三つ又に分かれていて、うち一本は地面とほぼ平行なので、上の枝をつかんでバランスを取りながら、ベンチを歩くように登りはじめることができる。その先はよじ登らなければならないが、枝がたくさんあるので一歩ずつ進むのはたやすかった。木の上からラッセルの家の中が見えるのは、単なるおまけだ。私たちは木登りがしたいのであって、盗み見が目的ではなかった。

メアリーは私より高く登っていて、通りのずっと向こうのバイアードさんちの屋根まで見えると言った。ラッセルの部屋の中が見える、ラッセルがベッドの上でぴょんぴょん跳んでるよとも言った。

でもメアリーは嘘をついていた。なぜならそのすぐ後にラッセルが勝手口から出て、まっすぐ私のほうに向ってきたからだ。木にはまだ赤い葉っぱがそこそこ残っていたので、自分では姿が見えていないつもりだった。私が息を止めていると、ラッセルが真下までやってきた。「おいチビ、そこで何やってるんだ？　何を覗き見してる？」

私は、お母さんがパンプキンを切っているところだと言った。ただしこのときの私は切開という言葉を使った。以前、ファームハウスの小川のそばでローウェルが死んだカエルを見つけ、父とふたりでダイニングテーブルの上で、午後じゅうかかって解剖したことがあった。ふたりは小さな湿ったナッツみたいな心臓を心室ごとに切開していた。そのときは何とも思わなかったのだが、ラッセルのお母さんがパンプキンに刃を立てているところを見ると、胃がむかむかして生唾がわいてきた。ごくりと唾を呑みこみ、窓のほうを見るのをやめた。

私は大枝の上に立って片手で上の枝をつかみ、軽く揺らしながら気楽そうにしゃべっている。はたから見れば、まさか胃がひっくり返りそうになっているとは思わないだろう。これぞ機転というものだ。「モンキーガールめ」とラッセルが言う。学校に行きはじめてからはさんざん聞くことになるフレーズだ。「おまえほんとに変だな」でもその口調に悪意はないので、嫌な感じはしない。「兄ちゃんに金は用意したと言っときな」

私はもう一度台所に目をやった。ラッセルのお母さんはパンプキンの内臓をひきずり出して、新聞紙にたたきつけていた。私は頭が空っぽになって脚が震え、一瞬墜落するか、もっと悪いことに嘔吐するのではないかと思った。

とっさに枝にまたがってみるとそれは細い枝で、私の体重を受けて思いがけず曲がってしまい、私は小枝や葉っぱをこそげ取りながら枝の上を滑り落ちていった。そしてまず足から、つぎにお尻をついて着地した。両手は擦り傷だらけだった。

「今度はいったい何をやってるんだよ?」ラッセルが言いながら、私のパンティの股のところを指さした。そこには葉っぱの染みがくっきりと残っていた。いま思い出してもこのときの屈辱感は言葉にならない。子どもの私でも、パンティの股が見られたり話題にされたりするべきでないことは知っていた。それが秋の紅葉の色であってはいけないことも。

それから何日かして、ラッセルは警察の手入れを受けた。ドナお祖母ちゃんは私に、ラッセルがファームハウスでハロウィーンパーティーをやったのだと説明した。窓という窓がすべて割られ、未成年の女の子がひとり、病院で一晩過ごしたと。

言葉というのはじつにあてにならない道具で、私はときどき、どうしてこんなものを使っているのかと不思議になってしまう。私が聞きとった話はこうだった。たぶんファーンがポルターガイストみたいに時空を超えてやってきて、以前私たちが住んでいた家を破壊したのだ。割れたガラスが二枚や三枚なら、パーティーで納得したかもしれない。ファーンと私はむかしクロケットの球を投げて窓を割ったことがあり、その後のお仕置きはべつとして、とても楽しい思いをしたものだ。でも全部の窓とは。それはもう悪戯とは思えない。その正確さと執念深さは、怒りなしにはありえないではないか。

いっぽう、ドナお祖母ちゃんが伝えたつもりでいた話はこうだった。いくら子どもでも、酒とドラッグを混ぜる危険ぐらいは理解できるだろう。祖母はいつの日か私が胃洗浄を受けるのを見るはめにだけはなりたくなかったのだ。そんなことがあれば、私の母の心は永久に壊れてしまうだろうから。

6

ある朝なんの前ぶれもなしに、母が復活した。私は二階で響いているスコット・ジョプリンの『メープルリーフ・ラグ』の軽快な旋律を聞いて目が覚めた。母が起き出して、以前やっていたようにピアノで朝食を知らせていたのだ。手をアーチ形にして、フットペダルをせっせと踏みながら。その前にシャワーを浴びて料理もしていた。母はまもなくまた本を読むようになり、ついにはしゃべるようになった。父が酒を飲まない日が何週間も続いた。

母の回復にはほっとしたものの、おそらく他人が想像するほどではなかった。一度あんな状態を見てしまうと、完全に安心することはできないものだ。

私たちはクリスマスをワイキキで過ごした。サンタもボードショーツにビーチサンダル姿で、クリスマス感が全然なかった。ファーンがいたころは旅行ができなかったが、いまではどこにでも行けるうえに、家にいるのが嫌だったのだ。去年、ファーンは何度やめなさいと言われてもクリスマスライトのプラグを入れたり抜いたりを繰り返した。ツリーのてっぺんに星を飾るのは、いつもファーンの役目と決まっていた。

プレゼントの箱をひとつ二階のクローゼットに隠したくせに、興奮してフウフウ言うのでいたずらがばれてしまったファーン。クリスマスの朝、包装紙をびりびりにやぶいた紙吹雪を投げちらし、私たちの首筋に本物の雪のように積もらせたファーン。

　私にとっては初めての飛行機だった。下のほうで白い雲がマットレスのようにうねっていた。ハワイは空港に着いたときからもうすてきな匂いがした。プルメリアの香りが風に乗って、ホテルのシャンプーや石鹼にまでしみ込んでいた。

　ワイキキのビーチは遠浅で、私でさえずっと先のほうまで歩いていけた。一日中海にいて浮いたり沈んだりを繰り返していたので、夜になってローウェルとふたりで寝るベッドに横になってからも、耳の奥ではまだ血が寄せたり引いたりしていた。私はこの旅行のあいだに泳ぎを覚えた。父と母が離れて立ち、バタ足で進む私を受けとめてくれた。これはファーンにはたぶんできないだろうと思ったけれど、両親に訊いてみることはしなかった。

　ここで私は重大な発見をして、朝食の席で得意がって話して聞かせた。世界はふたつのパート、上の世界と下の世界とに分かれている。シュノーケリングすれば下の世界に行けるし、木登りすれば上の世界に行けて、どちらがよりよいということはない。これはすごく興味深い発見で、だれかがきちんと書きとめておくべきだと思ったのを憶えている。

　言いたいことが三つあったら、ひとつ選んでそのことだけを話しなさい。ファーンがいなくなってから何か月も、私が話さずにおく残りのふたつはいつもファーンのことだった。ハワイで私は、ファーンは木に登れるかもしれないけど私は水に飛び込めるんだ、と思った――でも口には出さなかった。ファーンがここにいて私が飛び込むところを見せられたらいいのにと思った。ファーンがここにいて、チョコレートケーキをもらってホッホッと騒いだり、スパイダーマンみたいにヤシの木をするする登ったりしてくれたらいいのにと思った。

ファーンがいたら朝食のビュッフェをどんなに喜んだだろう。どっちを向いてもファーンが見えた。でも口には出さなかった。

そんなことより私は、母がまた崩壊しはしまいかと、その気配ばかりうかがっていた。母は海で仰向けに浮かんだり、プールサイドの寝椅子でマイタイを飲んだりしていて、ホテルのフラ・ナイトで支配人がボランティアを募ると真っ先に立ちあがった。日焼けした母のどんなにきれいだったことか。首に花のレイをかけ、『フキラウ・ソング』に合わせて手をなめらかにうねらせて――「網を投げ入れ、海の中へ、たくさんの魚が泳ぎながら私のところに寄ってくる」

ママは学のある女性なんだ。帰る前の夜、父は慎重に切り出した。せっかくだからずっと家に縛りつけられるより、外で仕事をしたほうがいいと思わないかい？　ロージーは幼稚園に行くんだから。

父がそう言うまで、自分が幼稚園に行くとは知らなかった。私はこれまで、ほかの子どもとあまり接触がなかった。だから愚かにも舞いあがってしまった。

レストランの窓から見る海はきらきらして、ちょうど銀色から黒に変わっていくところだった。母は曖昧に賛成しながらもその話題を追わないというスタンスで、父はその意味するところをくみとった。このころ私たち家族は、いつも母の気配をくみとろうとぴりぴりしていた。互いに警戒しあっていた。爪先歩きだった。

そんな状態が何か月も続いた。そしてある晩、夕食の席で、ローウェルがだしぬけに言ったのだ。「ファーンはほんとにトウモロコシが好きだったよね。めちゃくちゃ散らかしたのを憶えてる？」そこで私の目の前に、きれいに並んだファーンの真っ白な歯に、トウモロコシの黄色い粒が網戸にからまった虫のように張りついている場面がうかんだ。ローウェルがこう言ったとき、私たちはトウモロコシを食べていたような気がする。だとすればつぎの夏だったのだろう――雷雨やらホタルやらの季節で、ファーンがよそにやられてから一年近くたっていたことになる。しかしすべて憶測に過ぎない。

「ファーンが僕らをどんなに愛してたかおぼえてる?」ローウェルが言った。

父がフォークを手に取った。フォークは指の間でふるえていた。父はそれをまたテーブルに置き、母に探るような視線を投げた。母はお皿をじっと見つめていたので、目の表情は見えなかった。「よしなさい」父がローウェルに言った。「まだだめだ」

ローウェルは無視した。「ファーンに会いたいよ。会いにいってあげなくちゃ。どうして来てくれないんだろうと思ってるよ」

父は手のひらでするりと顔をなでた。以前私とファーンにこれでよくゲームをしてくれたものだ。手のひらで上から下に一度なでると、しかめ面が現われる。手のひらを下から上に動かすと、笑い顔に変わる。下へ、しかめ面。上へ、笑い顔。下へ、悲劇の女神メルポメネ。上へ、喜劇の女神タリア。悲劇と喜劇を顔だけで演じてみせた。

この夜現われた顔は、たるんで悲しげだった。「もちろん行きたいさ」父の声音はローウェルにそっくりで、穏やかだがきっぱりしていた。「みんなファーンに会いたいんだ。しかしあの子にとって何がいいのかを考えてやらなくちゃいけない。本当のことを言うと、最初はひどくつらい思いをしたらしいが、やっとなじんで幸せになったところなんだよ。うちの家族に会ったらまた混乱させるだけだ。おまえが身勝手で言ってるわけじゃないことはわかるが、自分の気持を楽にするためにファーンに苦しい思いをさせることになる」

このころには母は泣きぬれていた。ローウェルはそれ以上ひとことも言わずに席を立つと、皿の上のものをそっくり生ゴミに捨てた。そして自分の皿とグラスを食洗機に入れた。それから台所を出て、家を出ていき、そのまま二晩帰ってこなかった。マルコのところに行ったわけではない。このときローウェルがどこで寝ていたのか、結局私たちにはわからずじまいだった。

父がこの理屈を使うのを聞いたのは、はじめてではなかった。ラッセルとローウェルといっしょにファームハウスに侵入したとき、つまりファーンはもうあの家にいないのだとはじめて知ったとき、ファーンはどこにいるのとたずねたことがあったのだ。

そのとき父は新しい書斎にいて、私は『ロックフォードの事件メモ』が始まる時間だよと知らせにいかされた。ローウェルとしては、「部屋に入って自分のやったことをよく考えなさい」という命令が「大好きなテレビ番組も見てはいけない」という意味だとはとうてい信じられなかったからだ。私はデスクに乗って父の膝に飛び降りることを考えてみたが、メリッサに黙って出かけるという判断ミスをしでかした直後だったし、父がふざける気分でないこともわかっていた。私が飛び降りればしかたなく抱きとめてくれるだろうが、うれしくはないはずだ。そこでかわりにファーンのことを訊いた。

父は私を膝に抱きあげた。いつものようにタバコとビールとブラックコーヒーとオールドスパイスの入り混じった匂いがした。「ファーンには別の家族ができて、ファームで暮らしているんだよ。そこにはほかのチンパンジーもいる。新しい友だちがたくさんできたんだ」

私は即座に、私がいないところでファーンと遊んでいる、その新しい友だちに嫉妬した。私より好きな子ができただろうか。

父の片膝にすわってみて、反対側にバランスを取るファーンがいないのは変な感じだった。私を支える父の腕に力が入った。そしてあとでローウェルに言ったのと同じ（たぶんもっと何回も）、いま会いにいったらファーンが混乱するから会うことはできないけど、幸せに暮らしているよという説明をしたのだ。「これからも会えないさびしさはずっとずっと続くだろうが、ファーンが幸せなのはわかっているし、それがいちばん大事なことだろう？」

「ファーンは知らないものを食べなさいって言われるのが嫌いだよ」私は言った。ずっと気がかりだったからだ。ファーンと私は食べ物にひどくこだわるほうだった。「慣れたものを食べるのが好きなの」

「新しいのも悪くないぞ」父が答えた。「ファーンが聞いたこともなくて、大好きなものがたくさんあるはずだからね。マンゴスチンとか、バンレイシとか、ジャックフルーツとか、ブラジルヤシとか」

「でも好きなものも食べられる？」

「キマメとか、ケーキアップルとか、ジャムジャムとか」

「それでも好きなものも食べられる？」

「ジェリーロールとか、ジャングルジムとか、サマーソールトとか」

「それでも大好きなものも……」

父はあきらめた。そして降参した。「もちろんさ。もちろんだよ。好きなものだって食べられる」父が言ったのを覚えている。

私はそのファームの存在を長いあいだ信じていた。ローウェルもそうだった。

八歳ぐらいになったとき、突然ある記憶らしいものがよみがえった。それは組みあわせてひとつの絵になるパズルのように、一片ずつやってきた。私は幼い子どもで、両親と車に乗っていた。狭い田舎道を走っていて、両側からキンポウゲや丈の高い草やノラニンジンが車に迫り、窓をこすった。

車の前を猫が横切ったので、父が車をとめた。後部座席のチャイルドシートにベルトで固定されていた私にその猫が見えたはずはないのだが、いまの私は顔と腹だけが白いその黒猫をはっきり思い出すことができる。猫はおぼつかなげに車の前を行ったり来たりしていた。しまいに父が癇癪を起こし、かまわず車を発進させて猫を轢(ひ)いてしまった。その時のショックは憶えている。ひどいと抗議したことも。母は父の肩をもって、猫がどうしてもどかないからしかたがなかったのだと言った。まるでほかに何も打つ手がなかったみたいに。

記憶が完成したとき私はそれを持って、信じてくれるかもしれない唯一の人、ドナお祖母ちゃんのところに行った。祖母はアームチェアにすわって、雑誌、おそらく『ピープル』誌を読んでいた。たしかカレン・カーペンターが急死した直後だったのではないかと思う。祖母たちはどちらともひどくショックを受けていた。猫の話をするとき私はふるえてしまい、泣くまいとしても涙が出てきた。「よしよし、いい子だから」ドナお祖母ちゃんは言った。「それはあなた、夢を見たのよ。パパが絶対に絶対にそんなことをしないのは、よくわかっているでしょ」

どうにかしてパパを悪く言いたがる人がいるとすれば、それはドナお祖母ちゃんだ。その祖母が即座に否定してくれたことはたいへんな慰めになった。おかげで私はよくわかっている事実――父はやさしい人で、そんなひどいことをするはずがない――を思い出すことができた。いまでも私はタイヤがドスンと猫の身体にのりあげる感触を覚えている。そしていまでも、それが実際には起こらなかったのをはっきりと知っている。これこそ私だけのシュレーディンガーの猫なのだと思ってもらえばいい。

父は動物にやさしかったのだろうか？　子どものころはそう思っていたのだが、当時の私は実験用ラットの運命をよく知らなかった。だから、科学のために役立てる場合をのぞいては動物にやさしかった、といっておけばよいだろう。猫を轢き殺すことによって何かを学べるのでないかぎり、父は絶対にそんな殺生はしなかったはずだ。

父はヒトの動物性を信じていたから、ファーンを擬人化するより私を動物として見ることのほうが、はるかに多かった。私だけではなく、みなさんのことも――すべてのヒトをそう見ていたと思う。動物に父が定義する意味での思考力があるとは考えていなかったが、人間の思考力もたいして評価してはいなかった。父はよくヒトの脳を、耳と耳の間に停まっているサーカスのクラウン・カーにたとえた。ドアを開けると道化師たちがどっと飛び出してくる、あの小さな車だ。

人間の合理性が私たちにとって説得力をもつのは、われわれが自分で説得されたいと思っているからだと父はいつも言っていた。偏見のない観察者――そんなものが存在するとすればだが――から見れば、ぺてんは一目瞭然のはずだ。われわれの決断、行動、何に価値をおくか、世界をどう見るか、それはすべて感情と直観に基づいている。理性や合理性など、ささくれた表面に塗りたくった薄いペンキにすぎない。

アメリカ合衆国議会がやっていることを理解したければ、二百年におよぶ霊長類研究として観察するしかないと、父から一度聞かされたことがある。近年ヒト以外の動物認知に関する考え方は革命的に変化したが、父はそれを見ることなく世を去った。

でも合衆国議会の話は間違っていなかったと思う。

7

ファーンの思い出いろいろ。

最初のエピソードでは、私たちは三歳だ。母はライブラリーで、片側にファーン、反対側に私が割り込めるように、大きなラブチェアにすわっている。外は雨。何日も降りつづいているので、私はおうちにいるのも、おうち用の声でしゃべるのにも飽き飽きしている。ファーンは本を読んでもらうのが大好きだ。眠くなって黙りこみ、ママに思いきりべったりもたれかかって、手はママのコーデュロイパンツのベルト通しをいじりながら、パンツの布地のけばをなでつけている。逆に私のほうは身の置きどころなくもぞもぞしていて、ママの膝頭ごしにファーンの爪先を蹴ってみたりする。ファーンが何かいけないことをしでかすのを期待しているのだ。ママは魚が酢漬けになりそうな冷たい声で、やめなさいと私に言う。

本は『メアリー・ポピンズ』第一章で、おばあさんが自分の指を折るとそれが砂糖菓子に変わり、子どもたちがなめさせてもらうところだ。私は気持ち悪い話だと思ったが、ファーンは砂糖という言葉に反応して、眠たそうに夢見るように口を動かしはじめる。ファーンが指の部分を理解していないということが、私には理解できない。ファーンが話の筋を追えないことが、私にはわからない。

私はすべてを理解したくて、たえまなく口をはさむ。うばぐるまってなあに？　りゅーまちってなあに？　あたしもいつかりゅーまちになるの？　わきゴムブーツってどんなの？　あたしもはける？　メアリー・ポピンズにお星さまを取られて、マイケルとジェインは怒った？　空にお星さまがなくなっちゃったらどうなるの？　そんなことある？　とうとうママが声を荒げる。「いい加減にして！　せっかく読んであげてるんだから最後まで黙って聞きなさいよ！」めったに怒らないママがこういう声を出したときは、メアリーに泣いてもらうしかない。だってメアリーがなんでも聞きたがるんだもん、と私は言う。「メアリーには本当に頭に来るわ」母が言う。「このかわいいファーンみたいに、メアリーもお利口にしていられるようにならなくちゃね」

　私がメアリーを利用したようにファーンも私を利用した。自分だってリューマチが何だか知らなかったくせに、私が質問してあげたから、いまでは答えを知っている。リューマチの意味がわかって、そのうえ、しゃべらなかったとほめられている。もともとしゃべれもしないくせに。ファーンは何もしていないのにほめられるけど、私はそんないい目にあったことがない。ママはやっぱりファーンのほうが好きなんだ。私のところからファーンの顔が半分だけ見える。いまにも眠り込みそうにまぶたがふるえ、黒い毛のあいだからポピーが咲いたみたいに耳が突き出していて、大きな足の親指を口にくわえているので、ちゅぱちゅぱと指しゃぶりの音が聞こえる。ママの腕に抱かれて自分の足の向こうからねむたそうに私を見ている。オムツなんかしちゃって、あかんぼうのふりのうまいこと！

　思い出、その二。

　ある大学院生が地元のラジオ局からヒット曲集のテープをもらってきて、カセットプレイヤーにほうり込んだ。そこで女子が集結してダンスが始まる――ママ、ドナお祖母ちゃん、ファーンと私、院生のエイミー、キャロライン、コートニー。『スプリッシュ・スプラッシュ』『パラダイス・パーク』『ラブ・ポーション・ナンバー9』といったオールディーズにみんなで踊りまくる。

「もう昼か夜かもわからなかった。おれは目に入るものに片っぱしからキスしはじめたぜ……」

ファーンは思いきり強く足を踏みならし、ときおり椅子の背に飛び乗っては床に飛び降りる。エイミーにぶらんこしてもらい、宙に揺れているあいだじゅう声をあげて笑っている。

私はシェイクしたり飛び跳ねたり床に寝そべったりと、大フィーバーだ。「列になってコンガよ！」ママが叫ぶ。一列にならんだ私たちを引き連れて、家じゅうをねり歩く。ファーンと私はママのうしろを踊りながらついてゆく。

思い出、その三。

新雪が積もり、晴れわたったある日。ローウェルが台所の窓に雪玉を投げつけている。雪玉はガラスに当たって砕け、つややかな線を残して落ちていく。ファーンも私も興奮してじっとしていられず、マフラーをなびかせたり振りまわしたりしながら、台所じゅうを駆けまわっている。早く外に出ようと気が急いて着替えもできない。ファーンは足踏みしながら身体を揺らしている。それから一回、二回と後方宙返りをする。ふたりで手をつなぎあってメリーゴーラウンド回りをはじめると、目の下にファーンの頭のてっぺんが見える。

私は雪はどこから来るの、と訊く。なぜ冬だけにふるの、オーストラリアでは夏にふるの、だったらオーストラリアでは何もかもさかさまなの？　夜明るくて昼は暗いの？　サンタさんは悪い子にだけプレゼントをもってくるの？　ママは質問に答えようとせず、困った顔をしている。ファーンに手袋やブーツをつけさせることができないからだ。足に何かはかせようとすると、ファーンは怒ってわめきたてる。

洋服はいつも微妙な問題だ。寒すぎるときを除いて（もうひとつの例外はオムツだ）、ママはファーンに服を着せたがらない。滑稽に見えるのがいやなのだ。でも私は服を着なければならないし、そうなるとファーンも着ることになる。しかもファーンは洋服が好きなのだ。パパの嫌いな擬人化にはなるけれど、ママはファーンの服を自己表現と定義することにする。

今回ママは、自分の大きな手袋をファーンのパーカの袖口に安全ピンでとめることで落ち着いた。そうしてファーンの手を手袋に押し込み、すぐに脱いでしまっても勝手にさせておくことにする。ママは私にまっすぐ立ちなさいと言う。雪の上を手をついて走りまわっちゃだめよ。そのとき台所に臭気がただよう。ママがファーンをそのまま外に出してしまおうかと考えているのがわかる。「くさいよ」私が言うと、ママはため息をついてファーンのパーカのファスナーをおろし、二階に着替えにつれていく。つぎにファーンを連れてくるのはパパで、もう一度押し込むようにスノーウエアを着せる。二階でシャワーの音がする。このころには私は暑くて汗をかいている。

ローウェルは雪だるま（スノーマン）ならぬ雪蟻（スノーアント）を作っているところだ。ローウェルが後体部（メタソーマ）と呼ぶ腹の部分が、思うように大きくできずにいる。本当は自分の背丈ほどある巨大なミュータント蟻を作りたいのに、湿った雪が凍って地面に貼りついてしまったからだ。ファーンと私がファームハウスの敷地のスノードームみたいな世界にようやくとびだしていったとき、ローウェルは凍って貼りついた胴体をはがして転がそうと頑張っているところだった。苦労するローウェルを尻目に、私たちは周囲をはねまわる。ファーンは頭の上の低いクワの木にするすると登る。枝に雪が積もっている。ファーンはその一部を食べる。一部は下にいる私たちの首筋めがけて落とし、しまいにローウェルからやめろと言われる。ファーンはやめるのが好きではない。ローウェルはフードをかぶる。ファーンがローウェルの肩めがけてとびおりると、首に両腕を巻きつける。ファーンの笑い声が聞こえる——手のこをキイキイと前後に動かすような音だ。ローウェルは手を上げてファーンの両腕をつかみ、宙返りで地上におろす。ファーンはさらに笑い、もう一度やろうと木に登る。

でもローウェルはスノーアントを最初から作りなおすことに決めて、平らな新雪の場所を探しはじめている。ローウェルは言う。「おまえたちが出てくるのを待ってたのが間違いだったよ。ずっと動かしてないとだめなんだ」そしてファーンががっかりしてわめくのを無視する。

私は元の場所に残り、ミトンをはめた手で未完成のメタソーマのまわりに溝を掘っている。ファーンが木から降りてローウェルのあとを追おうとする。振り向いて私がいっしょに来るかたしかめようとするので、手話で手伝ってと頼む。いつもなら完全に無視されるところだが、ファーンはまだローウェルに腹を立てている。だからもどってくる。

父はコーヒーを手にポーチに立っている。打ち捨てられた雪蟻の胴体をコーヒーカップで示しながら、シェリーの詩を借りて言う。「ほかには何も残っていない、崩壊してゆくこの壮大な残骸のまわりには」

ファーンは地面にすわり、私の腕にあごを、両足をメタソーマの上にのせている。もう一度手にいっぱいの雪を口につめ込み、器用に動く突き出した唇でチュッという音をたてると、目を輝かせて私を見つめる。ファーンの目は人間の目より大きく見えるが、それは白目が白ではなく、瞳よりすこし明るい琥珀色をしているからだ。ファーンの顔を描くとき、私が目のところで使うクレヨンは赤茶色だ。ファーンが描く絵は完成したことがない。いつもクレヨンを食べてしまうからだ。

今度はファーンは雪の塊を足でけとばしはじめる。手伝っているつもりかどうかわからないけれど、結果的にはそうなる。ファーンの横で私は手で押す。思いがけず簡単に、雪塊はすこし揺れてからごろりところがる。

これで私の力でもころがして大きくできる。ファーンはうしろから波に浮いたコルクみたいに跳びはねながらついてきて、ときには雪塊の上に乗り、ときには滑りおりている。ファーンが通ったところは雪が攪拌（かくはん）されて、『ルーニー・テューンズ』に出てくるタズマニアン・デビルの足跡のようになっている。ピンで袖口にとめた手袋が、革製の魚みたいに雪の上をはねている。

ローウェルが振り向く。白銀の世界を照らす太陽がまぶしすぎるので、目をおおっている。「どうやって動かした？」と大声で訊く。ジャケットのフードでできた丸窓を通して私に笑いかけている。

「すごくがんばったの。ファーンも手伝ってくれた」

「ガールパワーか！」ローウェルは頭をふってみせる。「すげえや」

「パワー・オブ・ラブさ」パパが言う。「パワー・オブ・ラブだ」

そこに大学院生たちがやってくる。みんなで橇（そり）にいくぜ！　だれも私に静かにしろとは言わない。ファーンが静かにするわけがないからだ。

私の好きな院生の名前はマット。マットはイギリスのバーミンガムから来ていて、私のことをイギリス風の発音で「ラヴ」と呼ぶ。私とファーンのふたりとも。私はマットの両脚に腕を巻きつけ、ブーツの甲の上でぴょんぴょん跳ぶ。ファーンはキャロラインに思いきりとびついて雪の上に倒してしまう。立ちあがったときのファーンは頭のてっぺんから爪先まで雪にまみれてドーナッツみたいだ。ファーンも私もそれぞれのやりかたで、院生たちに抱きあげて振りまわしてもらおうとする。私たちはすっかり舞いあがっていて、母のお気に入りの妙に知的な言い回しを借りれば「一心同体大はしゃぎ」だった。

そのころの私は、ファーンが何を考えているか全部わかると思っていた。彼女がどんなに奇矯なふるまいをしても、たとえメイシーズ百貨店の感謝祭パレードのバルーンみたいに着飾って家の中を跳ねまわったとしても、それを簡潔明瞭な英語で説明してのけることができた。ファーンはおそとに行きたいの。ファーンは『セサミストリート』が見たいの。ファーンがあんたバカねって言ってるよ。たまには自分が言いたいことを都合よく代弁させることもあったけれど、普段はそうではないと断言できる。私にファーンの気持をわからないはずがあるだろうか。私ほど彼女をよく知っている者はいない。耳をぴくりとさせても私にはわかる。ファーンの波長にぴったり合わせて動いていたから。

「なんでファーンに人間の言葉を教えるの？」とローウェルが父に訊いたことがある。「ぼくらがファーンの言葉を覚えればいいじゃないか」父の答えはこうだった。ファーンが言語を習得できるかどうかはわかっていない。ただひとつはっきりしているのは、ファーンは自分の言語をもっていないということだ。父によれば、言語とコミュニケーションとはまったくべつのものなのに、ローウェルはそのふたつを混同しているのだった。言語は単なる言葉ではない。言語とは言葉の構成であり、ひとつの言葉が他の言葉を変化させる構造である。

ただし父はこれを延々と長時間にわたって説明したので、ローウェルも私も、ましてファーンはじっとすわって聞いていることなどできなかった。それはすべてウンヴェルト（環世界）とやらに関係があるのだったが、私はウンヴェルトという響きがすっかり気に入ってドラムビートのように何度も何度も繰り返し、いい加減にしなさいと叱られた。そのときはウンヴェルトの意味など気にもとめなかったが、のちになって、個々の生物が経験している知覚世界を指すのだと知った。

私は心理学者の娘だ。表向きの調査対象と本当に調査したい課題が違うことぐらいわかっている。一九三〇年代に、ケロッグ夫妻がはじめてチンパンジーと人間の子どもをいっしょに育てる実験をしたとき、表向きの目的は言語その他の能力の発達を比較対照することだった。私たちの研究も、表向きの目的は同じだった。これは疑わしい。

ケロッグ夫妻は、センセーショナルな実験のせいで評価を下げてしまった、科学者としてまともに相手にされなくなったと思い込んでいた。いまにして思えば、父も当時そのことは知っていたはずだ。だとすれば、未完のうちに悲劇的な終結をむかえたファーン／ローズマリー・ローズマリー／ファーン研究の目的はいったい何だったのだろう？　私にはいまだによくわからない。

けれども、興味深いデータの大半は私のものだったのではないかという気がする。成長するにつれて、私の言語発達はファーンと対比されただけでなく、すべての比較を密かに無意味にしてしまうような、完璧に予測可能なX因子を提供したのだ。

デイ&デイヴィスが一九三〇年代に公表した発見以来、双生児に生まれることが言語獲得に影響するという知見が一般化した。一九七〇年代に新たによりすぐれた研究が行なわれたが、私の両親がそれを認識していたかどうかはわからない。しかもこうした研究が、双生児というには潜在能力の違いすぎる私たちのケースに、完全に合致したとも思えない。

ファーンと私は、大学院生の観察のために引き離されることこそあったものの、ほとんどの時間をいっしょに過ごした。私がファーンの言いたいことを代弁する習慣を身につけるにつれて、ファーンのほうもそれを期待するようになったと思う。三歳になるころには私は完全にファーンの通訳をつとめるようになっていて、それは確実に彼女の進歩を遅らせたはずだ。

だからいまにして思うと、父はファーンのコミュニケーション能力を研究するというより、ファーンがいかに私とコミュニケートできるかを研究していたのかもしれない。それには逆も成り立つこと、タブロイド新聞がおもしろおかしく取りあげるような逆もありうることは、避けられない事実であるにもかかわらず無視された。父が設定した疑問はこれだ。ファーンはヒトと話す方法を学ぶことができるか？ 父が認めようとしなかった疑問はこれだ。ローズマリーはチンパンジーと話す方法を学ぶことができるか？

初期の研究に参加した大学院生のティモシーは、言語習得前の時期、私とファーンのあいだにいわゆる双子言葉、つまりうなり声やジェスチャーの秘密の言語が存在すると主張した。これは論文に書かれることがなかったので、私が知ったのは最近のことだ。父はティモシーの論拠を不明確で非科学的、はっきりいって思いつきにすぎないと断じたのだった。

ときおりアメリカン・ツーリスター社のスーツケースのコマーシャルで、チンパンジーのスター、ウーフィーがテレビに登場することがあったが、ファーンはまったく関心を示さなかった。しかし一度『チンパン探偵ムッシュ・バラバラ』の再放送でハンサムなトンガが主役のリンクを演じているところを見たことがあって、このドラマに登場するスーツにネクタイをして人間の言葉をしゃべるチンパンジーは、ファーンにはずっとおもしろく見えたようだ。しなやかに動く唇をすぼめたりひろげたりしながら画面を一心に見つめ、帽子を意味する手話サインを出した。「ファーンはチンパン探偵みたいな帽子がほしいんだって」私は母に言った。私もほしいと言う必要はなかった。もしファーンが帽子をもらえば、私も必ずもらうことになるからだ。

ふたりとも帽子はもらえなかった。

そのすこしあと、父がボリスという子どものチンパンジーを半日うちに連れてきた。ファーンがボリスを見て出した手話サインは、ときどき納屋で見つけるドクイトグモのと同じで、ママはそれを「うんち虫」、ローウェルは「糞虫」と訳していた（私はローウェルのほうが合っていると思った。うんちはふざけた言い方だけれど糞はまじめな言葉で、ファーンは大まじめだったから）。ボリスはきたない糞虫だ、とファーンは言ったのだ。しかも危険だと。

人間に囲まれて育ったファーンは、自分を人間だと思い込んでいた。これは意外でもなんでもない。人間の家庭で育てられたチンパンジーは、写真を与えてチンパンジーと人間を分けるように指示すると一枚だけ間違えて、自分の写真を人間のほうに入れる。ファーンも同じ間違いをした。

どうやら予想外だったらしいのは、私のほうも混乱をきたしたことだ。いまではわかっていると思われる事実を、当時の父は知らなかった。幼児の脳の神経系の一部は、周囲の脳を鏡のように映すことで発達する。ファーンと私はいつもいっしょにいたので、このミラー効果が相互に働いたのである。

何年もたってから、ウェブ上で父が私について書いた論文を見つけた。後年、より多くの被験者を対象に行なわれた研究で検証された事実を、父はそこでいちはやく指摘していた。一般によく使われる比喩とは裏腹に、じつはヒトのほうがほかの類人猿よりもはるかに他者を模倣したがるということだ。

例をあげよう。パズルボックスの中から食物を取りだすデモンストレーションをチンパンジーに見せてから同じことをやらせると、不要な動作はすべて省いてまっすぐご馳走を取りにいく。ところがヒトの子どもは過剰に模倣して、不必要な動作まですべてくりかえそうとするのだ。よく考えて効率的に行動するよりヒトの子どものように盲目的に模倣するほうが結果的にはすぐれている、ということも論証されているのだが、私はその理由を忘れてしまった。興味のある方は論文を読んでいただきたい。

ファーンが消えたあとの冬、家庭内の混乱と動揺のせいで一学期遅れで幼稚園に入園した私は、クラスメートからモンキーガールとか、ときにはもっとシンプルにモンキーと呼ばれるようになった。

私にはどこか変なところがあったのだ。ちょっとした動作、顔の表情や目つき、そして間違いなく私の言うことに。何年もたってから、父がなにげなく、不気味の谷現象について話したことがある。ロボットなど人間によく似ているが人間ではないものに対して人が抱く忌避感のことだ。不気味の谷現象は定義しにくく、実証もむずかしい。だが事実だとすれば、なぜチンパンジーの顔が一部の人を落ち着かなくさせるかの説明になるだろう。幼稚園のクラスの子たちにとって、私は不安を招く存在だった。五、六歳の子どもたちは似非人間にだまされなかった。

私はその子たちの言葉の使い方に異議をとなえた――ばっかじゃないの、と勝ち誇って言ったものだ。猿（モンキー）と類人猿はちがうんだよ。人間も類人猿なのを知らないの？　だがそれは類人猿ガールと呼ばれるならかまわないと言っているようなものだったから、クラスメートはみな当初の呼び名で通してもいいのだと解釈した。しかもみんなは自分が類人猿だと認めるのを拒否した。子どもたちの親も違うと断言した。私はある日の教会の日曜学級がまるまる私への反論に費やされたと聞いた。

幼稚園入園前に母が私に言い含めたことはこれだ。

まっすぐ立つ。

話すとき手を動かさない。

他人の口や髪の毛に指をつっこまない。

絶対に絶対に人を噛んではいけない。たとえ噛んで当然の状況だとしても。

おいしいものを見たときむやみに興奮してはいけない。ほかの子のカップケーキをじっと見つめてはいけない。

遊んでいるときテーブルや机にとびのってはいけない。

こうしたことを、私はちゃんと覚えていた。たいていのときは。だが成功は失敗にくらべれば取るに足らなかった。


幼稚園に入って初めて私が学んだのは、たとえばつぎのようなことだ。

子どもの表情の読みかた。子どもは大人ほどガードが固くないが、チンパンジーにくらべればずっと表情にとぼしい。

幼稚園は静かにする場所である（お察しのとおり、母がこれを注意事項に入れなかったのはまずかった。あらかじめ与えられていたルール——言いたいことが三つあったらひとつだけ言う——では、行動目標としてまったく不十分だった）。

ビッグワードつまり難解な言葉は、子ども相手には効果がない。しかも大人たちはビッグワードの意味をひどく気にするから、わからない言葉はうっかり使わないほうがよい。

だが何よりも大きな教訓は、違うものは違う、ということだった。自分の行動を変えることはできる。自分がやらないことを変えることもできる。でもそれは私の本質、つまりどこか人間らしくない、人騒がせなモンキーガールの私を変えてくれはしなかった。

私は、同類のチンパンジーのなかに入れられたファーンが私よりうまく適応してくれていることを祈る。二〇〇九年のある研究で、マカクザルにも不気味の谷現象があるらしいことがわかった。ということはチンパンジーも同じである可能性が高い。

もちろん、当時の私がそんなことを考えていたわけではない。何年にもわたって私は、ファーンがターザンを逆転したような生活を送っていると想像していた。人間のなかで育てられ、仲間のもとに返された彼女は、いまごろ他のチンパンジーに手話サインを教えているに違いないと思いたかった。犯罪事件を解決していたりして。私たちがファーンにスーパーパワーを与えたと思っておきたかった。

第三章

まあ、ざっとそんな風に、あれこれ人間並みの胸算用をしたというのではないのですが、やはり人間の感化を受けていたのでしょう。まるで胸算用をした風にはみえたでしょうね。

フランツ・カフカ「ある学会報告」

1

ファーンがいなくなったことで母と父とローウェルが私以上に打撃を受けたことは、議論の余地がないと思う。私のほうがましだったのは、事情を理解するには幼すぎたからだ。

とはいえ、私が最大のダメージを受けた部分もあった。母、父、ローウェルにとって、ファーンが登場したのは人生の途中だった。すでに自分というものができあがっていたから、もとの自分にもどることもできた。それにひきかえ私にとってファーンは始まりだった。ファーンが私の人生に登場したのは生後一か月ちょっとのときだ（ファーンのほうは生後三か月弱だった）。ファーン以前の私など知る由もない。

私はファーンの不在を身体で強烈に感じた。ファーンの体臭や、首筋にかかる湿ってべとつく息が恋しかった。ファーンの指で髪をもじゃもじゃされるのが恋しかった。私たちはならんですわったり寝そべったりして、押したり引いたりなでたりたたいたりを一日に百回もくりかえしたものだが、それがなくなったのがつらかった。それは痛みというか、皮膚の表面で感じる飢えのようだった。

私は無意識のうちに身体を前後に揺らす癖がつき、やめなさいと言われるまでつづけるようになった。自分で眉毛を抜く癖がついた。血が出るまで爪を噛むようになったので、ドナお祖母ちゃんがイースター用の白手袋を買ってくれて、何か月も寝るときまではめさせられた。

ファーンはワイヤー入りのパイプクリーナーのような両腕を私の腰に巻きつけ、顔と身体を私の背中にぴったり押しつけて、まるで合体したみたいにふたりで足をそろえて歩いたものだ。大学院生たちがそれを見て笑うので、私たちは受けたと思って鼻高々だった。背中にチンパンジーを背負っているのは重荷のときもあったが、たいていの場合は自分が大きくなったような気がした。ファーンに何ができて私に何ができるかという問題ではなく、最終的にはその両方、つまりファーンと私の能力の合算になるわけだ。私とファーンが力を合わせれば、たいていどんなことでもできた。私にとってはこれこそが自分——愉快ですてきで夢のように変幻自在なクック・シスターズの人間側の片割れだった。

双子が片方を失うほどつらい喪失はないと読んだことがある。生き残った者はひとりぼっちというより、本来ひとつだったものの壊れた残骸になったような気がすると言うそうだ。子宮にいるうちに双子のきょうだいを失ったケースでも、一生を通して自分は不完全だと感じる場合があるらしい。一卵性双生児がもっとも苦痛が大きく、つぎは二卵性双生児だ。その物差しをもうすこしのばしていけば、ファーンと私にたどり着く。

それは私のぺちゃくちゃおしゃべりに即時に影響したわけではなかったが——じつのところ、本当の影響が出てくるまでには何年もかかった——私はついに、自分の饒舌に意味があったのは双子の姉とのかかわりにおいてだけだと理解するに至った。ファーンがいなくなったあとでは、私の独創的な文法や凝った合成語、機知に富んだ答え、アクロバットのような活用に注意を払う者はいなくなった。自分のほうが重要なのにファーンがいつも邪魔をすると思い込んでいた私は、じつはまったくの逆だったと思い知らされた。大学院生たちは、ファーンと同時に日常生活から消えてしまった。かつては私が口にする言葉がすべてデータとみなされ、さらなる研究とディスカッションのために記録されていた。ところがつぎの瞬間にはちょっと変わったただの幼い女の子になってしまい、科学的興味の対象から完全にはずれてしまったのだ。

2

両親の寝室と壁一枚でつながっていると、便利なこともある。いろんな話が聞けるのだ。もっとも、聞こえなかったほうがよい話もあるが。父と母はときどきセックスした。ときどき長い話もした。話しながらセックスすることもあった。

年月が過ぎても、両親がベッドで交わす話は他人が思うほど変わらなかった。父は学界での名望を気にしていた。ほんのすこし前まで父は前途洋々たる若き大学教授で、助成金も大学院生もイースターの卵みたいにいくらでも集められた。ファーンがいた最後の年には研究室に六人の学生がいて、全員が古いファームハウスで進行中の実験を使って論文を書いていた。そのうち二人は予定通りに論文を書きあげることができたが、四人は終えられなかった――よくてもテーマを狭める必要があったし、過去に集められたデータをもとに、さして内容もなくおもしろくもないものをでっちあげなければならなかった。研究室はおろか、学科全体の評価が落ちてしまった。

父は被害妄想になった。父自身は五年のあいだに充実した興味深い業績を発表していたにもかかわらず、いまでは同僚に軽視されていると信じ込んでいた。スタッフミーティングでもカクテルパーティーでも、どちらを向いてもエビデンスには事欠かず、それが父を飲酒に駆り立てた。

ローウェルは依然として問題児だった。問題を起こすのはたいていはローウェルだが、私の場合もあった。父と母はベッドにならんで横になり、くよくよ悩みを語りあった。あの子たちにいったい何をしてやればいいんだろう？　ローウェルは根はやさしくて感じやすい子なのに、いつになったらもとにもどるのかしら？　ローズマリーはいつになったら友だちを作れるんでしょうね？

ローウェルのカウンセラー、ミズ・ドリー・ドランシーは、ローウェルは両親の無条件の愛情が信じられなくなっているのだと解説した。当然じゃありませんか。ファーンを実の妹としてかわいがるように言われてきたのに、妹は家を追い出されてしまったのですから。ローウェルは混乱して怒りを感じているんです。さすが訓練された専門家ならではの貴重なご託宣だな、と父は言った。

母はミズ・ドランシーが気に入っていた。父は嫌っていた。ミズ・ドランシーにはザッカリーという息子がいて、私が幼稚園のとき小学三年生だった。いつもジャングルジムの下に寝そべり、上を女の子が通ると大きな声でパンティの色を言う。女の子がズボンをはいていて下着が見えるはずのないときでもそれをやった。私の両親はそのことを知っていた。私が話したからだ。父はそれをミズ・ドランシーの評価に関わる情報だと考えた。推して知るべしだよと言っていた。母はそうは思わなかった。

ミズ・ドランシーは、ローウェルが家のなかで扱いにくいのはじつはすべて長所のせい、それも彼のいちばんよいところ——誠実さ、愛情深さ、正義感——が原因だと説明した。家族はローウェルに変わってほしいと思っているが、変化を阻害している部分については変わらないでほしいと願ってもいる。それが状況を複雑にしているのだと。

私には専任カウンセラーがいなかったので、ミズ・ドランシーは私についても思うところを述べた。ロージーもローウェルと同じ苦痛を味わっているが、ローウェルの反応が許容限度を超えて脱線するほうに現れているのに対し、ロージーはよい子でいようと必死に努力している。どちらも理解できる反応だ。どちらも助けを求める叫びだとみなすべきである。

明確な期待やわかりきった帰結を前にすれば子どもはベストを尽くすものです、とミズ・ドランシーは言ったけれど、それはもしローウェルにここまでが許容限度だとボーダーラインを示したら、そのラインを踏みにじるに決まっているという事実を都合よく無視していた。

うちの両親はラインをあいまいにしておいて、ローウェルの抱える不安をやわらげることに専念しようと決めた。家のなかはローウェルへの愛情であふれんばかりだった。ローウェルの好物、ローウェルの好きな本やゲーム。私たちはみんなでラミーキューブをした。みんなでウォーレン・ジヴォンを聴いた。ださいディズニーランドにまで行った。ローウェルは怒り狂った。


ミズ・ドランシーの診断が間違っていたとは思わないが、不完全だったとは思う。彼女が見落としていたのは、私たち家族が共有する身を焦がすような悲しみだった。ファーンはもういないのだ。ファーンが消えたことはいろいろな意味をもっていた——混乱、不安、裏切り、ゴルディアスの結び目のように入り組んだ複雑な人間関係。でもそれ自体が大変な事件でもあった。ファーンは私たち家族を愛してくれた。わが家を彩りと騒音、ぬくもりと活力で満たしてくれた。いなくなれば寂しいのが当然だし、私たちはファーンがたまらなく恋しかった。家族以外の人には、このことが本当には理解できないらしかった。

大人たちは私が幼稚園で自分は大切でかけがえのない存在だという実感を得る必要があると考えていたのに、そうはならなかったので、私は一年生に上がるときにセカンド・ストリートのヒッピー学校に転校させられた。そこでも私は嫌われ者のままだったが、ヒッピーは他人の誹謗中傷を容認しなかった。モンキーガールと呼ぶかわりに、スティーヴン・クレイモアはほかの子たちに脇の下を掻くまねをするよう教え込んだ。それは子どもがふつうにやる動作でもあったから否定論拠を含んでいるわけで、おかげで私の両親はじめ大人たちは、私の状況が改善されたと自分を慰めることができた。私は一年生のときミズ・ラドフォードというすばらしい先生にあたった。ミズ・ラドフォードは心から私を愛してくれた。私は『小さい白いにわとり』のにわとり役を与えられた――議論の余地なく、主役でありスターだ。これで母は私がついに花開いたと思い込んだ。母の緊張病（カタトニー）は根拠不明の躁状態にとってかわった。ローウェルとロージーなら大丈夫。ふたりともこんなにいい子なのだから。頭もいいし。なんといっても健康がいちばん！　シーソーの板がすべて上向きになったようなものだった。

世の物語のうちで、だれにも手伝ってもらえない小さい白いにわとりほど孤独な主人公がいるだろうか？

母と父は学校に対して、ファーンのことには触れないように頼んでいたのだと思う。社会的相違や問題点に対処するこの学校の先生たちの方針は、共感をこめて目を見開きながら決然と取りかかるというものだったからだ。

「タミーがシャニアのバースデイ・カップケーキを食べられないのはね、小麦アレルギーがあるからなの。今日は小麦の勉強をしましょう――小麦はどこでとれるのか、私たちがふだん食べるもののなかに小麦が使われているものがいくつあるか。明日はタミーのお母さんが、お米の粉でつくったカップケーキを持ってきてくださることになっています。みんなで食べてみましょうね。だれかほかにアレルギーがあるひとはいる？」

「今日はラマダーン月の最初の日です。イマードがもうすこし大きくなったら、毎日日の出から日の入りまで断食することになります。断食というのは、水のほかには何も飲んだり食べたりしないという意味なの。ラマダーンの日は月の満ち欠けで決まるので、毎年時期が変わります。今日はみんなで月のカレンダーを作ってみましょう。自分が宇宙飛行士になって月の上を歩いているところを絵に描きましょうね」

「デイジュンは家族といっしょに韓国から来たばかりなので、まだ英語が話せないの。今日は地図で韓国をさがしてみましょう。デイジュンだけが新しいことばを覚えなきゃならないのは不公平だから、みんなも韓国のことばを覚えましょう。『こんにちは、デイジュン』を韓国語で言うと、こうですよ」

この調子だったから、特に差し止め請求が出ていないかぎり、ファーンが授業計画に組み込まれなかったとは考えにくい。

私の社会的立ち位置を改善しようとのもくろみで、父はある秘策を教えてくれた。ヒトは自分の動作をお手本にされるのが好きなんだ。相手が話しながら顔を近づけてきたら、こっちも同じようにするといい。相手が足を組んだら自分も足を組むし、相手が笑ったら自分も笑う。これを学校の友だちにもやってごらん（ただし気づかれないようにそっとやるんだよ。相手が気づいてしまったら効果はないからね）。よかれと思ってのアドバイスだったが、結果は最悪だった。モンキーガール＝猿まねという文脈にぴったりはまりすぎたからだ。それはもちろん、気づかれないようにの部分を私がしくじったからでもあった。

母には持論があって、私はそれを寝室の壁ごしに聞いた。学校生活をのりきるのに友だちが大勢いる必要はないけれど、ひとりは絶対に必要だと父に話していたのだ。三年生の一時期、私はデイジュンと友だちになったふりをした。彼は何もしゃべらなかったが、私はふたりぶんの会話を受け持ってもおつりが来るぐらいだった。私はデイジュンが落とした手袋を拾って返してあげた。私たちはいっしょにランチを食べた、というかすくなくとも同じテーブルで食べたし、教室では彼が私の隣にすわらされた。考えもなしにぺらぺらしゃべる私のそばにいれば、早く英語を覚えるだろうという計算だった。ところが皮肉なことに、私の無駄口のおかげでデイジュンの英語はめきめき上達したが、話せるようになったとたんに他の友だちをつくってしまった。私たちの絆は美しくも短命に終わった。

英語が完全に話せるようになると、デイジュンは公立学校に転校していった。彼の両親はデイジュンの未来にあれこれ夢を描いていて、ブルーミントン・ノース・ハイスクールでの数学の英才クラスもそのひとつだった。一九九六年のこと、母がデイヴィスにいる私に電話してきて、デイジュンが目と鼻の先のUCバークレーにいると言った。「またふたりで会えるじゃないの！」私が結んだつかのまの友情は、母にとってかくも夢のような成功体験だった。だからどうしてもあきらめきれなかったのだろう。

韓国語でサルはウォンスンイという。ただしこれは音声表記だ。正しい表記法は知らない。

3

　そうこうするうちに、ローウェルはなんとか高校まで進んだ。高校生のローウェルより付き合いやすかった。ファーンに会いにいこうと要求することもなくなり、私たち同様めったにその名前を口にしなくなった。冷淡ながらも礼儀正しく、家の中を平和が薄雪のようにおおっている感じだった。ある年の母の日に、ローウェルは母に『白鳥の湖』のテーマが流れるオルゴールをプレゼントした。母は何日もオルゴールを開けては泣いていた。

　マルコはいまでも親友だったが、ふたりがサードストリートのサハラマートで袋菓子を万引きして捕まり、見せしめに罰を受けてから、マルコのお母さんは以前ほど好意的ではなくなった。

　ローウェルには、くっついたり離れたりしているガールフレンドがいた。キャサリン・チャルマースという名前で、みんなからキッチと呼ばれていた。キッチはモルモン教徒だった。彼女の両親は厳格で、しかも超多忙だったので——子どもが九人もいたから——キッチの監督はふたりの兄たちにまかされていた。彼らはそれぞれユニークな方法で難題に対処した。ひとりは妹が門限を破るたびにうちにやってきて連れて帰った。もうひとりは妹が他人にねだったりしないように、ブーンズファームのワインを買い与えていた。父の研究が示すとおり、この取り合わせは行動修正のモデルとしては使いものにならず、おかげでキッチには悪評がつきまとっていた。

チャルマース家では、ローウェルはキッチの寝室に近づくことさえ許されなかったが、うちの親は母がオープンドア・ポリシーと呼ぶルールを決めていた。キッチがローウェルの部屋に行くのはかまわないが、ドアはつねに全開にしておかなければならない、というきまりだ。ときどき私が確かめに行かされたが、ドアはいつも言いつけどおりになっていた。ただしローウェルとキッチがベッドの上で、洋服を着たままながら同じひとつの場所を死守しようとがんばっていることもあった。母からそんな質問はなかったので、私も話さなかった。このころには無駄口を控えることを学んでいたからだ。

じつのところ私は、しゃべることをすっかりやめていた。正確にいつからかは憶えていない。もう何年も前から、学校では目立たないのがいちばんだと気づいてはいたが、気づくのと実行するのとは話がべつだった。だからたゆまぬ努力のおかげで、長年かかって徐々に達成したのだと思う。手始めはビッグワードをやめることだった。使っても何もいいことがないからだ。つぎに、他人が間違った言葉を使ったとき誤りを正すのをやめた。考えたことと口に出すことの割合を、三つにひとつから四つにひとつに、やがて五つ、六つ、七つと減らしていった。

考えることは相変わらずたくさんあった。ときにはそれを口に出したときの相手の返事を予測してしまい、さらに自分がつぎに何を言うか、相手がどう返すか、と考え続けることもあった。しゃべるという捌け口がないために、脳内にはこうした想念がひしめいていた。頭の中で異物が騒々しくぶつかりあい、まるで『スター・ウォーズ』の宇宙港都市モス・アイズリーの酒場のようだった。

先生たちは私が注意散漫だとこぼすようになった。むかしの私はどんなに切れめなくしゃべっていても、人の話はちゃんと聞いていたからだ。このごろいつもうわの空ね、と母は言った。集中力がないな、と父は言った。

ローウェルは何も言わなかった。たぶん気づいてさえいなかったのだろう。

高校四年生になったローウェルは、サウス・ハイスクールのバスケットボールチームでポイントガードとして活躍していた。泣く子も黙る強力なポジションなので、おかげで私まで暮らしが楽になった。私はすべてのゲームに行った。ハイスクールの体育館に反響する声、ベルの音、匂い、ボールが木の床を打つ音――これらにはいまでも反応してしまい、深い幸福感がこみあげてくる。インディアナ・バスケットボール。兄がコートでチームを率いているときは、みんなが私にやさしくしてくれた。

この年のインディアナ州はマリオンに最強チームがいて、まもなくそことの試合が予定されていた。私は興奮に酔いしれた。ヘビがバスケットボールに巻きついてローウェルの背番号9のかたちになっているポスターを作り、リビングの窓に掲げたりした。ところがある日のこと、何があっても練習に出てチームの基礎練をリードしていなければいけないときに、ローウェルが帰ってきたのが聞こえた。家に入ってドアを閉めるときの音でローウェルだとわかった。

私は二階で本を読んでいた。たしか『テラビシアにかける橋』とか『赤いシダの育つところ』とか、だれかが死ぬような本だった。もうめそめそ泣いていたから。どこか忘れたが母は出かけていて、でも母がいてもどうしようもなかったと思うし、おかげでローウェルをなだめようとして失敗し、あとで自分を責めるようなことがなかっただけよかったと思う。

私は何ごとかと様子を見にいった。寝室のドアは閉まっていた。ドアを開けてみると、ローウェルは足を枕に、頭を足元にして、ベッドに顔をうずめて寝ていた。頭を上げたが、顔が見えるほどではなかった。「クソめ、とっとと出てけ」棘をいっぱいに含んだ声だった。私は動かなかった。

ローウェルは両足を床におろして立ちあがると、こちらに向かって歩いてきた。顔は濡れて真っ赤で、雲のようにむくんでいた。ローウェルは私の両肩をつかんで部屋から押し出した。「おれの部屋に二度と入るな。二度とだぞ」そしてドアを閉めた。

それでも夕食時までには、普通にもどったように見えた。夕食を食べ、父とつぎの試合の話をした。本人が練習をさぼったことを言わないので、私も言わずにおいた。みんなでテレビで『コスビー・ショー』を見た。ローウェルが笑っていたのを憶えている。家族が揃って何かしたのは、これが最後になった。

その夜、ローウェルは有り金を全部出し——貯金箱代わりにしていたのは、ずっと昔に水疱瘡にかかったときドナお祖母ちゃんがソックスで作ってくれた、グルーチョ・マルクスの指人形だった——わずかな着替えといっしょにジム・バッグに入れた。もともと金儲けの才があるうえに一セントもつかわなかったので、かなりの蓄えがあったと思う。まず父の鍵を盗んで研究室に行き、無断侵入した。実験用ラットを二、三の大きなケージにまとめると、外へ持ち出した。そしてすべて放してやった。それからシカゴ行きのバスに乗り、二度と帰ってこなかった。

父の研究室の大学院生たちは、長年かかって集めたデータをまたしても失うことになった。この気候だ、ラットには有難迷惑な話さ、と父は言った。父にはただの迷惑でしかなかった。その後も大学に残りはしたものの、ほかの教授連が共同研究したいと思うような院生は、父のところへはひとりも来なかった。母については、ローウェルの失踪はファーンがいなくなったとき以上の打撃だったとだけ言っておこう。母が受けた衝撃を表現する言葉など見つからない。その後今日まで、回復したふりをすることさえできずにいる。

はじめ私たちはみな、そのうち帰ってくるだろうとばかり思っていた。私は自分の誕生日が近づいていたので、まさかローウェルがそれを無視するはずがないと信じていた。これまでにもときどき最長四日にわたって姿を消したことがあり、帰ってきてもどこに泊まっていたかは言わなかった。というわけで、ラットの大解放事件があったにもかかわらず、今回だけは違うらしいと両親が気づくまでには、しばらくかかった。二週間後、ふたりは決心して警察に届けたが、警察はローウェルを家出常習者、しかも直前に十八歳になっていたので成人とみなした。そこでふたりはK・T・ペインという敏腕女性探偵を自前で雇って行方を捜させた。最初のうちペインは定期的に家に電話をかけてきた。居場所をつきとめるまではいかないものの、手がかりはつかんでいた。目撃情報があった。通報もあった。何か悪さもしたようだったが、だれも私には説明してくれないのでわからなかった。「ほいおちびさん、元気にしてた？」私が電話に出るといつも、ペインは親しげに言った。私は電話のまわりをうろうろして聞き耳を立てたが、父も母も警戒して情報にならない短い応答しかしなかった。

やがてローウェルの消息は完全に途絶えた。電話がかかってくるたびに母はますます生気を失っていき、とうとう父はK・Tに勤務先の電話に連絡するように頼んだ。

ふたりめの探偵が雇われた。

数週間が数か月になっても、私たちはまだローウェルが帰ってくると信じていた。だから私はローウェルの部屋に移ることはしなかったが、ベッドに寝にいくことはよくあった。ローウェルが身近にいるような気持ちになれたし、壁ごしに母のすすり泣きを聞かずにすんだからだ。ある日、トールキンの『旅の仲間』に挟まれた私あてのメモを見つけた。ローウェルは私がこの三部作をたびたび読み返すことを知っていた。しかも、世界中のどこよりインディアナ州ブルーミントンに似ているホビット庄に、遠からず私が慰めを求めることになるのも知っていたのだ。「ファーンはファームにはいない」とメモには書かれていた。

母にこんなことを話せる状態ではなかったから、私はそのメモをだれにも見せなかった。ファーンは最初はファームにいたのに、たぶん態度が悪いとか何かでよそへやられたのだと思った。それにファーンのことはローウェルがなんとかしてくれるはずだった。ローウェルはファーンを助け出し、それからうちに帰ってきて私を助け出してくれるだろう。

まさか父が最初からずっと嘘をついていたなんて、考えてもみなかった。

八歳か九歳のころ、眠る前によく、ファーンと私がいっしょにファームで暮らしている情景を思い描いたものだ。そこには大人もほかの人間もいなくて、いるのは歌を教えてもらったり本を読んでもらったりしたがる、子どものチンパンジーだけだった。私が自分のために語ったベッドタイムストーリーは、私がベイビー・チンパンジーにベッドタイムストーリーをしてあげる話だった。そのファンタジーは部分的に『ピーターパン』が基になっていた。

もうひとつのソースはディズニー版『スイスファミリーロビンソン』だった。家族でディズニーランドに行ったとき、私がどこよりも気に入ったのがツリーハウスだった。私の動きを逐一見張っている両親さえいなければ、自由で幸せな孤児でさえあったなら、遊園地が閉まるまで自動ピアノの下に隠れていて、ここを自分のおうちにしてしまうのに、と思った。

私はツリーハウスの根っこも幹も枝もひっくるめてすべてを、ファーンのファームに移植することにした。夜ごとのひとり長話は、滑車やワイヤーや、一度も木から降りずにできる給水装置や野菜の育て方――ファンタジーの世界では私は野菜好きだった――が話題の中心になった。ユニークな装置や物流上の難題などを頭のなかで踊らせながら、眠りについたものだ。

それから何年も経って、ターザンと天使のようにやさしいゴリラの母親カーラを入居させるためにスイスのロビンソン・ファミリーがツリーハウスを追い出されてしまったのは、皮肉な話だ〔カリフォルニアのディズニーランドのこと〕。


マリオンはブルーミントン・サウスに完勝し、最終的にチャンピオンシップを制した。これがパープルの時代と呼ばれた三連勝の最初の年になった。ローウェルがいたところで結果は変わらなかったと思う。それでも、兄の失踪が私を難しい立場に置いたことに違いはなかった。試合の翌日、うちのマルベリーの木からは飾りのようにトイレットペーパーがぶらさがり、玄関の前には犬だとは思うが確言はできない糞の入った袋が三つ置いてあった。その日学校ではドッジボールがあり、私は歩く青痣になって帰ってきた。だれも止めようとはしてくれなかった。教師の何人かは、自分も攻撃に加わりたかったのではないかと思う。

数か月が数年になった。

七年生になった最初の日、だれかが私の背中に「ナショナルジオグラフィック」のページをテープで貼りつけた。光沢紙に印刷された発情した雌のチンパンジーの臀部は、ピンクで腫れあがって的のようだった。つぎの二時間は私が廊下に出るたびに、男子たちは通りすがりに背後からファックする真似をしてからかった。フランス語の時間に先生が気づいてはがしてくれるまで続いた。

この先、中学校では大なり小なり同じような日が続くのだろうなと私は思った。ゴム糊とインクとトイレの水を加える。思いきりかき混ぜる。この最初の日、私は家に帰ってバスルームにこもり、シャワーで音を消すと、ローウェルを求めて泣きつづけた。このときもまだ、いずれは帰ってくると思っていたからだ。ローウェルが帰ってきたら、きっといじめをやめさせてくれる。ローウェルがあいつらを後悔させてくれる。それまでの辛抱だ。それまではただ授業に出て、廊下を歩いて、なんとかやりすごそう。

両親には話さなかった。母にはとてもこんな話はできない。話したら二度と部屋から出てこられないだろう。母のためにいま私がしてあげられるのは、何事もないふうにふるまうことだけだ。私はそれが自分の仕事であるかのようにがんばった。経営陣に労働条件の不満を言ってはならない。

父に話すのは問題外だった。たった一日で学校をやめさせてくれるはずがない。私を助けてくれるはずもないし、もし助けようとでもしたら、とんでもないへまをやるだろう。中学校というヒエロニムス・ボス的世界に立ち向かうには、世の親たちは純真すぎる。

だから私はじっと口を閉じていた。このころまでには、何もしゃべらない子になっていた。

私にとって幸運なことに、事態はこの最初の日より悪くなることはなかった。学校には私以上に変な生徒が何人もいて、私のかわりに中学生の苦しみを引き受けてくれたからだ。ごくたまにだれかが心配するふりをして、おまえ発情期か？と訊くことがあったが、これは私の身から出たさびだった。私が四年生のときに一度使って強い印象を与えたりしなければ、だれも知っているはずがない言葉だったからだ。でもほとんどの場合、私に話しかけてくる子はいなかった。

寝室の暗闇のなかで、母と父はすっかり寡黙になってしまった私のことを心配していた。でもまあ、これが普通なんじゃないか、とふたりは慰めあった。不機嫌なティーンエイジャーの典型だよ。わたしたちも似たようなものだったわね。いつかは卒業するさ。そしてかつての多弁といまの無言の間のちょうどいい中間点あたりに落ち着くだろうよ。

ローウェルからはごくたまに連絡があった。連絡は葉書で、短いメッセージが書いてあることもないこともあったが、けっして名前はなかった。セントルイスの消印が押された、ナッシュビルのパルテノン神殿の絵葉書が来たのを憶えている。裏には「みんなの幸せを祈ってる」と書いてあった。これは解析が難しく、額面通りに受けとるのも無理があったが、もしかしたら本当にそれだけの意味だったのかもしれない。ローウェルは私たちに幸せでいてほしいと思っていたのかもしれない。

一九八七年のある日から、私たちはローウェルを捜すのをやめた。家出から一年以上が経っていた。私は家の外のドライブウェイで、ガレージの壁にテニスボールをぶつけてはキャッチしていた。ひとりぼっちでキャッチボールをするにはこうするしかないのだ。私は十三歳で、学校に行かなくてすむ長くて暑い夏を前にしていた。太陽が照りつけ、空気は湿って動かない。朝のうち図書館に行ってきたところなので、部屋には本が七冊私を待っていて、うち三冊ははじめて読む本だった。道路の向こう側でミセス・バイアードが私に手を振った。芝刈りをしているところで、芝刈り機が蜂のようなブーンという眠そうな音を立てている。私は幸せとまではいわないにせよ、幸せがどんなものか思い出しかけていた。

家の前に黒い車が停まり、男の人がふたり近づいてきた。「お兄さんと話したいんだが」ひとりが私に言った。褐色の肌をしていたが、黒人ではなかった。髪をひどく短く刈っているのでほとんど坊主頭のようで、暑さで汗をかいていた。男はハンカチを取りだして頭のてっぺんを拭いた。私もやってみたい気がした。その髪をなでてみたかった。てのひらにぼさぼさと当たる感触が、きっと気持ちがいいだろうと思った。

「兄さんを連れてきてくれる?」もうひとりが言った。

「兄はファーンのところです」私は答えた。両手がむずむずするので腿のところにこすりつけた。

「ファーンといっしょに暮らしてます」

母が家から出てきて、手招きで私をポーチまで呼び寄せた。私の腕を取って自分の背後に立たせ、男たちと私の間に立った。

「FBIです」坊主頭の男が言ってバッジを見せた。そして、私の兄はカリフォルニア大学デイヴィス校のジョン・E・サーマン獣医学診断研究室に四六〇万ドルの被害を与えた火災の重要参考人になっていると告げた。「自発的に話しにくるのが本人にとっていちばん有利なんで」ひとりが言った。「そう伝えてやることですな」

「ファーンってだれです?」もうひとりが訊いた。


ローウェルが逃がしたラットはほとんど捕獲されたが、全部ではなかった。父の厳しい予測に反して、一部はちゃんと冬を越したどころか、翌冬まで乗りきった。そして充実した余生を――セックス、旅行、冒険と――送った。それから何年も経ってからも、ブルーミントンでは頭部の毛色が違うラットの目撃情報が寄せられた。一匹は大学寮のクローゼットの靴の中で、べつのはダウンタウンのコーヒーショップで。大学のチャペルの祭壇の下で。ダン・セメタリーで、南北戦争までさかのぼるお墓の上でキンポウゲを食べているところを。

4

十五歳になった私は、美しい秋のインディアナ大学キャンパスをひとり自転車で疾走していた。そのときだれかに大声で呼びとめられた。「ローズマリー！　止まって」そしてさらに「止まってってば！」そこで止まってみると、声の主はこの大学の学生になっているキッチ・チャルマースで、私に会えたのを心から喜んでくれているようだった。「ローズマリー・クック！　なつかしいわ！」

キッチは私を生協に連れていき、コカコーラを買ってくれた。そしてよもやま話を始め、私は聞き役にまわった。彼女は、高校時代に乱れた生活をしたのを後悔している、あなたはああいう間違いをしちゃだめよと言った。世の中には、一度やってしまったら取り返しのつかないこともあるのだと。でもいまは立ち直った。女子学生クラブ（ソロリティ）に入ったし、成績もいい。教育学の学位を取るつもりだ。そして私にも同じ道を考えてみてはどうかと言った。ローズマリーならきっといい先生になると思うわよ。私は結局教職の道を歩んだのだが、現在に至るまでキッチがどうしてそんなことを言ったのかわからない。

キッチにはすてきなボーイフレンドがいて、宣教師としてペルーに派遣されており、一週間とおかずに電話がかかってくるということだった。そのあとでやっと私に、ローウェルから連絡があるかと訊いてきた。彼女には一度も連絡がないという。出ていってからただの一度も。こんなひどい扱いってないわよね、と彼女は言った。家族にも連絡がないなんてひどすぎるじゃない。すごくいい家族なのに。

そこでキッチは、最後にローウェルに会ったときの、私の知らない話をはじめた。バスケットボールの練習に行くのでならんで歩いているとき、ふたりはマットに出くわしたのだという。私がいちばん好きだった大学院生のマット。バーミンガムから来たマット。ファーンがいなくなってから一度も会ったことのないマット。

私が熱愛しているのを知っていたはずなのに、さよならも言ってくれなかったマット。

それがね、マットはファーンといっしょにブルーミントンを出たんだって、とキットは言った。ローウェルが知らなかったので驚いていたという。突然家族から引き離されたチンパンジーが悲嘆のあまり原因もわからず死んでしまう例が多々あったので、転地がうまくいくようにマットが派遣された、というよりじつは、志願してついていったのだ。彼がファーンを連れていったのは、サウスダコタ州ヴァーミリオンの心理学研究所だった。研究所にはチンパンジーが二十頭以上いて、ドクター・ウルジェヴィクという人物が運営していた。この男についてマットはひとつもいいことを言わなかった。

ファーンが転地のショックと恐怖で明らかにひどい状態だったにもかかわらず、ドクター・ウルジェヴィクはマットがファーンと過ごす時間を週に数時間までと制限した。しかもファーンをいきなり四頭の大きな年長のチンパンジーがいる檻に入れてしまい、この子はチンパンジーと暮らしたことがないから徐々に慣れさせてほしいとマットが頼み込んでも、頑として聞かなかった。分をわきまえさせるんだ、とドクター・ウルジェヴィクは言った。自分が何かを思い知らせてやる。「身の程がわからんようなら、ここに置いておくわけにはいかん」マットがその研究所で過ごしたあいだ、ドクター・ウルジェヴィクはただの一度もファーンを名前で呼ぼうとはしなかった。

「そこでローウェルがぶち切れたの」キッチは言った。彼女はなんとかバスケットボールの練習にだけは行かせようと試みた。行かないとマリオン戦でベンチに下げられると思ったからだ。チームメイトに対する責任ってものがあるでしょ。学校全体、いや町じゅうの人に対してだって。

責任なんか知らないよ、檻に入れられてるのは俺の妹なんだ、とローウェルは言ったそうだ（ローウェルの言葉づかいはそんな生易しいものではなかっただろうと私は思った。クソくらえとか、もっと汚い言葉を使ったに違いないと）。ふたりは口論を始め、キッチはそこでローウェルと喧嘩別れした。

この町の住民はみなそうなのだが、キッチはファーンに会ったことがない。だから理解できないのだ。彼女はいまだにローウェルのリアクションを過剰で理解不能だと思っていた。「あたしそのとき、マリオン戦に負けたやつの彼女だなんて言われたくない、って言っちゃった」キッチは言った。「やめときゃよかったと思うけど、あたしたちいつでもひどいこと言いあってたからね。どうせすぐ仲直りできると思ったのよ。彼だってひどいこと言ったんだから。あたしだけじゃないんだから」

でも私はろくに聞いていなかった。その前にキッチが言ったことが耳から離れなかった。「マットがね、サウスダコタでファーンはまるで動物みたいな扱いをされてるって」

たった五歳でも自分がしたり感じたりしたことが赦せない場合があるものだが、十五歳の行動となれば言いわけなどできない。ファーンがサウスダコタで檻に入れられていると知って、ローウェルはその夜のうちに出奔した。ところが私が同じ話を聞いたときの反応は、聞かなかったふりをすることだった。心臓が喉のところまで上がってきて、キッチの恐ろしい話を聞いているあいだじゅうそこに留まっていた。残りのコカコーラは飲めなかったし、どくんどくんと脈打つその肉の塊のせいで、しゃべることさえできなかった。

それでも自転車を漕いで家に帰るうちに、頭の霧が晴れてきた。まあそれほど悪い話ではないだろうと決めたのは、五ブロックの距離を走りきったころだった。善良なマット。チンパンジーの友だち二十人。新しいチンパンジー・ファミリー。檻は父が話していたファームに移るまでの経過措置に違いない。そもそもローウェルは信仰心や信頼をもちあわせていない。まったくローウェルときたら、と私は考えた。ときどきとんでもない結論にとびついてしまうんだから。

それに万一本当にファーンがひどい目にあっていたとしても、ローウェルがとっくに手を打ってくれたはずだ。ローウェルはサウスダコタに直行して、すぐにすべきことをやってのけた。その後でカリフォルニアのデイヴィスに移動したのだろう。ＦＢＩがそう言ったではないか。私たちの合衆国政府だもの。嘘を言うはずがない。

夕食の席では、何も言わないというおなじみの戦略を選んだ。口に出された言葉は個人の知識を共通の知識に変える。一度その壁を越えてしまったら、二度ともとにはもどせない。その点言わないという方法なら修正がきく。私はほとんどの場合それが最善の行動だと考えるようになっていた。苦労して沈黙に到達した私は、十五歳にしてその価値に絶対の信頼をおくようになっていた。

5

それからの私は、二度とファーンのことを考えないように努力した。大学に行くころには驚くほど達成に近づいていた。何もかもずっと昔に起こったことだ。私がまだ本当に幼いころに。ファーンといっしょにいた時間より、いなくなってからの時間のほうがはるかに長いではないか。しかもいっしょに暮らした年月のことなんて、ろくに憶えてさえいない。

私が大学進学のために家を出たとき、家に子どもは私ひとりしか残っていなかった。州外の大学に行くという馬鹿げた選択を母はしぶしぶ認めてくれたものの、一年目の電話の声はしわがれていた。帰省すると二年生になるとき州内出身者授業料の適用が受けられなくなるので、夏休みにも家に帰らなかった。父と母が七月に訪ねてきた。「暑いけど乾燥しているだけいい」とふたりは何度も言ったけれど、気温が三十八度ともなるとそれもばかばかしく聞こえた。私たちは車でキャンパスをまわった。とちゅうでうっかり気づかずに古い放火事件現場の前を通ったが、研究所は完全に機能を回復していた。

その後ふたりはブルーミントンに帰ってゆき、八月に引っ越しをした。またしても見たこともない家が自宅になるというのは、妙な感じだった。

特に意識して決断したわけではないが、気づいてみると私は霊長類が関わりそうな科目をすべて避けていた。遺伝学、自然人類学、もちろん心理学はパス。それにしても、霊長類から逃れるのがどれほど難しいかを知ったら、だれもが驚くに違いない。中国古典文学入門を取れば、「猿王」孫悟空と彼が天上界で引き起こした大騒動の話を一週間にわたって読まされることになる。ヨーロッパ文学のクラスを取ればシラバスにカフカの「ある学会報告」が入っており、語り手のサル、ロート・ペーターはユダヤ人の隠喩であると解説されてなるほどとは思うものの、もうひとつピンと来ない。天文学を取ればおそらく宇宙探査のセクションがあって、実験動物として宇宙に送られた犬やチンパンジーの話が出てくるだろう。ひょっとしたら、ヘルメットをかぶって宇宙船に乗り込んだチンパンジーが耳から耳までとどくほどの笑いをうかべた写真を見せられるかもしれない。そうなったら、チンパンジーがこんな顔をするのはひどく怯えているときで、どれほど長く人間と同居してもそれだけは変わらないのだと、クラス中に教えてやりたい衝動に駆られるだろう。写真でよく見るうれしそうな笑顔のチンパンジー宇宙飛行士は、じつは恐怖にひきつっているのだが、それを言わずに我慢するのは難しそうだ。

だからファーンのことをまったく考えなかったといえば嘘になる。何かのきっかけがないかぎり考えないようにして、たとえ思い出しても引きずらないように気をつけた、といえばいいだろう。

私がUCデイヴィスに来たのは、過去（兄）を捜すためでもあり、過去（モンキーガール）を断ち切るためでもあった。モンキーガールというのはもちろん私のことで、ファーンではない。ファーンはサルではないし、サルだったこともない。脳の中のどこか閉ざされた領域で、言葉にならない思考のなかで、私はいつか家族と自分を修復し、ファーンが一度も存在しなかったかのような生活を送れるようになると信じていたのではないかと思う。しかもそうなることがいちばんよいと信じていたのではないかと思う。

新入生用の学生寮に入るにあたり、絶対に家族の話はするまいと決心していた。もうおしゃべりな子ではなくなっていたから、さほど難しいとは思えなかった。ところが驚いたことに、寮では家に残してきた家族が本日の話題として取り上げられることが思いのほか多く、避けて通るのは想像以上に困難だった。

私のはじめてのルームメイトはロス・ガトス出身で、『X-ファイル』にはまっていた。本名はラーキン・ローズだが、天然のブロンドの髪を赤く染め、スカリーと呼ばれたがった。感情が昂ぶると、スカリーの頬は風呂上がりのようなピンクから白へ、そしてすぐまたピンクへとめまぐるしく変化するので、コマ落としの写真を見ているようだった。私と出会ったその瞬間から、彼女は家族の話を始めた。

スカリーは私より前に着いて自分のベッドを選び、洋服を山積みにして（服の山は何か月もそのままだったので、鳥の巣に寝ているようだった）、私がドアを開けたときはポスターを貼っているところだった。一枚は『X-ファイル』の、あの有名な「I WANT TO BELIEVE」と書かれたポスター。もう一枚は『シザーハンズ』で、彼女はジョニー・デップの映画ではこれがいちばん好きなんだと言った。「それであなたは?」このとき私が答えられていれば、もうすこし第一印象をよくできたかもしれない。

幸いなことにスカリーは三人姉妹の長女だったので、無知な子のレベルに合わせてやるのに慣れていた。自分の父親は建築業者で、超高級住宅——可動式梯子のついた図書室、錦鯉のいる噴水池、バスルームほどもあるクローゼット、ベッドルームほどもあるバスルーム——を専門にしているのだと言った。週末はベルベットの帽子をかぶってルネサンス・フェアに出かけてゆき、お姫様を相手におはようございまするなどと言ったりしているらしかった。

彼女のお母さんはクロスステッチの刺繡キットを作ってXローズ（クロスローズと読む）という会社で販売していた。クラフトのワークショップを全国で開催し、とくに南部では人気があった。スカリーはベッドに万里の長城の空中写真をクロスステッチにしたクッションを置いていたが、効果的な明暗法で、まるで本当にそこにいるみたいな気がした。

　一度母親の言いつけで、漂白剤をつけた歯ブラシでバスルームのタイルの目地を磨かされていて、ハイスクールのダンスに行きそこなったことがある。「それだけでうちのママがどんなタイプかわかるでしょ。マーサ・スチュワートの短縮ダイアルを登録してあるみたいな。もちろんほんとにじゃないけど。心霊現象的にっていうか」彼女は悲しげな青い瞳を私に向けた。「ほら、子どものころってこれが普通だと思って育つじゃない？　それがあるとき、うちの家族って全員頭がおかしいんだって気づくんだよね」ここまでの話を全部聞かされたのが、知り合って二十分後くらいだった。

　スカリーはあきれるほど人付き合いがよく――あまりに外向的なので、実際には内向的といっていいほどだった。あらゆることが私たちの部屋で行なわれたからだ。私が授業や夕食から帰ってきたとき、夜中にふと目を覚ましたとき、部屋にはいつも五、六人の一年生が壁にもたれてすわり込み、自分たちが巣立ったばかりの家庭についてモグラたたきゲームみたいなことをやっていた。うちの親ってほんとに変なんだから！　スカリーと同じように、みんなその事実に気づいたばかりだった。全員が変な親の持ち主だった。

　ひとりの子の母親は、生物でBプラスを取ったというだけの理由で彼女を夏休みじゅう外出禁止にした。母親はデリーのどこかの育ちで、そこではBプラスなどという成績は許容範囲を超えていたからだ。

　べつの子の父親は、外で朝ごはんを食べるときはいつも家族全員を冷蔵庫の前に立たせ、オレンジジュースをコップ一杯ずつ飲みほさせた。レストランのオレンジジュースは法外に高いので注文できないが、オレンジジュースなしの朝食などありえないからだった。

ある晩、向かいの部屋のアビーなんとかいう子が、自分の姉の話を始めた。姉は十六歳のとき、三歳のころ父親にいつもペニスを触らされていたと告白したのだそうだ。この話をしたとき、アビーは私のベッドの足元に寝そべって片手で頭を支えていた。曲げた腕に黒髪が噴水のように流れ落ちていた。たぶんタンクトップを着て、チェックのフランネルのパジャマズボンをはいていたと思う。いつも寝るときはそれだったし、授業にもそのかっこうで行った。LAではみんなパジャマで通学するのだと言っていた。

「それで家族全員がセラピーを受けて、どっちがどっちの味方だとかなっちゃってさ、口もきかなくなったあと、姉貴が突然、やっぱりそんなことされてないって思い出したわけ。たぶん夢か何かだったって。だけどそれでもまだ、姉貴の話を信じなかった家族を恨んでたんだよ。もし本当だったらどうするのよとかって。ほんとに頭おかしいんだ。ときどき本気で憎らしくなっちゃう。うちの家族はあとはみんな普通なの。わかる？　なのに頭のおかしい姉貴がひとりで何もかもぶち壊すんだから」

それはあまりに重い話だったので、だれも返事のしようがなかった。私たちはみんな黙り込んで、スカリーが足の爪に金ラメのエナメルを塗るのをながめていた。沈黙が長引き過ぎていたたまれなくなってきた。

「Whatev（どうでもいいし）」アビーは言った。一九九二年には、やばそうに聞こえたかもしれないけど気にしてないから大丈夫、という意味だった。彼女はそれを口で言っただけではなかった。手のサインでもやってみせた。両方の人差し指を立て、親指を交差させてWのかたちを作るのだ。アビーにWhatevをさせてしまったことで、私たちの沈黙はますます気まずくなった。

Whatev は私が大学に入って最初に覚えた手サインだったが、ほかにも人気のものがあった。親指と人差し指でLの字を作って額にあてる。これはLoser（終わってる）のサインだ。Whatev のサインを上下にひらひら動かしてW、M、W、Mとするのもあって、この場合はWhatever, your mother works at MacDonald's（いいよ、どうせあんたのお母さんなんかマクドナルドで働いてるんだから、の意）になる。一九九二年には、これが相手をやりこめる手段だった。

ドリス・レヴィが口を開いた。「うちの父親ってさ、スーパーで声出して歌うのよ」彼女はスカリーの金色の爪先の横に両膝を抱えてすわっていた。「それも、思いきり声はりあげちゃって」。オールディーズのロックンロールがスピーカーから流れてくると、ドリスのお父さんはチーズ売り場でチーズをつまみあげては匂いを嗅ぎながら、大声で歌うのだそうだ。ママ・トールド・ミー・ノット・トゥー・カム（ママに行くなって言われた）〔スリードッグナイトの同名の曲の一節〕。ウェイク・ミー・アップ・ビフォー・ユー・ゴー（行く前に俺を起こしてくれよ）〔ワム！の同名の曲の一節〕。

「ひょっとしてゲイなんじゃないの？　それってなんかゲイっぽいよ」スカリーが言った。

「いつか夕ご飯のときにね、いきなりあたしに、パパを尊敬してるかとか訊いてくるのよ。どう答えろってわけ？」ドリスは私のほうを向いた。「あなたんちの親もやっぱり変？」私は軽い談合の気配を嗅ぎとった。アビーがしゃべってしまったことを後悔しないように、みんなで沈黙を埋めようとしているのだ。今度は私の番だった。

なのに私はパスを受けそこなった。耳の奥でまだアビーの声が聞こえる——頭のおかしい姉貴がひとりで全部ぶち壊す——するとあとはすべて、遠い嵐の砂浜でだれかが叫んでいるようにしか感じられなくなった。

「ううん、あんまり」私は親の話をしないですむように、それだけ言って言葉を濁した。結局のところうちの親はごく普通の人間で、たまたまチンパンジーを人間の子として育てようと思いついただけなのだし、そんなことはだれにも知られたくなかった。

「ラッキーだよね、親がまともなんて」スカリーが言うとみんながうなずいた。

完全な詐欺だ！　大勝利だ。私はついにあの些細な手がかりをすっかり消し去ることに成功した。他人との距離の取りかた、焦点距離、顔の表情、語彙。まともだというのはつまり、まともでない要素がないということだ。アメリカ大陸を半分横断して、だれにも何もしゃべらないと決めたことが、夢のような効果を上げたのだった。

ところがいったん成し遂げてみると、今度は普通であることがすこしも好ましい状態ではなくなった。ここでは変な人間こそ正常だったのに、私はそのお約束を知らずにいた。だからまたしても浮いてしまった。依然として友だちはいなかった。友だちのつくりかたを知らなかったのかもしれない。練習したことがないのはたしかだったから。

もしかしたら、本当の自分を知られないように努力したことが友情を妨げたのかもしれない。もしかしたら、部屋を出入りしていた子たちはみんな友だちだったのに、期待が大きすぎて気づかないだけだったのかもしれない。友だちなんて私が考えるほどのものではなくて、じつは私にも大勢いたのかもしれない。

だが推論データはそうでないことを示している。スカリーと愉快な一年生の仲間たちがタホ湖まで週末のスキー旅行に出かけたとき、私は誘われなかった。知ったのはあとになってからだ。計画は私の部屋の外で、注意深く私のいないところで練られたからだ。旅行中スカリーはカリフォルニア工科大の年上の男の子と仲良くなり一夜を過ごしたが、翌朝になると相手は口もきいてくれなかったらしい。その件があまり頻繁に話題にのぼったので私も小耳にはさんでしまい、スカリーがそれを見ていた。「だってほら、絶対興味ないと思ったから」スカリーは弁解した。「インディアナから来た子が、まさかわざわざ雪見にいきたいとか思うわけないじゃない？」気まずい笑い。目がピンボールみたいに泳いで、頬は真っ赤だ。スカリーがあまりに焦っているので気の毒になってしまった。

大学一年生のとき哲学一〇一を受講した人は、おそらく独我論という哲学理論に遭遇したことがあるだろう。独我論によれば、現実は「私」の意識の中だけに存在する。そこから引き出されるのは、自分がたしかにあると確信を持てるのは認識している存在としての自分だけである、という考えかただ。自分以外の他者はすべてエイリアンか猫の寄生生物による操り人形かもしれない。そうでないと証明することはできない。

科学者たちは独我論の問題点を「最良の説明への推論」という方策で解決してきた。これは安直な方便で、エイリアンはともかく、だれも満足してはいない。

というわけで、私がほかの人と違うと証明することはできないが、それが最良の説明ではある。他者の反応から違いを推測しているわけだ。おそらく育ちかたが原因だと思う。推論と仮説、煙とゼリー、家を建てる土台にはなりえないもの。要するに私は、自分が他人とは違うような気がすると言いたいだけだ。

でもそれを言うなら、みんな自分は違うと思っているのかもしれない。

平均的なチンパンジーの友情は七年ほど続く。スカリーと私が同じ部屋で暮らしたのは九か月だった。本格的な喧嘩や仲たがいをしたことは一度もない。ある日荷造りをして颯爽とべつべつの生活に歩み出し、その後一度も口をきいていない。さよなら、スカリー。彼女に再会するのは二〇一〇年になってからだ。これといった理由もなく向こうからフェイスブックの友達リクエストが来たのだが、お互いに特に言いたいこともなかった。

二年生になるとき、私は生協スーパーの掲示板で見つけたルームメイト募集の貼紙を見て連絡してみた。美術史専攻の三年生トッド・ドネリーは物静かな好人物で、相手の言うことをそのまま受け入れるタイプだった。この世の中でそれは危険だけれど寛容な生きかただ。そばかすを受け継いだアイルランド人の父親と髪の色を受け継いだ日本人の母親について彼が話してくれたことは、私が自分の両親について話したことよりずっと多かったが、それでもトッドはいちばんたくさん聞いたほうだと思う。このころには私も家族について話す秘訣を心得ていた。じつは単純なことだ。真ん中から始めればいい。

ある晩トッドが彼特有のミステリアスな方法で、バーバンクフィルム・オーストラリアが制作したアニメ版『仮面の男』を調達してきた。そのころトッドがつきあっていたアリス・ハートスーク（彼女と別れるなんてトッドは大馬鹿だ）がやってきた。ふたりはカウチに陣取って両端の肘掛けに頭をのせ、真ん中で足を重ねて爪先でくすぐりあっていた。私はラグの上にクッションを重ねて寝そべっていた。電子レンジで作ったポップコーンをみんなで食べ、トッドがアニメ全般とくにバーバンクのスタイルについて講義をしてくれた。

筋書きはご存じだろう。双子のひとりはフランス王。もうひとりはバスティーユ牢獄に収監され、だれにも顔を見られないように鉄仮面をかぶせられている。牢獄の男は国王としてのすべての美徳を備えている。国王のほうはまったくのろくでなしだ。この漫画の真ん中あたりに、満天の花火の下で展開する美しいバレエのシーンがある。奇妙なことに、私が息ができなくなったことに気づいたのはそのときだった。テレビでは——ピルエットにアラベスク、そして降りそそぐ色とりどりの星。床の上では——私が汗だくになり、心臓が喉元まで上がってきて、空気を求めてあえぐのに肺が開かずにいる。上体を起こしたとたんに部屋が暗くなり、ゆっくりと回転しはじめた。

アリスが捨ててあったポップコーンの袋を突き出して、この中に息を吹き込むのよと言った。トッドは私の背後にまわり込み、両脚を私の脚の横に出した。そして肩をさすってくれた。トッドは身体的接触を好まないタイプだから、これはすごく親切な行為だった。しかも私は触られるのが大好きときている。なにしろモンキーガールだから。

肩をなでてもらってリラックスしたせいで、私は泣き出してしまった。まだポップコーンの袋に口をつけていたので、すすり泣きはすてきな海の音に変わり、ときには波の音、ときにはアザラシの咆哮に聞こえた。「大丈夫？」トッドが訊いた。大丈夫なわけがないのに、人はそれでも訊く。「いったいどうしたの？」トッドは二本の親指で私のうなじを押していた。

「大丈夫？」アリスが訊いた。「だれか呼ぼうか？　何があったの？」

正直、私にもわからなかった。わかりたくもなかった。納骨堂から何かがよみがえってきたのだが、わかっているのはその正体を知りたくないことだけだった。『仮面の男』の続きも見たくなかった。私は、もう治ったから大丈夫と言い、どうしてこんなことになったか全然わからないとも言った。言いわけをいくつかしてから、横になって泣きつづけられる場所に移動した。トッドとアリスをこれ以上困らせないように、もっと静かに泣ける場所に。

もし部屋に透明な象がいたら、ときどきその脚につまずいて転んでしまうのもしかたがない。私は昔の逃げ道を使うことにした。やりかたはちゃんと憶えていた。そして速攻眠りに落ちた。

6

それから何年かが過ぎた。

ハーロウ登場。

私がどういう人間か知っていただいたところで、例の最初の出会いを見直してみることにしよう。私はカフェテリアでグリルドチーズ・サンドイッチとミルクを前にすわっている。ハーロウがハリケーンの勢いで飛び込んでくる。ハリケーンがもしブルーのTシャツを着てエンゼルフィッシュのネックレスをした、背の高いセクシーな女の子だとすれば。

というわけで実際の私は、本書の冒頭で読者が受けた印象ほどには驚いていなかったかもしれない。ハーロウが見かけほど怒ってないのに気づいていたかもしれない。皿を叩き割ったのもコートを投げたのも——いかにも芝居じみていた。当人が楽しみながらやっているのが、私にもわかったのだろう。

演技はうまかったし、彼女もうまくやったと満足しながら役を楽しんでいたが、最高とまではいかなかった。それなら私は最後まで見とどけなかったと思う。とはいえ同じペテン師仲間として、あの元気さはすごいと思った。私ならやらないが、彼女の選択には感心した。変人で通すか演技をするか大学入学以来自問しつづけてきた私の前に、大胆にもその両方を選んだ人物が現われたのだ。

とはいえまだ自分で自分の反応がつかめずにいたので、他人に話すのはここに書いたのが初めてだ。

飛んでくるものをよけたり、手錠に腹を立てたり、父に電話したり、書類を記入したりするのに忙し過ぎたせいだ。ここで、感謝祭休暇からデイヴィスにもどり、私のアパートにころがりこんでいるハーロウを見つけたところまで場面を早送りすることにしよう。こんな状況を喜ぶ人はいないだろうが、私は普通の人以上に嫌だった。ほらまたこれだ、と自分に言ってみる。頭の中ではっきり言ったので、本当に口に出したように耳に響く。まるで、境界意識が欠落した人間に自分のスペースに侵入され、持ち物をいじくりまわされてその大半を壊されたことが何度もあったみたいに。ほらまたこれだ。

そしてこれこそ、催眠術師がぱちんと指を鳴らすところだ。ハーロウの癇癪や図々しさに私が平気でいられたのは、同じペテン師どうしだからではない。ハーロウの衝動的な行動に動じなかったのは、単に見慣れていたからだ。たとえ彼女が部屋の隅でオシッコしても、私には見憶えのある光景だっただろう。実際はそこまでやらなかったから、うちの家族の基準からすれば醜態のうちにも入らなかった。

私はそれが見慣れた光景であることより、見慣れた光景だと気づくのにこれほど時間がかかったことに驚いた。モンキーガールの側面を封じ込めるのはいいが、自分で忘れてしまうとなれば話はべつだ(本当はそれこそ私が願っていたことではなかったか?　ところが現実になると嫌だった。何が何でも嫌だった)。

父はごまかされなかった。「どうやらだれかにそそのかされたようだな」と電話口で言われたが、そのときはピンと来なかった。自分より父のほうが私をよく理解していると思うとたまらなく不愉快なので、そんな危険があるときは話を聞かないことにしているからだ。

ついに気づきが訪れたとき、ハーロウに対する私の気持ちは、はっきりするどころか複雑になった。ある意味で彼女は迷惑者だった。私の幼稚園の評価表には、衝動的で所有欲が強く我を通そうとする、と書かれていた。これこそ一般的なチンパンジーの特性であり、私はそれを消し去ろうとして長年苦労してきた。ハーロウは同じ性格の持ち主だが、矯正しようとは思っていないような気がした。いっしょにいると私まで昔の状態に逆戻りしてしまいそうだった。

それでいて彼女といっしょにいると、他のだれとも感じたことがないほど居心地がよかった。それまで私がどんなに孤独だったか、誇張してもしすぎることはない。もう一度繰り返すが、私は一度もひとりになったことのない幼児期から、引き延ばされた沈黙の孤独へとわずか数日で突き落とされたのだ。ファーンを失ったときにローウェルも失ったし——すくなくとも以前のような兄はいなくなった——同じ意味で母と父も失い、リアルな意味で大学院生すべてを失った。そのなかには私の愛するバーミンガム出身のマットもいたが、彼は別離にあたって私よりファーンを選んだ。

ハーロウが本質的に信用できないことはわかっていた。いっぽうで彼女だけは私が本当の自分でいられる相手のように思えた。友だちになるつもりは毛頭なかったが、同等の真剣さで憧れも感じた。本当の自分を見られたらさぞおもしろいだろう、私の父譲りの部分の脳はそう考えた。母譲りの脳が考えたのは——うちのローズマリーにやっとお友だちができたのかしら、だった。

さてやっとここまで来た。逮捕歴と持ち主不明のパウダーブルーのスーツケースを抱え込んだ元気な大学生の私がいきなり登場する、真ん中の話までもどってきた。空には運命の予兆となる星が蚤(のみ)さながらに跳ねまわっている。

一、母の日記の出現と突然の消失。

二、ローウェルからの秘密の伝言、隣の独房からダンジョンの壁をノックする音。

三、ハーロウ。

『ジュリアス・シーザー』からでも借りてきたような前兆が三回続いたとなれば、のちの戯曲の登場人物キャリバンでさえ気づかずにはいられまい。

私の関心はもっぱら兄の帰還に集中していた。興奮と、そしてクリスマスがときに『エルム街の悪夢』と化してしまう家族を持っている人がクリスマスの朝に感じる不安とで、気分が悪くなるほどだった。

本物のクリスマス休暇まではあと二週間もない。ローウェルが期末試験中に訪ねてきてくれれば、いくらでも自由時間を作って付き合える。ポーカーやラミーキューブをやってもいい。サンフランシスコまで出てミュアウッズでハイキングしてもいい。晴れた日にベリエッサ湖の近くで、「私道につき進入禁止」と書かれた道に車で入っていき、「不法侵入者は告訴されます」と書かれたフェンスによじのぼると、東にシエラネバダ山脈、西に太平洋まで全州を見わたすことができる。くらくらするような体験だ。ローウェルはすごく喜ぶだろう。

それより遅く来たら、私はインディアナに帰省してしまう。

だから私は、ローウェルが二、三日でもどってくるとエズラが言ったのが本当に二日の意味であるように願っていた。ローウェルが私はクリスマスには父と母のところに帰るだろうと察してくれるように願っていた。ローウェル自身はしないとしても、私が帰らなければならないことはわかってくれるだろう。そのぐらいの心遣いはあってほしい。

はじめてデイヴィスに着いてまもないころ、私はシールズ図書館の地下に新聞保管室があるのを見つけ、週末じゅうそこにこもって、一九八七年四月十五日のジョン・E・サーマン獣医学診断研究所火炎瓶放火事件の記事を読みふけった。この事件はインディアナではほとんど関心を惹かなかった。だれもブルーミントンで史上最高の嫌われ者になった高校生ポイントガードと関連があるとは思わなかったからだ。デイヴィスでさえ、詳しい情報はとぼしかった。

破壊された研究所は、当時建設中だった。被害総額は四六〇万ドルと推定されている。焼けた骨組の内側にALFの文字がペンキで書かれていたほか、周辺にあった大学の車両にもAnimal Liberation Front（動物解放戦線）と落書されていた。「動物の研究は動物、人間、および環境に利するものであります」と大学側の広報担当者は述べていた。

ALFは、診断研究所の目的は動物／食品産業への情報提供だと主張しているが、私がそれを知ったのは新聞の投書欄からで、記事本体にはまったく触れられていなかった。デイヴィス・エンタープライズ紙によれば、警察は容疑者を特定できていないが、事件はドメスティック・テロリズムと認定され、捜査はFBIに引き継がれた。

その後の北カリフォルニアにおける一連の火炎瓶事件にも検索範囲をひろげてみた。サンノゼ仔牛肉会社の倉庫、フェラーラ食肉会社と鶏肉倉庫が立て続けに襲撃されていた。サンタローザでは毛皮店が放火された。これらの火炎瓶事件では、ひとりの逮捕者も出ていなかった。

私は上の階に行って、司書にALFについて調べたいと相談した。ローウェルが気に入りそうな連中かどうかを知りたかった。ALFの戦術には動物の救出と解放が含まれ、研究ノートや記録を盗み出すこともあった。生体実験の写真を撮ってマスコミに流す。実験装置を破壊する。その中に類人猿定位固定装置というのが入っていたが、そのときも今も詳細を知りたいとは思わない。研究者や毛皮商、牧場経営者にヘイトメールを送ったり、留守電に殺害予告を入れたりして嫌がらせをする。ときには自宅に破壊行為をしかけ、動物虐待の場面を撮影したショッキングな写真を子どもが通う学校の校庭に貼り出したりもしていた。

一部好意的に取りあげた報道もあったが、ほとんどは違った。ロイターはＡＬＦの襲撃を箱舟にたとえ、違いは舵を取っているのがノアならぬランボーであるところだと書いていた。だれもが一致しているのは、死者が出るのは時間の問題だということだった。だれか重要人物の犠牲者、人間の犠牲者が。すでに危機一髪のケースがいくつか報告されていた。

一九八五年のカリフォルニア大学リヴァーサイド校不法侵入事件の報道を見つけた。盗まれた多くの動物のなかに、ブリッチスというマカクザルの赤ちゃんがいた。ブリッチスの小さな瞼(まぶた)は生まれた直後に縫合されていた。盲目の赤ん坊のために開発された音響機器をテストするためだ。この子を感覚遮断の状態で三歳まで生かしておき、殺して脳の視覚、聴覚、運動技能の領域に与えた影響を調べるという計画だった。

盲目の人間の赤ちゃんと虐待されたサルの赤ちゃんの間で選択を迫られるような世界に、私は生きていたくなかった。率直にいえば、科学とはそんな選択肢を与えるのではなく、そこから私を守るものであってほしかった。解決策として、私はそれ以上記事を読むのをやめた。

一九八五年といえばローウェルが家出した年だ。ブラウン大学に合格していたので、ローウェルがいずれ家を出ることはわかっていたが、まだ何か月かはあると思っていた。マルコやキッチと遊びまわり、遠くへ行っても家族の絆は続くと私たちが確信できるようになる何か月かが。

ＦＢＩはうちの両親に、ウエストコーストＡＬＦは独立細胞とさまざまな隠れ家と、動物を移動させるための地下ルートをもった捉えどころのない組織だと説明していた。どこからローウェルの関与をつきとめたのかも答えなければ、容疑者と認めることさえしなかった。ＦＢＩによれば、動物の権利を主張する活動家はほとんどがミドルクラス出身の若い白人男性だった。

デイヴィスの診断研究所は何年も前に完成し、ＡＬＦが阻止しようとした研究をせっせと進めていた。私は自転車でいつでも行くことができたが、中に入ることはできなかった。近ごろ動物実験を行っている研究所はどこも同じで、厳しい警備が敷かれていた。

もう一度航空会社に電話して、私の本物のスーツケースを見つけ出し、偽物を引き取るように要求しようと思っていた矢先に、ハーロウが現われてべつのアイデアを持ち出した。ハーロウのアイデアとは、今うちにあるスーツケースを開錠して、何が入っているか見てみようというのだった。中身を取るわけではない。それは言うまでもない。でもハーロウからすれば、中も見ないで返すなんてありえないことだった。インディアナから来た見知らぬスーツケースには（インディアナから来たと仮定すればだが）、何かとんでもないものが入っているかもしれない。ダブロン金貨。ヘロイン入りの人形。現行犯逮捕された、どこか中西部の市会議員のポラロイド写真。アップルバター。

だって知りたいと思わない？　冒険心ってものがないわけ？

ハーロウがアップルバターを知っていたのには感心した。ならやってみればと口走ってしまった言いわけにはならないけれど。私はハーロウがコンビネーション・ロックに音を上げるのを期待していた。道具だって必要だ。もしかしたら爆破のエキスパートも。チンパンジー研究で、この種の課題は食品パズルと呼ばれる。チンパンジーたちは成果とスピードで評価され、独創性にはボーナスポイントがつく。もちろん中のおやつも食べられる。スーツケースを開けて何も取ってはいけないなどと言われたら、チンパンジーはとんでもなく不当だと思うだろう。

私はいくつか漠然とした反対意見を述べ、正しいコンビネーションを推測できる確率を計算して（二万分の一）無理なのを確認してから、雨の中を生協までコーヒーを買いに出かけた。

ところがコンビネーション・ロックというものは、ダイヤルを回しながらシャフトのくぼみを注意深く見ることで数分のうちに開けられるものらしい。私が帰ってきた後、エズラが目の前で実演してくれた。エズラは持ち前の偏執的妄想を注入して、ジャングルコマンド部隊なみの特殊技能をマスターしていた。彼にできることを考えると空恐ろしくなるほどだった。

ハーロウは彼が三階のバルコニーの張出しの下で、太極拳の練習をしながらお気に入りの決めぜりふを練習しているところを見つけたのだ。「そんな顔をしても無駄だ。おまえはもう死んでいる」エズラは以前私に、自分は毎日の生活を映画バージョンに置き換えていつも頭の中で流しているのだと話したことがある。たぶん同じことをしている人は多いと思う。エズラの映画とはジャンルが違うだろうが。

というわけで映画バージョンでは、ここはロマンチックなシーンだ。ハーロウが現われ、鍛え抜かれて優雅だがどこか陰のあるエズラに出会う。彼女は長い髪を指に絡める。場面は居間に移り、ふたりが頭を寄せあってロックをのぞきこんでいる。映画バージョンでは、このスーツケースに爆弾が入っている。私がコーヒーを持って帰ってきて、間一髪でふたりを止める。

現実の私は止めなかった。エズラがロックの説明をするのを聞き、勝ち誇ったように最後のひと回しをするのを見守り、スーツケースを開けるのを見ていた――その間ひとこともしゃべらずに。エズラは気をもたせながらスーツケースのさえない中身をひとつずつ取り出していった。ほとんどが洋服だった

――ジャージ、ソックス、胸に赤い字で人類と書いてある黄色いTシャツ。ハーロウがシャツをひろげて持ち上げてみせた。キャプションの下には南北アメリカ大陸を正面にした地球儀が描かれ、周囲をあらゆる肌色の人たちが走っている。みな同じ方向を向いているが、そんな人類は見たことがない。「大きすぎ」ハーロウは感心にも落胆の気配を見せずに言った。

エズラはさらに底のほうを探った。「やったぜ！」彼は声をあげた。「やった！」そして「さあ目を閉じて」と言ったが、だれも乗らなかった。エズラに言われたからといって目を閉じるなんて馬鹿みたいだから。

エズラが何かをずるりと引っぱり出した。死体から抜け出した霊か、パウダーブルーの柩から出てきた吸血鬼みたいに見える。折りたたまれた昆虫のような手足をひろげたとたん、エズラの手の中で跳ねた。目は細く、口がカタカタ鳴っている。「いったい全体こいつは何だ？」エズラが訊いた。

エズラが持っているのは腹話術師が使う人形――しかも見たところアンティークのようだった。人形はひろげたスーツケースの蓋の上で蜘蛛のように踊った。片手で編み棒を持ち、頭にはひだ飾りのついた赤い帽子をかぶっている。「マダム・ドファルジュよ」私はエズラに言ってからつけ加えた。「『二都物語』の」エズラが大変な読書家だということを、私はいつも忘れてしまう。どう見ても柄に合わないし、映画的でないからだ。

ハーロウはうれしさに顔を紅潮させていた。私たちはジョキング好きの腹話術師所有のスーツケースを、一時的に所有したわけだ。マダム・ドファルジュのアンティーク腹話術人形こそは、まさにハーロウが見つかるかもと期待していた類のものだった。おかげで彼女の頬はバラ色に染まった。

エズラはマダム・ドファルジュのドレスの後ろに手を突っ込んだ。マダムはハーロウの首のあたりにとびついて手をバタつかせた。エズラが人形の口の動きに台詞をつけた。お嬢ちゃんたちありがとうと言ったのかもしれない。『ラ・マルセイエーズ』の歌詞を口ずさんだのかもしれない。あるいは『フレール・ジャック』とか。エズラのフランス訛り英語はそれほどひどかった。ひょっとしたらフランス語だったのかもしれない。

しかもここで引き起こされた不気味の谷現象ときたら。これほど見苦しい人形使いを見たことはなかった。こんな薄気味悪い光景は見たことがなかった。

私は急に堅物になった。「勝手に遊んだりしたらだめよ。古そうだし、二度と手に入らない貴重なものかもしれないでしょ」でもハーロウは、よほどの間抜けでなければそんな大事なものをチェックイン・ラゲージに入れたりしないと言った。

それにあたしたちうんと気をつけるから。彼女はエズラの手から腹話術人形を受け取り、人形の両こぶしを私に向って振ってみせた。マダム・ドファルジュの表情から察するに、万事彼女の計画通りに事が運んでいるようだ。「せっかくの楽しみをぶちこわすんじゃないよ」マダム・ドファルジュは言った。だいたい私はこんなくだらないことにつきあっているひまはない。授業があるのだ。台所に行って空港に電話した。航空会社はお電話ありがとうございますと丁重に答え、私は留守電を残した。ハーロウがあとから台所に入ってきた。マダム・ドファルジュはスーツケースにもどしておくから、と約束するので、私は夜になったらバーめぐりにつきあう約束をした。だってローズマリー、人形がどうかなったわけじゃない。鎮静剤でものんだら？

それに私は、ハーロウに私を好きになってもらいたかったのだ。

7

これまでに出席した大学の講義について訊かれても、九九パーセントまでは答えられないと思う。だがこの日の午後の講義は、残る一パーセントにあてはまるものだった。

雨はまだ降っていた。激しくはないがまとわりつく雨で、自転車に乗った私はスポンジのように水を吸ってしまった。大急ぎでペダルを踏んでいると、サッカー場をかすめるようにカモメの群れが飛んでいった。カモメが集まるのは嵐のたびに見る光景なのに、私はいつも驚かされる。カリフォルニア州デイヴィスは、うんと内陸にあるからだ。

レクチャーホールに着くころには、ジーンズからは水が滴り落ち、靴の中に水たまりができていた。化学一〇〇教室は大人数の授業がすべて行なわれる講堂で、教授が立つ場所に向かって傾斜している。入口は後ろでいちばん高いところにある。ふだん雨の日は出席がまばらになる。学生たちは野球と同じように講義も雨で中止になると思っているふしがある。ところが今日は今学期の最終日にあたり、期末試験前の最後の講義だった。私は遅刻したので、階段を降りて前のほうにすわらなければならなかった。折りたたみのアームデスクを上げてノートを取る準備をした。

この講座の題名は「宗教と暴力」だった。教授のドクター・ソーサは、髪が後退し腹がせり出しつつある中年男だった。人気のある先生で、『スター・トレック』のネクタイをしたり不揃いの靴下をはいたりを皮肉でやっていた。「私がスターフリート・アカデミーの学生だったころ――」〔『スター・トレック』に登場する宇宙艦隊士官養成機関〕大昔のデータや歴史上の逸話を持ち出すときはいつもそう言った。ドクター・ソーサの講義は熱くて広かった。私は教授陣のなかで彼をイージーリスニングにカウントしていた。

父から一度実験として、教授が私を見るたびにうなずいてごらんと勧められたことがある。すると教授が私を見る回数がどんどん増えてゆき、パブロフの犬みたいに制御できなくなるはずだというのだ。父にはべつの計算があったのかもしれない。百人かそれ以上いるクラスで欠席に気づかせようとするなら、普段から教授がその学生を見るように条件づけしておくにかぎる。ドクター・ソーサと私のあいだには無言の親近感が生まれていた。父はなかなか狡猾だった。

その日のレクチャーは暴力的な女性の話から始まった。表立って認めこそしないものの、これでは残りの講義がすべて男性についてだと宣言するようなものだ。もっともその導入部分は私が記憶しているところではない。たぶんＷＫＫＫや禁酒運動、いろいろな宗教がらみの暴動、女性対女性の暴力行為などの話をしたと思う。アイルランドからパキスタン、ペルーまでカバーしていたと思う。ただドクター・ソーサは明らかにこれらを独立した活動というよりも、男性が始めた運動の付属物として見ていた。暴力的な女性には、じつはさほど関心がなさそうだった。

やがて彼は、宗教的動機による女性への暴力という、この講座の中心課題にもどっていった。そして突然なんの前ぶれもなく、チンパンジーの話を始めた。チンパンジーには仲間内とよそ者に対する暴力の使いかたでヒトと共通の性向があると言い、縄張りの境界をパトロールするオスのチンパンジーの行動や、襲撃に出かけてよそ者を殺す群れの話をした。そして、人間の場合は単に主義主張の違いが、他の霊長類に見られる凶暴な部族的自我に蓋をしているだけなのだろうか、ともったいぶって問いかけてみせた。いかにも私の父が言いそうなことで、私はわけもなくその前提条件に異議を唱えたい衝動に駆られた。ドクター・ソーサはこちらを見たが、私はうなずかなかった。チンパンジーの社会では、もっとも地位の低いオスでももっとも地位の高いメスより上位にいると彼は言い、その間もじっと私を見つめていた。

教室にハエがいる。羽音が聞こえた。足が凍りそうに冷たくて、スニーカーからゴムとソックスを抽出したような臭いがした。ドクター・ソーサはあきらめて目をそらした。

彼は今まで何度も言ったことを繰り返した——大多数の宗教は女性の性行動を監視することに執着し、多くの場合それが存在意義になっている。ついでオスのチンパンジーの集団的性行為を説明した。

「唯一の違いは、チンパンジーは神の教えだなどと言い張らないことだけだね」

ドクター・ソーサは教壇から降りていたが、またもどってノートを見た。彼によればレイプはオスによる暴力と同じく、チンパンジーでは普通の行動だった。ナイジェリアのゴンベ州で研究していたジェイン・グドールのチームが、発情した一匹のメスが三日の期間中にさまざまなオスから一七〇回セックスを強要されるのを観察した話をした。

私はペンを置かなければならなかった。両手ががたがた震えてペンが紙の上で踊ってしまい、点とダッシュの気ちがいじみたモールス信号のような模様を描いていた。脳の中で血が沸きたっていたせいで、ドクター・ソーサがつぎに言ったことは聞き漏らした。まわりの学生たちがふりむいて見たので、ヒューヒューだかハッハッだか、自分が大きな音をたてて呼吸していることに気づいた。私が口を閉じると、みんな見るのをやめた。

私に友だちがいないからといって、セックスライフもなかったなどと決めつけないでほしい。セックス・パートナーのハードルはずっとずっと低かった。じつは友だちのいない人間がセックスするのは驚くほど難しい。だれかから助言や励ましをもらえればとよく思ったものだ。でも実際には、私はどうして映画みたいにホットなセックスに恵まれないのだろうと嘆きながら、すべて自力でまかなわなければならなかった。ノーマルなセックスライフって何だろう？　そもそもノーマルなセックスとは？　こんな疑問をもつこと自体、ノーマルでない証拠かもしれない。私は人生の直観的で哺乳類的な部分をいまだに埋め合わせせられずにいるらしかった。

「ずいぶん静かなんだね」最初の相手は言った。彼と出会ったのは、ゼリーにウオッカを入れて固めたジェローショッツのおいしさを発見して間もない、あるフラタニティーのパーティーだった。私たちはバスルームに鍵をかけて閉じこもり、ひっきりなしにドアを叩く音とトイレに入れないと悪態をつく声とで、私にいわせればじゅうぶん騒々しいセックスをした。最初は洗面台にもたれかかったので縁が背骨に食い込んで痛かったが、その角度はビギナーには難しすぎることがわかって、最後は床の汚いバスマットの上に寝た。それでも文句ひとつ言わなかった。さばけた子だと思われたかったからだ。

会ってまもなく、彼は私のことをシャイなんだねと言った。まるでお世辞みたいに。私の沈黙が妙にぐっとくるとかミステリアスだとか、そこまでいかなくてもせめてキュートだと思っているみたいに。寝室の両親の部屋側の壁からよく聞こえてくる声は憶えていたから、そういうのが望ましいとわかれば出してみることもできた。でも声を出すのは気持ち悪くて、親っぽい感じがしていた。

最初が痛いことは知っていた。いろんな雑誌の相談ページで読んで心の準備はできていたので、驚きはしなかった。それにしても本当に半端ない痛さだった。出血する覚悟をしていたのに血は出なかった。その後二度目も三度目も、別の相手でペニスが小さかったにもかかわらず痛みは続いた。そんなにいつまでも痛いと書いてある雑誌はなかった。

私は意を決して大学の保健センターに行った。女医は内診してから、問題は私の処女膜が小さすぎて、ほころびただけで破れてはいないことだと言った。そこで診察室で特別な器具を使った処女膜破爪処置が実施された。「これですっきり入るはずよ」医者は明るく言って、プレッシャーからやりたくない行為に応じてしまってはいけないとか、避妊対策の大切さとか、注意事項をたっぷりとつけ加えた。いろいろなパンフレットも持たされた。下半身に強烈な痛みがあり、生理痛を結び目にしてぎゅっと絞めつけたような感じだった。それより何より、ひどく屈辱的だった。

つまり言いたかったのは、私も嫌なセックスと無縁ではないということだ。

それでも運のいいほうだと思う。これまで一度として望まないセックスを強要されたことはないから。

もう一度講義を聞ける状態になったとき、ドクター・ソーサの話題はチンパンジーから近しい親戚にあたる(私たち人間にとっても)ボノボへと移っていた。「ボノボ社会は平和で平等だ。称賛すべきこの特性は頻繁に行なわれる不特定多数の相手との性交によって維持されていて、その多くは同性どうしだ。ボノボにとってセックスは毛づくろいの一種で、社会の潤滑油のようなものなんだね」それから言った。「要するにアリストパネスの『女の平和』は話が逆なんだ。平和への道はセックスをしないことじゃなくて、もっとやることでひらける」

これは男子学生に大受けした。つまり彼らは、ペニスに完全支配された単純な動物だと決めつけられたことを、あきれるほど気にかけていないらしかった。歩く男根、とでも呼びたくなるところだ。つまり推察するに彼らは、女性の側に多い性交拒否が諸悪の根源だということで納得しているらしかった。この反応は驚くにはあたらなかったが。

私の何列か右側で女子学生が手を挙げ、さされるのを待たずに立ちあがった。ブロンドの髪をビーズをちりばめて複雑に編みあげてある。私から見える側の耳は銀のイヤーカフで縁どられていた。「どっちが先か、どうしてわかるんですか?」彼女はドクター・ソーサに訊いた。「メスのボノボは、人間の女性が男性に感じるのより、オスを魅力的だと思ってるのかもしれないですよね? ボノボにとっては平和で平等でメスの性行動を監視したりしないのがセクシーなのかもしれないでしょ。それ、人間のオトコも試してみたほうがいいんじゃないですか」後ろのほうでだれかがチンパンジーがご馳走を見つけたときそっくりのホーホーという声を上げた。

女子学生は続けた。「ボノボは女が支配する女系社会ですよね。先生は、ボノボの社会を平和にしてるのが女性支配じゃなくてセックスだとどうして決めつけるんですか? 女性の連帯。女性が女性を護るシステム。ボノボにはそれがあって、チンパンジーや人間にはないのでは」

「オーケイ」ドクター・ソーサが答えた。「いいところを突いたね。たしかに考えてみる余地がありそうだ」そして私のほうを見た。

ドクター・ソーサは学期最後の講義を、同類の相手を好む性向は誕生と同時に始まるという話でしめくくった。生後三か月の赤ん坊でも、異人種よりふだん見慣れている人種の顔を好む。幼い子どもを、たとえば靴紐の色といったもっとも無作為な基準でグループ分けすると、グループ外より同じグループの子に激しい好意を示す。ドクター・ソーサは言った。「『己の欲するところを人に施せ』。これこそはわれわれ人類の最高にしてもっとも発展したモラリティーだ。実際必要なのはこれだけといっていい。あとはすべてここから派生しているからね。十戒なんて必要ないんだ。しかしもし君たちが私と同じようにモラリティーは神から始まると信じるなら、神はなぜ人間をモラルに反するように作ったのかという疑問が生じるね。

『己の欲するところを人に施せ』は不自然で非人間的な行動パターンだ。教会も信者もくちぐちにこれを唱えるが、実行できる者はほとんどいない。なぜかはわかるだろう。人間の本質に反するんだな。で、これこそが人類の悲劇ということになる――つまり、人類が共有する博愛精神は、人類が共有する博愛精神の否定の上に成り立っている、ということだ」

講義終了。全員が拍手する。講義が気に入ったからか、とにかく終わったからなのかはわからない。ドクター・ソーサはさらに期末試験についてちょっと話した。日付や事実を反芻するようなテストはしない。君たちの考え方の質を見たいんだ。そこでまた私を見た。最後にうなずいて安心させてあげてもよかったのだが、私はまだ頭に来ていた。猛烈に腹が立っていた。心の底から血圧が上がるほど激怒していた。

私はこれまでボノボの話など聞いたことがなかった。急に他人がみんな私よりチンパンジーに詳しいような気がしてきた。それは驚きだったし、驚くほど不愉快なことだった。でも私が考えてみなければいけないことはもっともっとたくさんあった。

第四章

かさねて申すようですが、とりたてて人間の真似がしたかったわけではないのです。出口を求めて、それで真似たまで、ほかに理由はありません。

フランツ・カフカ「ある学会報告」

1

二〇一二年の今日、私はパソコンの前でキャンディーランドの双六ゲームのようにインターネット検索を続けながら（それとも「蛇と梯子」ゲームに例えたほうがいいかもしれない。それとも「ソーリー！」ゲームとか——いずれにしろ、全然勝てないからいつまでも終わらないたぐいのゲームだ）、人間の家庭に里子に出された有名チンパンジーの行く末を調べている。実験の情報はいくらでも出てくるが、被験者の運命はそう簡単には出てこない。情報があっても論争の種になっていることが多い。

もっとも初期の被験者のひとり、賢くておとなしいグアは、一九三三年にケロッグ家から彼女が生まれたヤークス研究所にもどされてまもなく、呼吸器感染症で死亡したらしい。グアはケロッグ夫妻の家庭で幼い息子ドナルドといっしょに九か月間育てられ、その間ドナルドよりはるかに巧みにフォークを使ったりコップで飲んだりできるようになった。死亡時の年齢は二歳だった。

ヴィッキー・ヘイズは一九四七年生まれで、どのサイトを見るかによるのだが、六歳半または七歳のときウイルス性髄膜炎にかかって自宅で亡くなった。彼女の死後、両親は離婚した。すくなくともひとりの友人によれば、この夫婦をつなぎとめていたのはヴィッキーだけだったという。彼女はひとりっ子だった。

メイベル（一九六五年生まれ）とサローム（一九七一年生まれ）はどちらも、この子たちを残して里親が家族旅行に出かけてから数日以内に激しい下痢で亡くなった。いずれのケースでも、下痢の原因となった身体的基礎疾患は見つかっていない。

アリー（一九六九年生まれ）もやはり、研究施設にもどされたのち命にかかわる下痢に襲われた。自分の毛を抜いたり片腕が動かなくなったりしたが、それでも死ぬことはなかった。未確認の噂として、一九八〇年代に医学研究所で殺虫剤の実験に使われ、過剰投与で死亡したといわれている。

ルーシー・テマーリン（一九六四生まれ）は十二歳になって、里親家庭からガンビアのチンパンジーたちのところに送られた。ルーシーはオクラホマでテマーリン一家に育てられた。「プレイガール」誌と自分で淹れた紅茶とストレートのジンが大好きだった。ルーシーは道具を器用に使うチンパンジーで、家庭用掃除機で性的快感を得ていた。やんちゃ（ワイルド）な娘だったのだ。

だが彼女は野生（ワイルド）の暮らしのことは何も知らなかった。生まれたのはノエルズ・アーク・チンパンジー飼育場で、生後二日目に母親の元から人間の家庭に引き取られた。ガンビアではジャニス・カーターという心理学専攻の大学院生が、彼女を徐々に群れに慣らすために何年も親身の世話をした。この間ルーシーは重い鬱病にかかり、体重が減り、自分の毛をむしった。観念したようにほかのチンパンジーといっしょにいる姿が最後に確認されたのは一九八七年のことだ。

その数週間後、ルーシーの骨がばらばらに散らばっているのが見つかって回収された。密猟者を見て喜んで駆け寄って殺されたという説が一般的だが、これについては否定的な見かたも根強くある。

本や映画でスターになったニム・チンプスキー（一九七三―二〇〇〇）は、寿命にはほど遠い二十六歳の若さで死亡した。死んだ場所はテキサスのブラック・ビューティー・ランチという馬の牧場だったが、それまでにさまざまな施設や代理家族を経験していた。ニムは二十五から百二十五のサイン――資料によって違う――を学習したが、その言語能力は彼を研究対象に選んだ心理学者のハーブ・テラス博士には満足のいかないものだった。ニムが四歳のとき、テラスは実験打ち切りを宣言した。ニムはその後オクラホマの霊長類研究所（ＩＰＳ）に送られた。

ニムの実験が失敗とみなされたことは、手話を使うチンパンジーの多くに影響を与えた。直接の結果として、こうした実験への助成金が枯渇した。

その後ニムは医学研究所に売られ、小さな檻に閉じ込められた。それは、かつてニムの世話をした大学院生が訴訟を起こすと警告し、基金が作られてようやく研究所から救出されるまで続いた。

人間に育てられたチンパンジーの中でもっとも有名なワショー（一九六五―二〇〇七）も、一時期オクラホマのＩＰＳにいた。人間以外の動物としてははじめてアメリカン・サイン・ランゲージ（ＡＳＬ）を学んだワショーは、ＡＳＬ三百五十語の語彙をもち、二〇〇七年に四十二歳で自然死した。ロジャー・ファウツは大学院生としてワショーと関わりはじめ、結局彼女の保護と幸福のために生涯を捧げることになった。ワショーはエレンズバーグのセントラル・ワシントン大学のキャンパス内にファウツがつくりあげた保護区で、彼女をよく知り愛した人間やチンパンジーに見守られて亡くなった。

ワショーについてロジャー・ファウツは、彼女はぼくにヒューマン・ビーイング（人間）という言葉のうち、ビーイング（存在）のほうがヒューマン（人）よりずっと重要だということを教えてくれた、と語っている。

類人猿と生活をともにした人間には、私を含めて、本を書きたいという衝動が熱病のように広まるようだ。各人に自分だけの本を書く理由がある。*The Ape and the Child*（類人猿と子ども）はケロッグ夫妻の話。ロジャー・ファウツの *Next to Kin*『限りなく人類に近い隣人が教えてくれたこと』はワショーの話。キャシー・ヘイズの *The Ape in Our House*『密林から来た養女——チンパンジーを育てる』はヴィッキー。*Nim: A Chimpanzee Who Learned Sign Language*『ニム——手話で語るチンパンジー』はニムだ。

モーリス・テマーリンの *Lucy: Growing Up Human*（ルーシー——人間として育って）は一九七五年、ルーシーが十一歳のところで終わっている。テマーリン夫妻はほかのチンパンジーを育てた家庭と同じように、そして私の両親と同じように、ルーシーを一生わが子として育てるつもりだった。ところがこの本の終わりのほうでは、テマーリンは普通の生活へのあこがれを語っている。彼と妻は、ルーシーが怒るので何年も同じベッドに寝ることができなかった。旅行にも行けないし、友人を夕食に招くこともできなかった。生活のすみずみまでルーシーの影響を受けないところはなかったのだ。

ルーシーには人間の兄がいて、スティーヴという名前だった。一九七五年以降、彼については何の記録もない。ただ、赤ちゃんのころ一年半グアといっしょに育てられたドナルド・ケロッグ——彼自身にはおそらく記憶がないはずだが、論文や書物、家庭用八ミリ映画などにはふんだんに記録されている——が四十三歳のころ自殺したとするサイトは見つけた。また別のサイトによれば、ドナルドはサルのような歩きかたをしたという。ただしこれは白人至上主義者のサイトであり、まったく信用するにはあたらない。

2

ドクター・ソーサの講義から数時間後、私はデイヴィス中心部にあるザ・グラジュエイトという名前のビールとハンバーガーの店で、ハーロウと待ち合わせていた。道路は暗くて寒く、雨はやんだのにびしょびしょだった。街灯がひとつずつ靄のバブルに包まれたように見え、真っ黒な道路の水たまりに自転車のライトが一瞬反射して過ぎる黒魔術のような夜を、ふだんの私なら楽しんだかもしれない。でもこのときはドクター・ソーサの講義のせいで、まだ切り立った崖っぷちをよろめきながら進んでいるような状態だった。今夜は思いきり飲むつもりだった。デイヴィスでは、酒を飲んで自転車に乗ると車の飲酒運転とまったく同じ交通違反切符を切られる。それがあまりにも理不尽なので、私は認めないことに決めていた。

自転車をロックするころには、がたがた震えていた。『素晴らしき哉、人生!』でクラレンス・オドボディーがフレーミング・ラム・パンチを注文する場面を思い出した。そう、こんな日はフレーミング・ラム・パンチにかぎる。浴びるほど飲んでやろう。

私はザ・グラジュエイトの重いドアを押して、喧噪のなかに足を踏み入れた。ハーロウに、さっき教わったチンパンジーのセックスの話をしようかどうしようかと考えていた。あとはどれだけ酔っぱらうか次第だ。でもその晩の私は女性の連帯一筋だったし、仲間の女性を相手にオスのチンパンジーのおぞましさを率直に語りあえれば、気持ちが晴れそうな気がしていた。だからレグがいっしょにいるのを見たときは一気に気が滅入った。レグとチンパンジーのセックスについて有益な話ができるとは思えなかった。

マダム・ドファルジュを見たときはもっと気が滅入った。彼女はハーロウの膝にすわり、頭を右へ左へくねくね動かしながらコブラのように口をぱっくり開けていた。ハーロウのジーンズはすりきれて、山と虹とマリファナの葉の刺繍のパッチだけでかろうじてつながっている状態だったので、彼女の膝はなかなか興味深い場所だった。「ちゃんと気をつけて扱ってるってば」ハーロウは私がまだ口に出す隙も見つけられずにいる言葉に、先回りしていらだって言った。私のことをクソおもしろくもない子だと決めつけているのだ。その決めつけは正しかった。私とハーロウの関係は、まさにモンキーガール流にいろんなものをぶち壊すことから始まり、いっしょに留置場にほうり込まれて終わるという、前途有望な始まりかたをした。でも彼女がここへきて評価を見直しているのがわかった。私は彼女が思ったほどハチャメチャではなかったのだ。私は期待はずれになりつつあった。

でも当座は、鷹揚にもそういうことは後回しにしてくれた。ハーロウはつい最近、演劇学科が春に『マクベス』の男女逆転バージョンを上演するのを知ったばかりだった。もちろん彼女は『マクベス』とは言わなかった。演劇専攻独特のイラッとくる言いかたで、「あのスコットランドの芝居」と言ったのだ。男の役はすべて女が演じ、女の役は男が演じることになっていた。ハーロウはセットと衣装を手伝えることになり、めったに見たことがないほど興奮していた。みんなは衣装も男女逆転させるものと決めてかかっているが、彼女はディレクターに談判してやめさせるつもりだった。

レグが身を乗り出し、男にドレスを着せるほど観客受けするものはないぜと言った。ハーロウはどうでもよさそうに手ではらいのけた。

「衣装を入れ替えなかったら、そっちのほうがヤバくてすごいショックだと思わない？」それはつまり、世の中を支配する枠組みが女性になるということだ。いまこの世界で女性にコード化されているすべてが権力と政治を意味することになる。万事、女性が標準になるのだ。

ハーロウはすでにインヴァネスの城のスケッチを始めていて、夢のような思いきり女らしい空間にするのだと言った。この話題ならチンパンジーのレイプの話にすんなりつなげることもできそうだったが、心地よいほろ酔い気分を逆なですることにはなるだろう。ハーロウは希望やら計画やらで輝いて見えた。

男たちからマダム・ドファルジュにと飲物が届く。

レグがその一杯を私にくれた。ホップの香りの強いダークエールだった。冷やしたジョッキでさえ私の手よりは温かいぐらいで、親指には感覚がなかった。レグがビールを上げて乾杯した。「スーパーパワーに」と彼は言った。終わったことは忘れていいのかと私が思い違いをしないように。もうひと騒動やらかそうぜ。

私はあっというまに汗ばんできた。ザ・グラジュエイトは満杯だった。ＤＪがいて、無謀にもラインダンスをしている一団がいた。店の中はビールの匂いと体臭が充満していた。マダム・ドファルジュはテーブルの上や椅子の背で跳ねまわっていた。スピーカーはグリーン・デイの『バスケット・ケース』をがなりたてていた。

ハーロウとレグは口論になり、音楽に負けじと怒鳴りあっていた。私にもそのほとんどが聞こえた。要するにレグはハーロウがバーの男たち全員の気をひこうとしていると思っているが、ハーロウは媚びているのはマダム・ドファルジュだと思っている。ハーロウ自身は単にパフォーミングアートを演じているだけで、それはバーの男たちにもわかっているはずだった。

「ああそうかい。そいつは高尚だな。ホンモノの芸術愛好家ってやつか」レグは、女のパフォーミングアートと聞いて男が思い浮かべるのは月経血を顔に塗りたくるようなやつで、そういうのはだれも好きじゃない。男が好きなのはあばずれさと言った。

ハーロウは、あばずれ女とあばずれ女を人形で演じる女とには決定的な区別があるという考えかただった。レグは、違いなんかあるもんか、女が違うと思ったとしても男には関係ないねと言った。

「あたしがあばずれだってのかい?」マダム・ドファルジュが嚙みついた。「ふん、あんたなんかに言われたかないよ!」

音楽は音量を変えずにスローに変わった。ハーロウとレグはまた飲みはじめた。ベースボールキャップを後ろ向きにかぶった白人の男が――「クソ白ブタ野郎」レグが私に、本人にも聞こえるような大声で言った――やってきてダンスに誘った。ハーロウはその手にマダム・ドファルジュを押しつけた。

「ほらね?」ハーロウはレグに言った。「彼女があいつと踊って、あたしたちはふたりで踊るの」彼女がさし出した手をレグが取って抱き寄せた。ふたりはぴったりと身を寄せあってカウンターから離れた。ハーロウは両手をレグの肩にのせ、レグは彼女のジーンズの破れたバックポケットに手を入れていた。私はベースボールキャップを後ろ向きにかぶった男が当惑げに見つめているマダム・ドファルジュを取り返した。

「この人とは踊っちゃだめ。すごく大事なものだから」

DJがストロボライトをつけた。ザ・グラジュエイトは愚者たちの舞踏会と化した。レグがもどってきて、私に向かって長々と話しはじめた。ストロボライトでその顔がスライドショーになった。私はうなずきすぎてめまいがしてきたので、焦点を合わせるために彼の鼻先を見つめることにした。レグは怒鳴らなかったから、私にはひとことも聞き取れなかった。

　私はまた何度かうなずき、同意を示すそのジェスチャーのあいだにもずっと、レグが唱えるスーパーパワー説は嘘っぱちで現実に即していないと指摘しつづけていた。「うんこ。あほ抜かせ。ばーか。カス。うざうざ」

　ふと彼の胸に目が行った。Tシャツに、走り抜ける家族のシルエットが入った黄色い交通標識がプリントされていた。先頭は父親で、後を追う妻の手を引いている。妻は子どもの手を引き、子どもは人形をやはり片手で持っている。私はインディアナの出身だし、デイヴィスはサンディエゴではない。これが不法移民を轢いてしまわないように注意をうながす本物の交通標識なのかどうか、私には判断がつかなかった。子どもと人形は宙に浮いている。それほど必死で走っているのだ。三人の脚が上下に動き、女の子の三つ編みがとびはねているのがわかる。ここで断っておくべきだと思うが、私はその晩ハーロウにもらった錠剤を二錠ほどのんでいた。これまで周囲からの圧力に直面せずにすんでいたのは運がよかった。いまわかったことだが、私はそういうのをうまくあしらうのが苦手なのだ。

「ばっかみたい」私は言った。「嘘ばっか。ゴミ。でたらめ」

　レグが聞こえないと言ったので、ふたりで外に出た。私はミラーテストのことを話しはじめた。どうしてそんなことを思いついたのかは覚えていないが、けっこう偉そうにレクチャーを始めた。一部の種、たとえばチンパンジー、ゾウ、イルカなどは鏡に映った自分を見分けることができるが、犬やハト、ゴリラ、人間の赤ちゃんなどにはできない。このことを考えはじめたのはほかならぬダーウィンで、ある日動物園に鏡を置き、二頭のオランウータンが自分の姿を見る様子を観察したのがきっかけだった。そして百年後、ゴードン・ギャラップという心理学者がこのテストを進化させ、チンパンジーが鏡で自分の口の中や、鏡を使わなければ見られない自分の身体の部分を見ることを発見した。私はレグに、ミラーテストはくそダーウィンのころから動物の自己認識を調べるために使われているのに、何でも知っているつもりでいるあなたみたいな大学生がこんな基本的なこともわからないなんて信じられないと言ってやった。

それからさらに、サイコマンテウムというのは鏡のある小部屋で、人はそこで死者の霊と交信できるのだと、たまたま知っていたという以外に格段の理由もなく話した。

そのときふと、一卵性双生児はミラーテストにどんな影響があるのだろうという考えが浮かんだが、口には出さなかった。私は答えを知らなかったし、レグが知ったかぶりをするかもしれないと思ったからだ。

もしかしたら私は、ソーサの講義で新事実を知って打ち砕かれたこの分野の知識について、自信を取りもどそうとしていたのかもしれない。それにしても不愉快なまねをしたものだ。レグはきみってすごくおしゃべりだったんだねと言い、私はおっとばれたか、というように手で唇を叩いてみせたのを憶えている。それからレグが、きみまた震えてるみたいだから中へ入ったほうがいいぜと言った。それに、ミラーテストについては知るべきことは全部聞いたような気がするから、と。

3

この後の夜の記憶は、頭の中にばらばらのモンタージュ写真のような状態で残っている。映画を観つづけると人はそう訓練される。『帰ってきたモンキーガール』、いくつかのエピソードから成る狂気の犬ぞりレースが町を駆け抜ける。

いま私は、ジャック・イン・ザ・ボックスでライスボウルを買おうとしているところだ。レグはとっくに頭にきて帰ってしまった。ハーロウが私の自転車に乗っていて、私はハンドルバーの上に乗ってバランスを取っている。私たちはドライブスルーのマイクごしに長々と注文を伝えるが、途中で何度も気が変わっては、通話機の向こうの女性がちゃんと理解しているかどうか確かめている。ところが相手は急に、車でないなら注文は受けられない、店に入って買えと言い出す。口論が続き、結局向こうはもっと権限のあるべつの女を連れてきて、その女がとっとと消えなと言う。「消えな」という割れた声が、ジャックの大きな雪だるまの頭から聞こえてくる。ハーロウは自宅の鍵一本で器用に通話機をはずしてしまう。

私はGストリートのパブにいて、黒人の男の子にナンパされているところだ。学校のロゴ入りジャケットを着ているところを見ると高校生かもしれないが、かなり長く激しいキスをしたあとなので、そうじゃなければいいと思う。

私は駅の湿ったベンチにひとりでうずくまり、顔を膝につけている。すすり泣きが止まらない。これまで想像を自分に拒んできたことをはじめて想像して、すっかり溺れているからだ。ファーンが連れていかれた日のことを。

本当は何があったのかを知る機会は永久にないだろう。私はその場にいなかった。ローウェルもいなかった。母も絶対いなかったと思うし、もしかしたら父もいなかったかもしれない。

ファーンは薬で眠らされたに違いない。私があの最初の日の午後、新しい寝室で目覚めたように、ファーンも見知らぬ場所で目を覚ましただろう。違うのは、私が泣いたときは父が来てくれたことだ。ファーンにはだれが来てくれたのか。たぶんマットだろう。私はその小さな慰めにしがみついて、ファーンが最初に目覚めたときはマットがいたと思うことにした。

最後に会ったときの、元気いっぱいだった五歳のファーンを思い出してみる。でも今ファーンがいるのは、スイスのロビンソン一家のツリーハウスではない。年長の大きな見知らぬチンパンジーたちといっしょに檻に閉じ込められているのだ。「糞虫」と言ったファーンが、自分の分際を思い知らされている。チンパンジーだというだけでなく、メスであるがゆえにどのオスより低い地位にいることを。そんな扱いを、ファーンが戦わずして受け入れるはずがないと私は知っていた。

檻の中で、やつらはファーンに何をしたのだろう。何をされたにせよ、それは止める女性がいなかったせいだ——私の母、女子大学院生、私——だれひとり彼女を助けにいかなかった。それどころかみんなで彼女を、女性の連帯がまったく機能しない場所に追いやってしまったのだ。

私はまだ泣いているが、今度はどこか知らない店のブースに移動している。みんながしゃべっている声がちゃんと聞きとれるから、バーではない。いっしょにいるのはハーロウと、私たちと同年代の男の子ふたりだ。イケメンのほうはハーロウの隣にすわり、彼女の背後のシートの背に腕をのばしている。髪が長めで、目に入らないように、ひっきりなしに頭を振っている。もうひとりは私の相手らしい。すごく背が低い。それは気にならないけれど。私もかなり低いから。私はボスになるアルファオスより子分のベータオスのほうが好きなのだ。嫌なのはそいつがずっと笑って笑ってと言いつづけることだった。「大丈夫だいじょうぶ、なんとかなるって」。私が五歳だったら、いまごろ噛みついていただろう。

それに私は、明らかに残念賞扱いされたのがわかって傷ついている。そうではないと取り繕ってくれるひとさえいない。たとえばみんなでミュージカルに出ているとすれば、ハーロウとその相手が主役の恋人たちを演じて、きれいな歌もおもしろい展開もすべていいとこ取りをしている。私とそのお相手は息抜きの道化役だ。

「あなたなんか名前も知らないのに」なぜ笑ってやる気がないかを説明するのに、私はそんなことを言う。公平を期していえば、じつは紹介されたのに私が憶えていないだけだと思う。

でもだれも反応しなかったところをみると、声に出さなかったのかもしれない。彼は目にゴミでも入ったみたいに何度もまばたきする。私はコンタクトをしているのだが、大泣きしたせいで目玉にモハーヴィー砂漠をこすりつけたかと思うほど痛くなっている。突然それ以外何も考えられなくなる――ひりひりと燃えるように痛い目玉のことしか。

ハーロウがテーブルごしに身を乗り出して、私の手首を握る。「聞いて。聞いてる？　ちゃんとわかってる？　何を気にしてるんだか知らないけど、そんなのただの思い込みだよ。現実じゃないよ」

ハーロウの横の男が私にほとほとうんざりしているのがわかる。「まいったな。いい加減に落ち着けよな」

私はこの救いようのないバカより下位に置かれることを拒否する。だから笑うことを拒否する。死んだほうがましだ。

私たちはまだ同じブースにいるが、いつのまにかレグが加わっている。彼がハーロウの横に陣取り、ロングヘアの男が私の隣、背の低い男は椅子を与えられて通路側にすわっている。いつからこうなったか全然覚えていないのだが、勝手にアップグレードされたことが無性に腹立たしい。ロングヘアの男よりは背の低いやつのほうがましだったのに、当事者の私に訊きもしないで。

男たちはみなぴりぴりしている。今にも『スター・ウォーズ』のライトセーバーをつかんで決闘が始まりそうだ。レグはずっと塩入れをいじっていて、テーブルの上で回しながら、こいつが止まったところがいちばんダサいやつ、と言う。ロングヘアの男が、そんなもんいらねえよ、俺ならダサいやつはひと目でわかる、と言い返す。「まあ落ち着けよ」背の低い男がレグに言った。「両方独り占めってわけにはいかないぜ」——そこでレグがおでこに手を当てて「終わってる」のサインをしたので、あとの二人はますます熱くなる。それもふつうの指二本のL字サインではなく、中指を立てて相手に向けるやつだ。これは昔ながらの中指立ての意味に加えて、シンプルな「終わってる」を「どこからどう見ても終わってる」へと進化させている。ロングヘアの男が大きな音を立てて息を吸い込む。それほど一触即発の状態なのだ。

私がこの三人全員とセックスしてあげたら、みんなおとなしくなるだろうか。そうでもしないと収拾がつきそうにないから。

どうやらこれを声に出して言ってしまったようだ。私はあわてて、あくまでも仮定の話だと説明しようとした。ソーサの講義のことも話そうと思ったのだが、たいして先へは進めなかった。「ボノボ」という名前がいかにも変な響きで男たちがあまり変な顔をするので、思わず吹き出してしまったからだ。最初はみんなも笑っていたが、みんなが笑うのをやめても私は笑いつづけた。私が泣いているあいだ、うんざりされているのがわかったが、笑っているいまも恐ろしくムカつくと思われているのがよくわかった。


今度は私はトイレの個室にいて、ピザをひと切れずつ吐いている。吐き終わったので個室を出てシンクに行き、顔を洗っていると、男子小便器に男が三人いる。トイレを間違ったのだ。

三人のひとりはレグだ。私は鏡に映った彼の顔を指さす。「これだーれだ?」それから困って、「知能テストよ」と言う。コンタクトレンズを外して流す。使い捨てレンズなのだからこれでいい。ただ捨てるだけ。だいいち、見たいものなどどこにあるというのか。鏡に映った自分の顔は、蒼白で目つきが悪くて、暗がりで撮られた手配写真みたいだ。これは私じゃない。百パーセント拒否。だってこんな顔のはずはないから。だれか別人だ。

レグがミントをくれる。これはいままで私が男の子から受けたいちばんの思いやりかもしれない。急にレグがかっこよく見えてきた。「きみさ、近くに寄りすぎだよ」レグが言う。「なんか圧迫感があるとか言われたことない？　人の場所に侵入してくるとかさ」こう言われて、さっきまでのいい感じが一気に消えてしまう。

そういえば思い出した。「あなたってやたらと場所がいるひとなんだ」。でも変に自分に関心があると思われると困るので、すぐに話題を変える。「人が憎みあうように仕向けるのって、じつはすごく簡単なのよね」。一部は陽動作戦として、一部は単に事実であり、にもかかわらず口に出して言える機会がめったにないから。「生まれつき備わっている行動パターンなら、どんな動物でも合図ひとつでやるように訓練できる。人種差別、性差別、動物差別――どれも人間には自然な行動よ。どこかの恥知らずな野蛮人が権威をふりかざせば、一発でそっちに駆り立てられちゃう。赤ん坊でもできる。

群集心理は人間の自然な行動だし」私は悲しげに言う。また涙が出てくる。「いじめもそう」

感情移入もまた人間の自然な行動パターンであり、チンパンジーにとってもそうだ。だれかが傷つくところを見ると、私たちの脳は反応し、ある程度まで同じ痛みを感じる。この反応は感情記憶が保存される扁桃体だけにとどまらず、大脳皮質の他者の行動を分析する部分でも起こる。われわれは過去に苦痛を伴った経験にアクセスし、それを現在苦しんでいる他者にまで拡げる。人間はけっこういいやつなのだ。

でも当時の私はこんなことは知らなかった。もちろんドクター・ソーサも知らなかっただろう。

「もう家に帰る時間だよ」レグが言うが、私はそんな気分ではない。まだまだ家に帰る時間などではないと思う。

ハーロウと私はシェルのガソリンスタンドに併設された洗車場のトンネルを歩いている。トンネルの中は洗剤とタイヤの独特の臭いがする。そして私たちは、ロッカーブラシやコンベヤーベルトや、ほかの見えないものを踏んづけて、ときどき転びそうになる。子どものころ洗車機を通る車に乗っているのが大好きだったよね、とふたりでうなずき合う。超楽しかったよね。宇宙船か潜水艦に乗っている気分で、巨大イカみたいな布がパタパタと窓を打つの。その話をしながら布の巨大イカに指をあててみる。想像したとおり湿ってゴムっぽい。

水があとからあとから流れ落ちて車の窓に膜が張ったように見えるのに、中にいる自分は濡れもせず快適なのだ。こんなすてきなことがあるだろうか。ファーンも大好きだった。ファーンのことを考えるのはやめようとするが、すぐにまたもどってくる。器用な手先でカーシートの留め具をすべて外してしまい、車の中を縦横に跳ねまわって何も見逃さなかったこととか。

ハーロウが言う。車が動いてると思ってるとそれは目の錯覚で、ほんとはブラシのほうが動いて通り過ぎてたりするんだよね。私はまさに同じ経験があると答える。まるっきり同じ。私はファーンをまた頭から追い出すと、ハーロウとの共感でハイになり、認めてもらった満足を麻薬のように吸い込む。私たちってすごく似てる！「あたしいつか結婚するときは、洗車場で結婚式したいな」私が言うとハーロウも、いいじゃんそれ、あたしもやりたい、と答える。

私はGストリート・パブに舞いもどっている。ハーロウと私はビリヤードをやっているが、私はボールをポケットに落とすどころか、テーブル上にキープするだけでも危うい状態だ。「そんなんじゃビリヤードってゲームに対する侮辱だよ」ハーロウが言う。そして私は突然彼女を見失う。どこを探してもいない。

私は髪を白髪に見えるほど脱色した、痩せこけた男を見おろしている。その男の腕の中に飛び込み、何も考えずに本名を呼ぶ。なつかしい兄の匂いを求めて胸に思いきり頭を押しつける。洗濯石鹸とベイリーフとコーンのシリアルの匂い。髪を脱色し、ひどく体重を減らして運動選手の面影はもうほとんどないけれど、いつどこにいても兄のことはわかる。

私はわっと泣き出してしまう。「すっかり大人だね」耳元で言われる。「テーブルにとびのらなかったら、だれだかわからなかったと思うよ」

私は兄のシャツをぎゅっとつかむ。絶対に放さない勢いで。ところがいつのまにか警官のアーニー・ハディックが目の前に立っている。「いっしょに来てもらうぞ」警官然とした大きな頭を振りながら言う。「留置場で一晩寝て、自分がやろうとしてることを考えてみるんだな。どんな仲間と付き合うかも」ハディック巡査は、私を危険な路上から救い出すのはヴィンスのためを思ってだと言う（お忘れかもしれないが、私の父の名前だ）。酔っぱらった女は自分から災難を呼び寄せているようなものだと言う。

警官は私を外に連れ出すと、慇懃にパトカーの後部座席に案内する。今回手錠はかけない。車には先にハーロウが乗っている。私たちは同じ房に入ることになるが、翌朝ハディック巡査は私に釘をさす。「もうハーロウみたいな子と付き合うんじゃない。こんなとこで出くわすのはこれっきりにしなきゃ」ハーロウが言う。

私はハディック巡査に、髪を白く脱色した男を見なかったかと訊きたい誘惑にかられるが、もちろんそんなことは訊けない。兄は忽然と姿を消し、ひょっとしたら私の空想だったのかと心配になる。

できるものならさっさと眠ってしまい、またしても留置場にいる自分を忘れてしまいたいところだ。でもハーロウの白い小さな錠剤は、私の脳のシナプスの中で野生馬のように暴れまわっていた。さらに悪いことには、ファーンがしつこく意識に入り込んできた。こんなに長いあいだうまく封じ込めてきたはずなのに、突然どちらを向いてもファーンがいた。ファーンが薬で眠らされて檻に入れられたのと同じように、私自身が薬を盛られて檻に入れられる場面が目に浮かんで離れなかった。私には朝になったら出してもらえる自信があったが、ファーンにもはたしてその自信があっただろうか。おびえきったファーンを想像するより、これは何かの間違いで、すぐに私たちが助けに来て新しい家の新しいベッドで眠れるのだと信じて疑わないファーンを想像するほうが、何倍もつらかった。

それにファーンと同じように、私も檻の中でひとりぼっちではなかった。ハーロウのほかにおばあちゃんがひとりいて、母親のように私たちの面倒を見てくれた。おばあちゃんは色褪せたピンクのつるつるになったタオル地バスローブ姿で、額には「灰の水曜日」に教会で灰をつけられたような黒い汚れがついていた。白髪がぼさぼさ突き出したところはまるで風に吹かれたタンポポの綿毛だが、片側だけがつぶれていた。おばあちゃんは私を見て、シャーロットに生き写しだねと言った。「どのシャーロット?」私は訊いた。

返事がないので、あとは勝手に想像するしかなかった。シャーロット・ブロンテ？　『シャーロットのおくりもの』のシャーロット？　ノースカロライナ州シャーロット市？　ふと気づくと、母が『シャーロットのおくりもの』を読んでくれるとき、最後のところでいつも泣いてしまったのを思い出していた。母がうっと声を詰まらせるので顔を上げると、赤い目と濡れた頬にびっくりさせられたものだ。蜘蛛のシャーロットは明らかに具合が悪いわけだから虫の知らせを感じてもいいところだったのだが、登場人物が死んでしまう本を読んでもらったことがなかったので、実際にはそんな可能性を思いつきもしなかった。その点では私もファーンに負けず劣らず無知だった。母の膝に寝そべって、ファーンは自分で作った蜘蛛のサインをゆっくり繰り返していたものだ。「うんち虫」、「糞虫」。

　ファーンは『シャーロットのおくりもの』が特別に好きだった。母が読むときに自分の名前を何度も言ってもらえたからだと思う。もしかして母はファーンの名前をこの本の女の子から取ったのだろうか？　これまでそんなことは思いつきもしなかった。そうだとしたら、本の中で動物と話ができる唯一の人間の名前をファーンにつけるなんて、どういうつもりだったのだろう？

　気がつくと私の手も「糞虫」のサインを作っていた。やめようとしてもやめられないみたいだった。私は両手を上げて、動きつづける自分の指を見つめた。

「さあさ、話は朝にしましょ。よく寝て元気になってからね」私が現にしゃべっているのに気づかず、おばあちゃんが言った。それから折りたたみベッドを取ってきてひろげるように言った。折りたたみベッドは四台あったが、どれも寝たいようなしろものではなかった。横になって無理に目を閉じてはみたものの、すぐにぱっちり開いてしまった。指が勝手にくねくね動く。足がぴくぴくする。頭のなかの想念は『シャーロットのおくりもの』から、疑うことを知らない純真な蜘蛛たちがいろいろな薬物を投与される有名な実験へと、突然ジャンプした。さらにこの蜘蛛たちが薬物の影響下で紡いだという有名な巣の写真へと。

当の私も入眠状態にとどまって、洪水の漂流物みたいに押し寄せてくる雑多なイメージを判読しようともがきながら、奇妙きてれつな蜘蛛の巣を紡いでいた。ここにチンパンジー、あそこにチンパンジー、どっちを向いてもチンパンジーチンパンジー。

レグがしつこく主張するようにスーパーパワーが生まれつきのものであって相対的なものではないとすれば、スパイダーマンがシャーロットよりすぐれているとは言えなくなる、と私は考えていた。シャーロットと比べたら、スパイダーマンのピーター・パーカーなんてただのバカだ。ピーター・パーカーはバーカー。ピーター・パーカーはバーカー。

「ああ、もうたくさんだよ」とおばあちゃんに言われたが、私が声に出していたのか、彼女が読心術を使ったのかはわからなかった。どちらもありそうに思えた。

「ハーロウ、ハーロウ」私は声をひそめて呼んだ。返事はない。ということはハーロウは眠っていて、つまり私にくれた薬を自分はのまなかったということだ。もしかしたら薬が足りなかったので親切心から私にまわしてくれて、自分は健気にもなしで通したのかもしれない。それともやばいことがわかっていたから自分ではのまずに、トイレに流すかわりに私に渡したのかもしれない。トイレより近くに私がいたというだけのことかもしれない。

それとも実は起きているのかも。そう思って私は話しかけた。「スーパーパワーはやっぱり相対的なものだと思うな。シャーロットがスーパーヒーローなのは巣の上を壁から壁へ飛び移れる蜘蛛だからじゃない。シャーロットのスーパーパワーは読み書きできることよ。重要なのは文脈。文脈がすべて。

ウンヴェルト（環世界）ってやつ」

「ちょっといいかげんにしてよ」ハーロウがうんざりしたように言った。「あのさ、自分が一晩じゅうしゃべりっぱなしだったって知ってる？　しかも全然意味不明だったよ」

このときの私の反応は、モンキーガール警報とノスタルジアというところだった。それと反発。そこまで言われるほどしゃべっていたわけじゃない。どうしてもというなら、ひと晩じゅうしゃべりっぱなしってのがどんなものか見せてやろうじゃないの。もしここにファーンがいたら、苦もなく壁をのぼっていってハーロウの頭上からオシッコのシャワーを浴びせてくれたのに。ファーンがいてくれたらという気持ちが強すぎて、息が止まりそうだった。

「おしゃべりやめ！」おばあちゃんがぴしりと言った。「おめめを閉じておしゃべりはおしまい。これは本気だよ」

私の母はいつも、眠れない人が眠れる人を起こすのはひどく失礼なことだと言っていた。ただ父の見かたはちがった。「ふん、人の気も知らずに」あるとき父は、ぼうっとした顔で朝食に降りてきてコーヒーにオレンジジュースを注ぎ、塩を入れて混ぜながら言った。「眠れなくて悶々としているときに、隣ですやすや眠られるのがどれほど腹立たしいものか、経験した者にしかわからんよ」

だから私も静かにしようとつとめた。今度は蜘蛛の巣の万華鏡が見えてきた。私の眼球の向こう側でたくさんの蜘蛛が見事な振り付けでフレンチカンカンを踊り、ワルツに合わせて脚また脚また脚また脚を蹴りあげていた。近づくと彼らの複眼や大顎がくっきりと見え、遠ざかるとうごめく脚がフラクタルパターンを描いた。

だれも明かりを消さなかった。蜘蛛のコーラスラインの音楽がワルツからガバに変わった。だれかがいびきをかきはじめた。私が眠れないのは、このいびきのせいではないかという気がした。私の想念は、中国式水責めのようにリズミカルにやってきた。ウンヴェルト、ウンヴェルト、ウンヴェルト。

残りの夜はずっと、デイヴッド・リンチ監督による悪夢のシークエンスだった。周期的にファーンが登場した。ファーンはときには五歳で、後ろ宙返りをやってみせたり、片足ずつ左右にステップを踏んだり、スカーフをたなびかせて走ったり、警告がわりに私の指を甘噛みしたりした。ときには大人のチンパンジーになって現れ、どっしりとうずくまってみじろぎもせずに私を見つめた。置物のように動かないので、人形みたいに持ち上げて運ばなければならないほどだった。

朝になるまでには、頭に浮かんだ重要事項を退屈だが整然としたグリッド構造にまとめあげることに成功した。X軸—遺失物。Y軸—最後に見た場所。

一、私の自転車はどこ？　最後に降りたのがどこかさえ思い出せない。たぶんジャック・イン・ザ・ボックスか。通話機を壊したことをはっと思い出した。ジャック・イン・ザ・ボックスには当分近づかないほうがいい。

二、マダム・ドファルジュはどこ？　ザ・グラジュエイトを出てから一度も見た覚えがない。ハーロウに訊きたかったが、切り出しかたを考える元気がなかった。ふつうの状況でもこれを訊けば彼女はイラっとするのに、こんなときではなおさらだ。

三、母の日記はどこ？　母は本当に日記のことを二度と話題にしないつもりだろうか。それともどこかの時点で失くしたことを告白すべきか。私はほとんど物を失くしたことがないし、そもそも今回はハン・ソロの永遠の名台詞どおり「俺のせいじゃねえ！」のだから、どちらにしてもあんまりだ。

四、私の兄はどこ？　ローウェルが私に会ってうれしそうだったのでほっとしたのもつかのま、いまは不安でいっぱいだった。私が警官と顔なじみなのを見てローウェルはどう思っただろう？　ローウェルがあの場にいたと思うのが私の妄想だったら？

おばあちゃんの息子が迎えに来て、介護施設に連れて帰った。帰る前に、母親が言ったに違いないこと、壊したに違いない物について何度も謝っていった。おばあちゃんといっしょに、いびきも消えた。

留置場の扉が私のために開いたとき、私は疲れ果てていて壁づたいにしか歩けないほどだった。ハディック巡査との面談ではぐったりして口もきけなかったが、それで時間が短縮されるわけではなかった。

レグがハーロウを迎えに来たので、私も車で家まで送ってもらった。シャワーを浴びたらくらくらして、熱いお湯を浴びながら身体が揺れた。ベッドに入ってみたが、まだ目を閉じることができなかった。極限まで疲れているのに頭は忙しく動きつづけ、最悪な気分だった。

起き出して台所に行き、ガスコンロのバーナーをはずして下を掃除した。何ひとつ食べたくないのに冷蔵庫を開けて中をのぞき込んだ。ハーロウがくれたのは、ゆるやかな効き目のいわゆるゲートウェイ・ドラッグではないなと思った。むしろ打ち止めドラッグとでもいうところだ。もっと強いのが欲しくなるどころか、こんな薬は二度と、絶対にのみたくない。

トッドが起きてきてトーストを焦がしたので煙感知器が作動し、箒の柄で叩いて止めなければならなかった。

ハーロウ＆レグ邸ではだれも電話に出なかった。私は三回かけて、二回留守電に伝言を残した。すぐにもザ・グラジュエイトまで歩いていって腹話術人形が届いていないか確認しなければならないことはわかっていた。人形を失くしてしまった、すごく貴重なものかもしれないのにと、パニックになっていた。自転車も問題だが、マダム・ドファルジュは私のものでさえないのだ。どうしてあんな不注意なことをしてしまったのだろう。どうやらここでやっとドラッグが切れたらしい。つぎに気づいたときはベッドで目覚めたばかりで、また夜になっていたからだ。

アパートの中は無人の静けさが漂っていた。何時間も眠ったというのに、私はまだぐったり疲れていた。またまどろんでしまい、そこで見た夢は入眠時心像の水のように流れ落ちていって、たしかな記憶の中に目覚めた。むかしむかしローウェルが夜遅く部屋に来て、私を起こしたことがあったのだ。私は六歳だったと思うから、ローウェルは十二歳だったはずだ。

私は以前から、ローウェルは夜中に外へ出かけているのではないかと疑っていた。ローウェルの部屋だけが独立して一階にあったので、玄関からでも窓からでも気づかれずに出入りできた。どこへ行っていたかは知らない。出かけた証拠があるわけでもない。でもローウェルがファームハウスの広い敷地を恋しがっているのは知っていた。よく森の中を探検していたことを。ローウェルは一度矢じりを見つけたことがあり、小さな魚の骨が刻まれた石もいくつか見つけていた。今の家のちっぽけな庭ではありえないことだった。

その夜ローウェルは私に、黙って服を着るように言った。訊きたいことが山ほどあったが、外へ出るまで我慢した。その何日か前、私は裸足で芝生に出て片脚に強烈な痛みを感じた。悲鳴とともに足を上げてみると土踏まずに針が刺さっていて、ハチがまだ繋がった腺の端でひくひくしながら断末魔の翅をばたつかせていた。母が泣き叫ぶ私の足から針を抜き、抱きかかえて家に入ると、足を洗ってから重曹の湿布を巻いてくれた。それからの私は女王バチになって椅子から椅子へ運んでもらい、本を取ってこさせたりジュースをついでもらったりした。ローウェルは私の病人ごっこに相当うんざりしていたのだろう。私たちは通りに出て、バランタイン・ヒルを登っていった。私の足はなんともなかった。

夏の夜は暑く風もなかった。地平線が幕電で白く光り、月が出て、黒い空に刷毛ではいたように星が散っていた。二度ほど向こうから来る車のライトが見えて、見つからないように木や茂みの後ろに身をかがめた。

「道路はやめよう」ローウェルが言った。私たちは知らない家の芝生の庭を横切った。家の中で小さな犬が吠えはじめた。二階の窓に明かりがついた。

当然のことながら、私はずっとしゃべりどおしだった。どこに行くの？　なぜ起きたの？　びっくりさせようと思ったの？　これってひみつ？　ねる時間をどれぐらい過ぎた？　あたしこんなにおそくまで起きてたことないよね？　六さいでこんな時間まで起きてる子なんかいないでしょ？　ローウェルが手で私の口をふさいだ。指から歯磨き粉の匂いがした。

「インディアンごっこしよう」ローウェルがひそひそ声で言った。「インディアンは森の中を移動するとき、絶対しゃべらないんだ。そうっと歩くから、足音も聞こえないぐらいだ」

ローウェルは手をはなした。「それどうやってやるの？」私は訊いた。「魔法みたいなもの？　インディアンだけしかできないの？　どのぐらいインディアンじゃないとできないの？　モカシンをはかなきゃだめなのかもね」

「しーっ」ローウェルが言った。

私たちはさらに何軒かの庭を横切った。暗闇でものを見るのは思ったほど難しくなかった。それに夜は意外と静かではなかった。フクロウのホーホーという声はやわらかで、瓶に口を寄せて吹いたときの音そっくりだった。カエルの重低音。虫が脚をこすりあわせる音。ローウェルの足音は私と全然変わらないなと思った。

生垣に隙間のあるところに着き、両手と両膝をついてくぐり抜けた。ローウェルが通れるぐらいだから、私にはじゅうぶんな大きさだったはずだ。それでも棘のある葉っぱでひっかき傷ができてしまった。でも口には出さなかった。文句を言ったら勝手に帰れと言われそうな気がしたからだ。かわりに、脚をひっかいて痛いけど文句を言っていないというところを強調しておいた。「まだうちに帰りたくないから」先手を取って言った。

「だったらちょっと静かにしろよ」ローウェルは言った。「まわりを見て、耳をすますんだ」

カエルの声はうるさいほどの大音声になっていたが、以前住んでいたファームハウスの小川での体験から、大声で鳴く蛙ほど探してみると案外小さいと知っていた。私は生垣を越えたところで立ちあがった。そこは庭のすりばち状になった部分で、まさに本に出てくるような秘密の花園だった。スロープには木が植えられ、うちのよりやわらかな芝でおおわれている。すりばちの底には、ありえないほど完璧な池があった。水辺にはガマが群立している。月光の下の水面は銀貨のようで、そこに黒い睡蓮の葉が点々と散っていた。

「池にカメがいるよ」ローウェルが言った。「あと魚も」ローウェルはポケットに割れたクラッカーを入れていて、私にも投げさせてくれた。雨が降り出したように水面にぽつぽつと穴が開いたが、穴は上に向って開いていて、池の中から雨が逆向きに降っているみたいだった。私は魚の口がつくる小さな水の輪がひろがっていくのを見つめていた。

池の向こう側のスロープには遊歩道があって、両側に門番のように石像が立っていた。二頭のダルメシアンで、実物より大きかった。私は近づいてなでてみた。石の背中はすべすべして冷たく、すごくい い感触だった。犬の前を過ぎると遊歩道は蛇行して、最後は大きな家のネットで囲まれたポーチまでつながっていた。カーブを曲がるたびに何かの動物——ゾウ、キリン、ウサギ——の形に剪定された木があった。ここが私の家だったらどんなにいいだろうと心の底から思った。網戸を開けて家に入ったところに私の家族が、家族全員がそろっていたら、どんなにいいだろうと。

あとになって、この家の持ち主のことがすこしわかった。テレビを作る工場を持っていて、大変なお金持ちなのだ。犬の石像は飼犬をモデルに彫られていて、犬のお墓の場所に据えてあるのだった。夫妻は毎年七月四日の独立記念日に、メイン州からロブスターを空輸させて大パーティーを開き、市長も警察署長も大学の学長もみんな出席した。夫妻に実子はなかったが、勝手に忍び込んでくる子どもたちにはやさしかった。ときにはレモネードをふるまわれることもあった。夫妻は強いインディアナ訛りでしゃべった。

ローウェルは両手を枕にして芝生に寝そべった。私も隣に寝てみると、芝生は見かけほどふかふかでもやわらかくもなかったけれど、匂いだけはやっぱりふかふかそうだった。夏の匂いがした。兄のおなかに頭をのせて、ずっと奥の内臓の動きに耳をすませた。

そのときの私はとても幸せだったし、ベッドに寝そべって思い出しているいまも幸せだった。ある晩兄とふたりでおとぎの国に行ったこと。しかも何より大事なのは、べつに私を連れていく必要はなかったのに、私に何かやらせたかったわけでもないのに、誘ってくれたということだ。ただ妹だからというだけで。

私は兄の横で芝生にながながと寝そべり、兄のおなかに頭をのせて、目を開けておこうとがんばっている。眠ったら兄が私を置いて帰ってしまうのではないかと心配だからだ。おとぎの国はすてきだけれど、ひとりでそこにいたいとは思わない。この部分も思い出すと幸せになった。兄は私を置いて帰ってしまうこともできたのに、そうはしなかったのだ。

頭の中で、留置場で作りはじめた、何がいつからなくなったかという表を最後までまとめあげた。一、自転車。二、マダム・ドファルジュ。三、日記。四、兄。五、ファーン。ファーンはどこにいるのだろう？　たぶん兄が知っているはずだ。私も知りたかったが、答えが恐ろしかった。もし夢みたいな願いがかなうものならすぐに兄に会えて、兄から聞くファーンの話も傷つくようなものではないだろう。

でも私にはわかっていた。おとぎの国でも現実世界でも、願いごとはとかく指の間からするりと逃げてしまいがちなことを。

5

もう一度ハーロウに電話してみたが、まだ留守電だった。私はもう一度だけ、怒らず、芝居がからず、少なくとも自分では穏やかな威厳を込めたつもりで、マダム・ドファルジュはどこにあるのかと尋ねた。モンキーガールがまたしても飛び入り出演してしまい、またしても留置場に送られるはめになった。いったいいつになったら自制と礼節をもって行動できるようになるのだろう。

外はまだ雨――氷のような大粒の雨で、私には自転車がなかったので、つぎはザ・グラジュエイトに電話して、二日ほど前にマダム・ドファルジュの腹話術人形の忘れ物がなかったかと訊いてみた。電話に出た男は質問の意味がわからなかったのだと思う。しかも理解してやろうという意欲も感じられなかった。天気がどうであろうと、自分で出かけていって確かめるしかなさそうだった。

それから二時間、私はさまざまな失くしものを探して町をさまよった。ぐっしょり濡れそぼって骨の髄まで冷え、新しいコンタクトを入れたせいでまた目が刺すように痛んだ。歩いて息をする自己憐憫の水たまり、とでもいったところだった。マダム・ドファルジュはだれかに連れ去られてしまったのだ。身代金などとうてい払えない。二度と取りもどせないだろう。

デイヴィスは自転車盗難の温床として名高い。ほんの気まぐれで自転車が盗まれる。つぎのクラスに行くためだけに盗んでいく学生もいた。警察は放置された自転車を回収し、一年に一度オークションにかけて、収益を女性のDVシェルターにまわしていた。たとえ自分の自転車を見つけてもたぶん競り負けてしまうだろうが、こんな大義名分のためとあっては文句も言えない。私は女性用シェルターがほしいかほしくないか？　あの自転車はすごく気に入っていた。

兄のローウェルについては、ハディック巡査と親しげに話しているところを見てびくついたのではないかという、リアルな可能性に向きあってみた。私がわざと警察に引き渡したりしないことは、よくわかっているはずだ。でもローウェルにはこれまでいったい何回言われたことだろう。「おまえちょっとぐらい口を閉じてられないの？」五歳、六歳、八歳、十歳と、何百回も。私はちゃんと口を閉じていられるようになったのに、ローウェルはぜんぜん気づいてくれなかった。

私はアパートに帰った。手ぶらで涙目で、芯まで凍えきっていた。「この足は二度と温まらないと思う」私はトッドとキミーに言った。「爪先がもげて落ちそうよ」ふたりはキッチンのテーブルについて、何やら激しいカードゲームをやっていた。カードはほとんどが床に散らばっていた。

ふたりはちょうど舌打ちする時間だけ私に同情してから、自分たちの愚痴に移った。私の留守中に訪ねてきた連中のむかつくリストだった。

まず最初がエズラ。間の抜けた言いわけをしていたが、ハーロウを探しにきたのは明らかだった。ところが結果的に、煙感知器をこわしたのがばれてしまった。お説教が始まった。トッドと私は、自分たちばかりかアパートの居住者全員を危険にさらしたことになる。ここの住民の安全を守っているのはだれか？　全住民が身の安全を委ねているのはいったいだれなのか？　もちろん私やトッドなどではない。そう、彼らが全幅の信頼を寄せているのは、エズラそのひとなのだ。エズラが期待を裏切ったところで、私とトッドは気にしないかもしれない。だがしかし、そんなことは金輪際ありえない。これだけは断固信じてもらっていい。

つぎに野球帽を逆さにかぶった白人のバカって感じの男がハーロウを探しにきて、ハーロウから返しておくように頼まれたと言って変な操り人形みたいなやつをトッドに押しつけてきた。「棒がついたキモいやつ」これはどうやら人形のことらしかった。それからハーロウについて訊いた。「ここってさ、あの子のオフィスかなんかなの？　連絡先とかになってるわけ？」

「だってさ、そのあと彼女が来たんだよ。飲んでいいかと訊きもしないで勝手にビール出してさ、人形持ってきみの部屋に行って、約束どおりスーツケースに入れといたと伝えてくれだって」

「あと、約束どおり『無傷』だよって言ってた」キミーが言った。

そのあと、またしてもノックが聞こえた！　痩せこけて髪を脱色した、たぶん三十歳ぐらい？　トラヴァースって名前の。私に会いにきたのだがいなかったので、ハーロウと連れだって出ていったという。「けっこうメロメロだったな。悲惨だなあいつ」トッドが言った。

トッドが何より許せないのは、ハーロウがくすねたビールにろくに口をつけなかったことらしい。くださいとも言わずに開けたくせに、結局安物のバド・ライトか何かみたいにシンクに捨てることになってしまったのだ。トッドが一本だけ残しておいたサドワーク・マイクロブリュワリーの白ビール、ヘーフェヴァイツェンだったのに。さすがに自分で飲む気はしなかった。だってハーロウの唇がどこに触ってきたか、わかったもんじゃないだろ。「まったく、今晩はバカばっかり、まるでグランド・セントラル・ステーション並みの混雑だったぜ」トッドは言った。そしてカードゲームにもどり、クラブのジャックをテーブルに叩きつけた。

「最低」キミーが言い、トッドのことか非情なジャックのことかはわからなかったが、私は一瞬自分のことを言われたのかと思った。

キミーは、本人にもわからない理由で私といっしょにいると落ち着かなくなるらしい人間のひとりだった。彼女は絶対に私の顔を見なかったが、だれに対してもそうだったのかもしれないし、顔を見るのは失礼だと育てられたのかもしれない。トッドは、彼の祖母つまりお母さんのお母さんはけっして人の目を見ず、他人に素足を見せることもなかったと言っていた。でもそのくせ店員やウェイトレスにはものすごく横柄だったらしい。「ここはアメリカだよ。お客様は神様なんだよ」トッドが恥ずかしそうな顔をするといつも、お祖母ちゃんは大声で言ったそうだ。

キミーが咳払いをした。「あなたが一時間以内に帰ってきたら——ってまあぎりぎりだけど——クレープ屋さんに来るように伝えてって。そこでご飯食べてるからって」

つまりまたまた家を出て、どしゃ降りの氷雨のなかをローウェルがいるはずのダウンタウンまで歩くはめになったわけだ。複雑な心境だった。わくわくする反面ちょっと吐き気がした。幸せの吐根シロップとでもいうところか。そこに行けばローウェルがいる。

ハーロウといっしょに。

ハーロウがいるところで何を話せというのか？

そもそも私はまともに話したりしたいのだろうか？

早く行かなければと気だけは焦った。そのくせまだ行く気になれなかった。そこでまず自分の部屋に行き、濡れた髪をタオルで拭いて乾いた服に着替えてから、パウダーブルーのスーツケースを開けてみた。畳んだ服の上で、マダム・ドファルジュがお尻を上にして大の字に寝ていた。取りだしてみるとタバコの臭いがして、ドレスには湿った染みがあった。かなり奔放な夜を過ごしたらしい。とはいえどう見ても元気で、毛筋ひとつ乱れてはいなかった。航空会社が迎えに来ればすぐにも家に帰れるし、約束どおり無傷だった。

突然、異様なまでに、彼女を失うことが胸を締めつけられるほどつらくなった。人生は到着と出発の連続だ。「私たちろくに知り合ってもいないのに、もう行ってしまうのね」不気味の谷の瞳が私を見上げた。彼女は爬虫類のような顎をパカンと閉じた。彼女も寂しがっているみたいに、両腕を私の首に巻きつかせてみた。体勢を変えるまで、彼女の編み棒が私の耳にちくちく当たっていた。「行かないで」と彼女が言った。それとも私が言ったのだったか。ふたりのうちどちらかだったことは確かだ。


独我論の裏面は、心の理論と呼ばれる。心の理論とは、実際には直接観察する方法はないはずなのに、私たちが他者の心の動きを推測できる能力のことである（ここには自分の心の動きを読む力も含まれる。私たちが自分の心の動きを十分に理解し、それを他者に対しても一般化できるということが前提になっているからだ）。つまり私たちはこの世で社会的生物として受け入れられるために、絶えず他人の意図、考え、知識、知識の欠落、疑念、欲求、信念、憶測、約束、好み、目的、その他じつにさまざまな要素を推察しながら暮らしているのである。

物語の順番をばらばらにした絵を見せると、四歳未満の子どもは正しく並べることができない。個々の絵について説明することはできるが、キャラクターの意図や目的をくみとれないのだ。これはつまり、絵を関連づけ、順序づけているものを見つけられないことを意味する。筋立てが見えていないのである。

幼い子どもでも心の理論を獲得する潜在能力をもっており、それはノーム・チョムスキーが言語について述べたのと同じで、単にまだ発達していないだけだ。大人や年長の子どもたちは、一連の絵をたやすく並べ替えて意味のある物語にすることができる。私も子どものころ何度もこのテストをやらされた。できなかった記憶はないが、できない時期があったはずだとピアジェが言うのなら、できない時期があったのだろう。

ファーンがまだうちの家族の一員だった一九七八年、心理学者のデイヴィッド・プレマックとガイ・ウッドラフが『チンパンジーは心の理論を持つか?』という論文を発表した。これは基本的にサラという名前の十四歳のチンパンジーを対象に、一定の状況で彼女がヒトの目的を推察できるかどうかを見た実験の結果をもとにしている。ふたりはサラがある程度まで推察していると結論づけた。

これにはその後の研究(私たちの父による)で疑問が呈された。チンパンジーは他者の欲求や意図を推察しているわけではなく、過去の経験に即して結果を予測しているだけではないのか。その後何年も続く研究は、おもにチンパンジーの心を読むための方法論の改良に充てられた。

二〇〇八年、ジョセフ・コールとマイケル・トマセロがこの命題と結果に対して包括的な追試をおこなった。彼らの結論は三十年前のプレマック、ウッドラフとまったく同じであった。チンパンジーは心の理論を持つか? ふたりの答えは断固たるイエスだ。チンパンジーは目的や知識といった心の状態を読み取り、それを組みあわせて意図的に行動することができる。チンパンジーたちは欺瞞さえ理解している。

いっぽう、チンパンジーに理解できないらしいのは「誤信念」である。彼らは事実に反する思い込みに基づいた行動を説明するための心の理論を持ちあわせていないのだ。

まったくのところ、それでどうやってヒトの世界を生き延びることができるだろう?

ヒトの子どもが六歳から七歳になるころには、埋め込まれた心的状態を理解する心の理論を獲得する。子どもは第一次的な認識はとっくに理解している——たとえば「ママは私が寝たと思っている」などだ。つぎに彼らは追加の心的状態を処理する（あるいは利用する）ことを学ぶ——ママが私は寝たと思っているのをパパは知らない、などだ。

大人が社会生活を送るためには、複雑に埋め込まれた心的状態に対する高度な認識が必要である。ほとんどの大人はこれを無意識のうちに苦もなくこなしている。プレマックとウッドラフによると、平均的な大人のヒトは四層までなら戸惑うことなく埋め込まれた帰属を理解することができるという——Dが不幸だと感じているとCが考えていることをBが知っているとAは信じている、など。プレマックとウッドラフはこの四層構造は「たいしたことではない」と説明している。ずば抜けて頭のいい大人は七層まで理解することができるが、どうやらそれがヒトの限界らしい。

兄とハーロウと食事をするためにクレープ・ビストロに向かうのは、心の理論の能力への挑戦だった。ローウェルはハーロウに、私たち兄妹がいつから会っていないか話しただろうか。私はどの程度うれしさを外に出していいのだろう？　私はローウェルの慎重さに全幅の信頼を寄せていたが、ローウェルが私を同じように信頼しているとは思えなかった。私たちにはそれぞれ秘密にしていることがあるが、相手はそれが秘密だと知らないかもしれない。だから私はうちの家族についてローウェルが何を話したかを推測しなければならないし、ローウェルは私が彼女に何を話したかをあてなければならず、しかもお互いに相手が何を隠しておきたがっているかを当てなければならないし、しかもこのすべてのコミュニケーションをハーロウが見ている前で、彼女に気づかれないうちに、すばやく済ませなければならない。

試題　以下のセンテンスには何層の帰属が含まれているかを答えよ。ローズマリーは本当はローウェルがハーロウにファーンのことを話さずにいてくれるよう願っているのだが、それはハーロウがファーンのことを知ったらみんなに言いふらし、ローズマリーがモンキーガールだということがばれてしまうからで、ローウェルがそのことに気づかないのではないかと心配している。

そもそも私が願っていたのは兄とふたりきりになることだけだった。ハーロウがそれに気づくだけの心の理論を持ちあわせていればいいのだが。もし必要なら私が気づかせてやろう。ローウェルも協力してくれるといいのだがと思った。

6

レストランに着くころには、ひと晩にあまり長く歩いたせいで足先の痛みが膝にまで達していた。冷えすぎて耳がじんじんした。キャンドルがともり、人いきれと湯気で窓ガラスがくもった狭い店内に入るのは、救われる思いだった。ローウェルとハーロウは角の席にすわって、仲よくフォンデュを分けあっていた。

ローウェルは入口に背中を向けていたので、私が見たのはハーロウが先だった。頬が上気して、おろした黒髪は首筋でカールしていた。ボートネックのセーターを着ていたが、片方の肩がすぐにすべり落ちるので、ブラジャーのストラップが（肌色だった）見えた。彼女はパンをちぎってローウェルに投げ、まぶしい白い歯を出して笑った。その瞬間私は四歳児にもどって、ローウェルとファーンが笑いながらリンゴの木に登っていくのを地上から見上げていた。「いーっつもファーンばっかり。どうしてあたしの番がないの?」私はローウェルに向かってわめいた。

ハーロウが私に気づいたとは知らなかったが、彼女が身を寄せて何か言ったあと、ローウェルが振り向いた。金曜日のバーではすぐローウェルとわかったのに、今夜は疲れて老け込んで、ちょっとうわのそらのように見えた。ローウェルは議論の余地もなく大人になっていて、それは私が知らないところで起こった変化だった。髪を脱色していても、ローウェルは父にそっくりだった。夜更かししたときの父と同じ無精ひげが生えていた。「やっと来たか！」ローウェルは言った。「よう、こっちだぜ！」

それから立ちあがって私を軽くハグすると、私がすわれるように三番目の椅子からバックパックとコートをどかして床に置いた。万事がごく自然で、しょっちゅう会っている兄妹のようだった。メッセージは伝わった。

私は、何かを中断させてしまったような、私のほうが割り込んだような妙な感じを振り切ろうとした。

「キッチンを閉めるというから、トラヴァースが食事を注文したのよ」ハーロウが言った。ふたりはこのビストロの売りであるおいしいハードサイダーを、すでに何杯か空けたあとらしかった。ハーロウはすっかりハイになっていた。「もう来ないのかと思って、食べちゃおうとしてたとこ。ちょうどよかった」

ローウェルは私にサラダとレモンクレープを頼んでくれていた。自分で注文しても同じものを選んだかもしれない。そう思うと目の奥がつんとした。こんなに長く会っていないのに、妹の夕食をちゃんと注文できるなんて。間違ったのはひとつだけ、サラダに入っているパプリカだった。母が作るスパゲッティソースから、私はいつもパプリカをほじくり出したものだ。パプリカ好きなのはファーンのほうだった。

「ヘイ！」ローウェルは椅子にもたれかかり、後ろ脚に体重をかけて揺らした。顔を見てしまったら目をそらせなくなりそうなので、見ないようにした。かわりに兄の皿を見た。溶けたチーズが固まっている。それから兄の胸を見た。カラーの風景写真が入り、ワイメア渓谷、とハワイの地名が書かれた長袖の黒いTシャツを着ていた。つぎに兄の手を見た。がさがさした男の手だった。右手の甲に盛りあがった傷跡があって、指の関節のところから手首を通り、袖口の下まで続いていた。こうした画像が目に入っては消えていった。「ハーロウはおまえに兄貴がいることも聞いてなかったってさ。どういうこと？」

私は平静を取りもどそうとして深呼吸をした。「特別なときまで取ってあるの。大事なたった、ひとりの兄弟だからね。安売りはしないわけ」私はローウェルの軽い調子に合わせようとしたが、うまくいかなかったようだ。震えて歯ががちがちいっているのをハーロウから指摘されてしまった。

「外はものすごく寒いんだもの」意図した以上に不機嫌な声が出た。「それなのにマダム・ドファルジュを探して町じゅう歩きまわらなきゃならなくて」ローウェルがこっちを見ているのに気づいた。

「話せば長い話よ」

だがハーロウが終わりまで待たずにしゃべり出していた。「あたしに訊いてくれればよかったのに！どこにあるかちゃんと知ってたのに！」それからローウェルに言った。「金曜の夜ね、ローズマリーとあたしで人形劇やって派手に遊んだの」

いつのまにかふたりともローウェルだけに話しかけていた。「ハーロウだって家族の話なんか全然したことないくせに。だいたい最近知り合ったばっかりだし」

「長いつきあいじゃないけどね」ハーロウがうなずいた。「でもすっごくディープよ。よく言うじゃない、いっしょにムショに入ってみなきゃ相手のことはわからないって」

ローウェルは私を見てやさしくほほえんだ。「ムショだって？　うちのかわいいミス・パーフェクトが？」

ハーロウが両手首をつかんだので、ローウェルはすぐにそちらへ向きなおった。「この子、逮捕歴があるのよ」ハーロウはつかんだ両手を三十センチほどひらかせた――「こーんなに」。ふたりはじっと見つめあった。私の心臓が三回打った――トク、トク、トク。そこでハーロウは手をはなすと、私を見てにっこりした。

その笑顔は問いかけだと思った――いいでしょ？――けれど、どの部分を指しているのかがわからない。逮捕のことを話していいのか、ローウェルの手を握って目をのぞきこんでもいいのか。私は目でだめと伝えようとした。どっちも絶対にだめ。でも彼女は理解しなかった。もともと問いかけなどしていなかったのかもしれない。それとももう私のことなど見ていなかったか。

彼女は私たちのはじめてのブタ箱入りの話をした。トラ箱。別荘。

ところがそこで巧みにレグへの言及を避けたので、私はさかのぼってレグを話に加えてあげた。悪人ではない、善良なレグのことを。「ハーロウの彼氏がすぐに迎えにきてくれたの」

ハーロウは手際がよかった。レグはただのワルではなく極めつけのワルになり、私はろくに知りもしない彼女に避難先を提供したやさしい人になった。「あなたの妹って最高」ハーロウはローウェルに言った。「だからあたし自分に言ったの。この子とはもっとよく知りあわなくちゃ。彼女なら絶対信頼できるって」

行方不明のスーツケースの話が出て、マダム・ドファルジュの発見と夜のバーの話へと続いた。話したのはほとんどハーロウだが、何度も私に口をはさませるのを忘れなかった。「ほら、洗車場のこと話してよ」と言われて私が話すと、ハーロウはふたりが暗闇から現れる泡だらけのスポンジの間を通り抜ける様子や、結婚式の計画をパントマイムで演じてみせた。

ハーロウはターザンと相対的スーパーパワーについての私のセオリーまで持ち出してのけたが、そのとき自分も全面的に私に同意したように見せるのを忘れなかった。彼女がターザンの名前を出したとき、ローウェルは傷跡のあるほうの手を私の袖に置き、そのままにした。私はコートを脱ごうかと思っていたところだったが、脱ぐのをやめた。腕にかかった重みだけがローウェルが向けてくれた唯一の関心のような気がしたからだ。それまで失うのはいやだった。

これだけは認めておくけれど——ハーロウが話したことは細部に至るまで、私を持ちあげて褒めちぎる内容になっていた。クールでイケてるアイデアを思いついたのはすべて私。頼りになるのも私。私が自分や友だちのために立ちあがり、ガッツを見せた。

つまり、私はそれほどこの場で浮いていた。

もちろんハーロウはよかれと思ってしてくれたのだと思う。兄の前で私にありもしない長所を売り込んでくれたのは、私がそう望んでいると思ったからだろう。キャンドルの光が自分の顔や髪を複雑な色に染め、瞳に不思議な輝きを加えていることなど、利用するどころか気づいてさえいなかったに違いない。そして私の兄を笑わせてみせた。

フェロモンは地球に太古から存在する表現法だ。それをヒトはアリほどうまく読みこなせないかもしれないが、目的をかなえる役には立つ。ここへ来るまで、私は兄とふたりでハーロウを手早く厄介払いするつもりでいた。ところがハードサイダーが飲み干され、堂々巡りの話が続くうちに、ふたりはエッシャーの版画のように互いの尻尾を呑み込んでしまったのだ。考えを変えなければいけないのは私のほうだった。

結局私たちは三人で私のアパートに帰った。マダム・ドファルジュはあらためて拘束を解かれ、かかとを蹴りあげていた。彼女はローウェルの頬に触れた。ローウェルにトレ・クールよと囁き、矛盾を顧みずにトレ・ホットよとも言った。ローウェルはいまやフランス風桃源郷にまっしぐらというところだった。

ローウェルが手をのばし、マダム・ドファルジュのスカートをつたってハーロウに触れた。彼女の手を握って親指でてのひらをなでた。それから彼女を抱き寄せた。「いたぶらないでください、マダム」ローウェルの声は低くて、聞き取れないほどだった。

するとマダム・ドファルジュが突然メンフィス訛りでしゃべり出した。「まだよぉ、シュガー」負けず劣らず、囁くような声だった。「でもこれからたーっぷりやってあげるわぁ」

「たいした人形芝居だぜ」トッドが馬鹿にしたようにローウェルに向って顎をしゃくりながら、私に言った。彼はまだローウェルが私の兄だとは知らなかった。ようやく謎が解けたときはひどく狼狽して、私に自分のベッドを貸してキミーのところへ泊りにいくと言ってくれた。さらに真新しいNINTENDO64を使っていいとまで言った。そう言えばトッド自身の気持ちが楽になるからだ。

私はことわりを言ってバスルームに行くと、傷ついた目からコンタクトを剝ぎとった。ずっと作り笑いを続けたせいで顎が痛い。サラダとクレープの中間あたりで、私はハーロウと友だちになる気をきっぱりとなくし、いっそ最初から知りあわなければよかったと思った。そしてそんなことを考える自分を情けないと思った——要は嫉妬と怒りだ——ハーロウのほうはいいことばかり言ってくれているのに。もっとも、彼女が口で言うほど私を好いていないのもよくわかっていたけれど。

まあ、ハーロウはローウェルと私がどれだけ長く会っていなかったかを知らないのだからしかたがない。

でもローウェルは知っている。そう思うともっと腹が立った。兄はたった十一歳の私を両親の悲しい沈黙の家に残して行ってしまった。今回十年ぶりにやっと再会したというのに、ろくに私の顔を見ようともしない。しかも自制心のなさといったらボノボ以下ときている。

トッドの部屋はピザの匂いがした。クラストの端が履き古した靴の舌革のようにめくれあがった古いピザが二切れ、箱に入ってデスクに置いてあるせいだろう。デスクにはひどくレトロなラーヴァランプもあって、中の液体がふくらんだりちぎれたりしながら、赤っぽい光を発していた。万一眠れないときは漫画だけは無限にあったが、その心配はなかった。私は二回レグからの電話で起こされ、二回ともハーロウがどこにいるか全然知らないと答えなければならなかった。ハーロウは電話を聞いたはずだし、レグからであることも、私に嘘をつかせていることもわかっていたはずだ。そう思うと、好きなだけハーロウに腹を立てる許可をもらったような気がした。

私が嘘をついているのをレグが知っているのはわかっていた。彼が知っていると私が知っているのを彼は知っていた。科学では、埋め込まれた心の理論をヒトが理解できるのは最大七層までということになっているのかもしれないが、私ならこれを永久に続けられると思う。


そのとき昔みたいにローウェルがやってきて、私を連れ出した。ちゃんとコートを着てバックパックを背負っていた。何も言わずに揺すって私を起こし、身ぶりでついてこいと言ってから、こちらの準備ができるまで居間で待っていた。私は寝る前に脱いだびしょびしょの服をまた着ることになった。乾いた服は全部、ハーロウのいる私の寝室にあるからだ。私は兄について家の外に出た。暗いホールでローウェルが腕をまわしてくると、襟から湿ったウールの匂いがした。「パイでも食べない？」ローウェルは言った。

私は何か意地悪なことを言って断ってやろうかと思ったが、もしかしたらこれで行ってしまうのかと思うとできなかった。そこでぶっきらぼうに答えた。「いいけど」

ローウェルはデイヴィスに土地勘があるらしく、真夜中過ぎにどこに行けばパイが食べられるか、ちゃんと知っていた。町に人の姿はなく、雨はようやくやんでいた。私たちが街灯から街灯へと歩くあいだ目の前にはずっと光のスペクトルの靄が浮いていて、入れそうで入れなかった。静まりかえった歩道にふたりの足音が響いた。「おふくろと親父はどうしてる?」ローウェルが訊いた。

「引っ越したよ、ノースウォルナットの小さな家に。でもそのインテリアがすごく変なの――モデルハウスか何かみたいで。私たちが使ってたものは何ひとつ残ってないの」意志に反して、一時的にではあるけれど私はすでに軟化していた。ひとりで抱え込んでいた両親をめぐる心配やいらだちを、彼らを不幸にした当事者のもうひとりとわかちあえるのは、ほっとすることだった。はっきり言って責任はローウェルのほうが重いのだ。兄との再会を想像するとき、これこそ私が何より願っていたことだった。自分がひとりっ子でなくなる瞬間を。

「親父の酒は相変わらずか?」

「まあまあじゃない? いっしょにいないからわからないけど。ママはプランド・ペアレントフッド〔妊娠中絶などを行なう医療NGO〕で働いてる。気に入ってるんじゃないかな。あとテニスしたり。ブリッジしたり」

「なるほど」ローウェルは言った。

「新しい家にはピアノがないの」悪い知らせは後出しにして、心の準備の時間をあげようと私は思った。あなたが出ていったときからママはピアノを弾くのをやめた、とは言わずにおいた。水を跳ねあげて車が通り過ぎた。温かい街灯の上に卵をあたためるようにとまっていたカラスが、頭上から私たちを叱りつけた。ひょっとしたら日本語で。「バー！　カー！　バー！　カー！」侮辱されているのはたしかだったが、問題は何語かということだ。私はかわりにローウェルにそのことを言った。

「カラスはすごく頭がいいからね。やつらが馬鹿だと言うなら、俺たちはきっと馬鹿なんだ」ローウェルは答えた。

「そっちだけかもよ」私は、あとであれは冗談よと言えるようなどっちつかずの声で言った。軟化はしたかもしれないが、まだ赦してはいなかったのだ。

「バー！　カー！　バー！　カー！」

百万年経っても、私には一羽のカラスをほかのと区別することなどできっこない。でもローウェルは、カラスは人を見分けてちゃんと憶えているのだと言った。体重の割に異様に脳が大きいんだ。比率からいうとチンパンジーと同じくらいに。

チンパンジーという言葉で私の脈は乱れたが、ローウェルはそれ以上何も言わなかった。ちょうど前を通り過ぎたBストリートの家は、家の前の木々に風船がたくさん結びつけてあった。玄関のドアには「ハッピー・バースデー　マーガレット！」と書かれたバナーが掛かり、ポーチのライトでまだ光っていた。ファーンと私も誕生日には風船をたくさんもらったものだ。ただ、ファーンが風船に嚙みついてゴムを呑み込んで窒息することのないように、よく目を配っておかなければならなかった。

私たちはセントラル・パークを過ぎた。芝生が冬のぬかるみに水没しているのが見えた。地面はぬるぬるして黒かった。私は一度ファーンと自分のために、紙皿と靴紐で泥歩き用の靴を作ったことがある。ファーンは履こうとしなかったが、私は履いてみた。雪の上を歩くスノーシューみたいに泥の上を歩けるかと思ったのだ。人は失敗してはじめて賢くなるものだ、と父はいつも言っていた。

だからといってだれも失敗を褒めてくれるわけではない。

「じつは親父の最後の論文を読もうとしてみたんだ」ローウェルはようやく言った。「『確率的学習理論における学習曲線』ってやつ。パラグラフひとつも読み通せないくらいだったよ。見たこともない言葉ばっかりで。大学さえ行ってりゃな」

「行ってても役に立たなかったと思うけど」私は感謝祭のできごとをかいつまんで話し、パパがマルコフ連鎖の話でドナお祖母ちゃんをいらだたせた話をした。そこからピーターのSATとボブ叔父さんの陰謀論の話になり、母から日記をもらったことまで話しそうになったが、万一ローウェルが見たいと言ったら、と思ってやめた。たとえローウェルが相手でも、日記を紛失したことは認めたくなかったのだ。

私たちは、ギンガムのカーテンに、ラミネートされたプレイスマット、ミューザックのBGMが流れる店、ベイカーズ・スクエアに入った。十年前にタイムスリップして子ども時代にもどったような時代遅れの雰囲気は、いまの私たちには悪くないセッティングだったが、照明がやや明るすぎたかもしれない。BGMはさらに時代が古くて、ビーチボーイズやシュープリームスだった。『ビー・トゥルー・トゥ・ユア・スクール』に『エイント・ノー・マウンテン・ハイ・イナフ』——うちの親たち世代の曲だ。

客は私たちだけだった。若いころのアルベルト・アインシュタインみたいな風貌のウェイターがすぐにやってきて、バナナクリームパイ二つの注文をとっていった。ウェイターはパイを持ってきたときにまた雨が降り出した窓の外を指して、「干ばつは終わった！　干ばつは終わった！」とホセ・フェリシアーノの歌詞を口にしてから行ってしまった。

テーブルごしに見る兄の顔は、ますます父に似てきた。ふたりともシェイクスピアがひどく危険視したタイプの、とがって飢えたような雰囲気があった。げっそりとくぼんだ頬、黒く無精ひげの生えた顎。ローウェルはクレープ・ビストロにいるときからひげ剃りが必要な状態だった。それがいまや狼男と化し、黒いひげが脱色した髪と、ぎくりとするようなコントラストを成していた。私にはひどく疲れているように見えたが、それは一晩じゅうセックスに溺れていた男の疲れかたではなかった。単に疲労困憊したという感じだった。

それに、昔ほど私よりずっと年上のようには思えなくなっていた。ローウェルは私の視線に気づいた。「見ろよ、おまえすっかり女子大生だな。家から遠く離れて。気に入ってるかい？　毎日楽しくてしょうがないんだろ？」

「うーん、まあ文句はないかな」私は言った。

「おいおい」ローウェルはパイをひとかけフォークで口にほうり込むと、口を閉じてほほえんだ。「遠慮するなよ。文句なら山ほどあるくせに」

7

ローウェルと私はベイカーズ・スクエアで夜を明かした。雨が降り出し、一度やんでまた降り出した。私は卵、ローウェルはパンケーキを食べ、ふたりともコーヒーを飲んだ。朝の客がどっと入ってきた。私たちのウェイターは家に帰り、交代が三人来た。ローウェルはベジタリアンになっていて、旅先でないときはビーガンで通すのだが、それはめったにないと言った。

カリフォルニア大学デイヴィス校の獣医学科には、有名なフィステル装着牛がいた。胃に意図的に穴があけられていて、そこから消化活動を観察できるようになっている雌牛だ。校外学習では格好の見学先になり、ピクニック・デーではいつも人気スポットだった。見学者はこの雌牛の胃の中に手を入れて、腸にまで触ってみることができた。数えきれないほどの人がこれを体験していた。ローウェルによればこの雌牛は、通常の乳牛とくらべれば贅沢三昧の暮らしをしているということだった。

デイヴィスのフィステル牛は複数いるはずだというのが、ローウェルの持論だった。瘻孔形成手術のやり過ぎではと疑問が出ないように、どの牛もみなマギーと名づけられて、一頭しかいないように見せかけているのだという。

ローウェルは自分でもいずれは大学に行くものと思っていたし、そうしなかったのを本気で後悔していると言った。でも本だけはたくさん読んだ。私にドナルド・グリフィンの『動物の心』をぜひ読むように薦め、できれば親父にも読ませてほしいと言った。

最後の論文は理解できなかったというものの、ローウェルは父の研究をいろいろと批判していた。ヒト以外の動物の心理学研究は基本的に無理があり、複雑で、はっきり言って異常だというのがローウェルの考えだった。心理学者から動物について学べることはわずかだが、研究を企画して実行する研究者については多くを知ることができる。たとえば私たちが子どものころに会い、ローウェルによればいつもレモンドロップをくれたハリー・ハーロウがよい例だ。

私もドクター・ハーロウは憶えていた。ファームハウスの夕食に来て、ファーンと私の間にすわった。食後私たちに『くまのプーさん』を読んでくれ、ルーのところでかすれた甲高い声を出したので、私たちはルーがしゃべるたびに大笑いしたものだ。レモンドロップのことは記憶になかった。それを憶えているとしたらファーンだろう。そのときふと思ったのだが、父が本気でハリー・ハーロウを尊敬していたら、私にその名前をつけていたかもしれない。ひょっとしたら私はあのハーロウと同じハーロウだったかもしれないのだ。だったらどんなに妙なことになっただろう。

でも自分の子にハリー・ハーロウの名前をつけるなんてありえない。なにしろアカゲザルの赤ん坊を母ザルから引き離して、母親代わりの人形をあてがう実験をした人物だ。ハーロウはタオル地でできた人形と針金の人形を与え、他の選択肢がないときに赤ん坊ザルがどちらを選ぶかを観察した。そしてわざと挑発的に、自分は愛の研究をしているのだと主張した。

子ザルは哀れにも愛情を示してくれない偽の母親にしがみつき続け、精神に異常を来たすか、さもなくば死んでしまった。「ハーロウがアカゲザルについて何を発見したと考えたのかは知らないが、アカゲザルたちは不幸な短い生涯でハーロウの正体を嫌ほど学んだはずさ」とローウェルは言った。

「必要なのは一種の逆ミラーテストだ。自分以外の種を見て自己投影できるだけの知能をもちあわせた種を見つける方法さ。進化の鎖を遡れるほどボーナスポイントがつく。昆虫まで遡れればダブル・ボーナスポイントだ」

新しいウェイトレスはたっぷりした前髪を短く切りそろえた若いラテンアメリカ系で、しばらく私たちのテーブルのまわりをうろついてはシロップを置きかえたり、コーヒーカップを下げたり、勘定書を目立つ場所まで押したりしていた。でもしまいにはあきらめて、もっと察しのよい客を探しにいってしまった。

ローウェルは彼女がそばにいるあいだ話をやめていた。そしていなくなったとたんに一分のずれもなく続きを話しはじめた。「今日の俺、むちゃくちゃしゃべってるな！」夜中のあいだにローウェルは言った。「おまえと入れ替わったみたいだ。普段はあんまりしゃべらないんだけど。静かに暮らしてるから」そしてにっこり笑った。顔は変わったけれど、笑いかたは昔のままだった。

「親父のアプローチの問題はここだ」ローウェルはベイカーズ・スクエアの写真入りプレースマットを指先で叩いた。まるで特製スクランブルエッグのあたりに問題があるみたいに。「そもそもの基本的前提だよ。親父はいつも、われわれも同じ動物だと言っていたくせに、ファーンを観察するときに一致という前提からは出発しなかった。親父のやりかたは、ファーンの側だけに立証責任を負わせるものだった。ファーンが人間の言葉を話せないのはつねに彼女の欠陥とみなされて、われわれがファーンの言葉を理解できないことは棚上げされたんだ。もし最初から相似を前提にしていれば、はるかに厳密な科学的実験になったはずだ。はるかにダーウィン主義的な研究ができたはずだ。しかもあれほど侮蔑的にならずにすんだ」とローウェルは言った。

それから私に訊いた。「ファーンがプレイしていたゲームを憶えてるかい？　赤と青のポーカーチップで、同じか同じでないかを選ぶやつ」

もちろん私は憶えていた。

「ファーンはいつもおまえに赤いチップを渡したね。ほかにはだれにも渡さなかった。おまえだけだ。憶えてる？」

言われたとたんに私も思い出した。それは真新しい記憶として、ほかの何よりもくっきりと鮮やかに頭に飛び込んできた。ほかの思い出は古代ローマのコインのようにすり減ってしまった。私は父のアームチェアの隣で、傷だらけの木の床に横になっていた。ファーンが来て私の横に寝そべった。私が肘を骨折したときのことだ。父と大学院生はまだファーンの思いがけない笑い声について論じあっている。ファーンはポーカーチップを握りしめている——赤が同じ、青は同じじゃない。ファーンがあおむけになったので、顎のうぶ毛の一本一本がくっきり見えた。ファーンは汗の匂いがした。彼女が私の髪に指を入れて掻いた。毛が一本抜けた。ファーンはそれを食べた。

そのときだ。注意深く考え込むような表情を浮かべたあと、ファーンは私に赤いチップをくれたのだ。情景がはっきりと目に浮かぶ——ファーンがくぼんだ目をきらきらさせて私を見つめながら、私の胸に赤いチップを置くところが。

父がどう考えたかはわかっている。特に利用価値はない。ファーンは以前に、自分がレーズンを一粒食べるたびに私に一粒渡したことがあった。今回はポーカーチップを二枚持っていたので、一枚を私に渡した。二度にわたる興味深い行動——父が考えたのはそこまでだ。

私の解釈はこうだった。ファーンはごめんねと言おうとしたのだ。ロージーが痛いとファーンも痛いの。それが私が赤いチップから受け取ったメッセージだった。ファーンとロージー。ふたりはおんなじ。

私の双子のきょうだい、ファーン。この広い世界で私のたったひとりの赤いポーカーチップ。テーブルの下で私の両手が勝手に動いてお互いを探し当て、固く握りあった。私は絞り出すような思いで、兄とふたりきりになれた瞬間に訊くべきだった質問を口にした。「ファーンはどうしてる?」囁き声にしかならなかったが、唇が動きを止める前にもう、言わなければよかったと悔やみはじめていた。答えを聞くのがこわくて、夢中でしゃべりつづけた。「いちばん最初から話して」悪い知らせをできるだけ先に延ばそうとして私は言った。「家を出ていったときのことから始めて」

でもみなさんはすぐにもファーンのことを知りたいに違いない。ここはかいつまんで書くことにしよう。

ローウェルは家出をしてまっすぐドクター・ウルジェヴィクの研究所に行ったという、私の読みは正しかった。家族が捜しはじめるまで二日ほどしかないことはわかっていたが、ちょうど二日で向こうに着いた。サウスダコタは凍てつく寒さだった。雪のない堆積した泥と、黒い枯木と、乾いた寒風の土地だった。

着いたときはもう暗かったので、ローウェルはモーテルに部屋を取った。研究所の場所を知らないし、探しにいくには遅すぎた。しかも二晩もバスに乗り通しだったので、立ったまま眠ってしまいそうだった。モーテルの受付の女性は一九五〇年代の髪型と死人のような目をしていた。年齢を訊かれたらどうしようと思ったが、相手はまったくやる気がなく、金を受け取ることしか関心がなさそうだった。

翌日、大学のウルジェヴィクのオフィスを見つけ出し、学科の秘書に入学志願者だと自己紹介した。ローウェルにいわせると、この秘書はいかにも中西部人で、気さくで親切だった。シャベルのような平たくて親しみやすい顔。おおらかな心。言いたいことわかるだろ? ローウェルがなぜか決まって失望させてしまうタイプだ。「ミセス・バイアードみたいにさ。言いたいことわかるだろ?」ローウェルは言った。ミセス・バイアードは五年ほど前に亡くなっていた。だからローウェルももう失望させる心配はない。でもそれは言わずにおいた。

彼はその秘書に、とくにチンパンジーの研究に興味があるのだと話した。ここでどんな研究をしているか、見せてもらえる機会はありますか? 彼女はウルジェヴィクのオフィスアワーを教えてくれたが、それはもうわかっていた。オフィスのドアに貼り出してあったからだ。

でもそこで彼女は、何か用事ができてオフィスを出ていってしまった。おかげでローウェルはウルジェヴィクのメールボックスを調べることができた。他のものに混じって電気料金の請求書があった。かなりの高額で、カントリーロードの住所になっていた。ローウェルはガソリンスタンドで地図とホットドッグを手に入れた。そこは町から一〇キロほどの郊外だった。ローウェルは歩いていった。

道路を走る車はほとんどいなかった。外はよく晴れていたが、身を切るように寒かった。身体を動かしているほうがよかった。温まろうと両腕を振りながら、マリオン戦はどうなっただろうと考えた。自分がプレイしていても勝ち目はなかっただろう。せいぜいあまりみっともない負けかたにならなかったぐらいか。ローウェルなしでは?「みっともない」をもっと悪くしたらどうなる? 彼はもう高校にもどるのはやめて、GED(高校卒業資格試験)を受けて直接大学に行こうかと考えた。大学に行けば、バスケットボールをやっていたことなどだれにも知られずにすむ。もともと大学チームでやるには身体が小さすぎるのだ。

ようやく金網のフェンスをめぐらした一画に着いた。通常ならティーンエイジャーのローウェルにとって金網フェンスなどないも同然だった。笑い飛ばせた。だがここの網には明らかに電線が絡ませてある。これで正しい場所にいることだけはわかったが、中に入る手だてがなかった。

敷地には葉を落とした木が鬱蒼と生え、地面は裸の土と小石で、端に黄色い雑草があるばかりだった。一本の枝からタイヤがぶら下がり、軍が障害物コースの訓練に使うような、よじ登るためのネットも設置されていた。人影はなかった。道の反対側に、風と視界をさえぎってくれる木のうろがあった。ローウェルはそこにもぐり込み、すぐに眠ってしまった。

車のドアが閉まる音で目が覚めた。研究所の敷地に入るゲートが開いていた。中では男が緑のステーションワゴンの荷台から、ピュリナのドッグフードの特大袋をおろしているところだった。男は袋を台車に積んで、ガレージらしきところに運んでいった。姿が見えなくなったとたんにローウェルは道を横切り、メインビルディングのドアから中へ滑り込んだ。「普通に歩いて入ったんだ。簡単な話さ」

中には薄暗い廊下があり、上下に階段がついていた。チンパンジーの声がした。地下にいるらしかった。

階段の吹き抜けからはアンモニアと大便が入り混じったような強烈な臭いがした。電灯のスイッチがあったが、つけずにおいた。地上よりすこし上に並んだ小さな窓から日光が差し込んでいた。四つ並べられた檻と、中にしゃがみ込んでいる一ダースほどの影を見分けるにはじゅうぶんな明るさだった。

「その後恐ろしい事件が起こったんだ」ローウェルは言った。「おまえがファーンの話を聞きたくないのはわかってる。続けて大丈夫かい?」

ローウェルはそれを私への警告として言ったのだ。話を途中でやめるつもりなど毛頭なさそうだった。

どれがファーンかは一目でわかった。薄暗い中で顔が見えたわけじゃない。いちばん若くて小柄だからわかったんだ。

ファーンは身体の大きな大人四頭といっしょに入れられていた。俺はそれまで、チンパンジーがひとりずつどんなに違うか、意識したことがなかったと思う。ファーンは毛がほかのより赤くて、耳がテディベアみたいに飛び出してるんだ。すぐに見分けられる合理的な特徴だよ。あとはすっかり変わっていたけどね。あんなにすらりとしていたのが、すっかり太ってずんぐりして。でもあの子は気味が悪いほど、俺のことがすぐにわかった。まるで来るのを感じてたみたいに。親父はチンパンジーの予知能力の研究をしたほうがいいんじゃないかと思ったよ。

俺が地下室を横切って檻のほうに近づいていったとき、ファーンはこっちを振り向きもしなかったくせに、どんどん身体がこわばっていくのがわかった。みるみる毛が逆立ってきて、気が立ったときの、あのウウ、ウウという低い声を出しはじめた。それからぱっと振り向くと、檻の鉄格子に両手でとびついてきた。そして棒をガタガタいわせながら前後に身体を揺すった。そのときはもう俺のことを睨みつけてたよ。睨みながらギャーギャーわめいてた。

駆け寄って檻のところまで行ったとき、ファーンに腕をつかまれて目いっぱい檻に叩きつけられた。思いきり頭を打って、そこからはすこしぼうっとなった。ファーンは俺の片手を檻の中に引き込んで口に入れたけど、まだ嚙みはしなかった。俺が来たのを喜んでいいのか怒っていいのか、決めかねていたんだと思う。そのとき生まれてはじめてファーンを怖いと思ったよ。

手を引きもどそうとしたけど、ファーンは絶対離してくれなかった。興奮してるのが匂いでわかった。毛が焦げたみたいな匂いだ。長いあいだバブルバスもちゃんとした歯磨きもしてもらってなかったらしくて、正直言って臭かったよ。

俺はファーンに話しかけた。ほんとにごめんよ、愛してるよって。でもまだわめいてたから、耳に入ってないのがわかった。そのあと指を握られて、思いきりひねられたんだ。目玉の奥で火花が散るのが見えた。大声を出さないようにするのがやっとだった。

そのころにはファーンのおかげでほかのチンパンジーたちもすっかり興奮していた。大きなオスの発情したやつがやってきて、ファーンから俺の手をもぎ取ろうとした。でもあの子は離そうとしなかった。そうしたらオスは俺の反対の腕をつかんで、両方が引っ張りあったんだ。俺は何度も鉄格子に打ちつけられた。鼻を打って、額を打って、顔の片側をぶつけた。ファーンはまだ俺の手を握ってたけど、もう口に入れてはいなかった。彼女は振り向いてオスの肩に噛みついた。ほんとにちゃんと相手を止めたんだ。そのうち全部の檻でみんながわめき出して、コンクリートの壁に反響してすごい騒ぎになった。モッシュピットみたいだった。すごく危険なやつ。

でかいオスは俺の腕を離して、歯を剝き出して後ろに下がった。犬歯がはっきり見えて、まじでサメの歯みたいだった。やつはまっすぐ立っていて、ファーンと同じように全身の毛が逆立ってた。ファーンを威嚇しようとしたけど、ファーンは無視した。あいたほうの手で俺にサインをしてたからだ。俺の名前。指をLにして胸を叩くサインと、グッド、グッド、ファーン。ファーンはいい子。今すぐうちに連れて帰って。いい子にするから。いい子にすると約束するから。

でかいオスが後ろからとびかかってきたとき、ファーンは俺の手を握ったままでは身を護れなかった。だから防御しなかった。そいつの足でファーンの背中がぱっくり割れて血が出た。そのあいだずっとファーンはわめいていて、他のチンパンジーもわめいていて、血と狂騒と恐怖の臭いが充満していた。銅みたいなつんとした臭いと、蒸れた汗の臭いと、糞の臭いのなかで、俺はぶつけた頭がぐらぐら回った。それでもファーンは手を離さなかった。

そのころには人が駆けつけてきていた。男が二人階段を駆け下りてきて俺に何か怒鳴っていたけど、何を言ってるのかわからなかった。教授にしては若かったから、院生かもしれない。それとも用務員か。二人とも大柄で、片方は電気棒を持っていた。あんなものでいったい何をする気だろうと思ったのを憶えてる。俺のかわりにファーンを電気ショックで止める気なのか？　どうやったらやめさせられるだろう？

結果的には電気ショックは使わなかった。オスは棒を見たとたんにいじけてすごすご檻の隅に逃げていった。みんな静かになった。やつらが棒を見せたら、ファーンもやっと手を離した。

俺は顔に糞をかけられていた。よその檻から飛んできた臭いやつが、流れてシャツの襟まで入ってた。その男たちから、警察を呼ぶ前に失せろと言われたよ。ファーンは鉄格子にしがみついて、まだサインをしていた。俺の名前、自分の名前。いい子のファーン、いい子のファーン。男たちはファーンに鎮静剤を打つかどうか言い争っていた。血を見たとたんに議論は終わった。

ひとりが獣医を呼びにいくことになって、そいつが俺のいいほうの腕を引きずっていった。俺よりずっと体のでかいやつだった。「つぎは警察を呼ぶからな」そいつは俺を揺さぶって言った。「こんなことがおもしろいとでも思うのか？　檻に入った動物を苛めてふざけてるつもりか？　とっとと出ていって、二度と来るなよ」

もうひとりはファーンのそばに残った。電気棒を持ってファーンにのしかかるように立っていた。ほかのチンパンジーから攻撃されないように護ろうとしていたんだと思う。だけどファーンが怯えてるのがわかった。サインも弱々しくなって、がっくりあきらめたような感じだった。

今でも思い出すのもつらいんだ。あんなことがあったのに、ファーンはアルファオスから俺を護ろうとしてくれた。そのためにどんな代償を払ったか。置き去りにされたときのあの子の顔といったら。

それから一度も会ってない、とローウェルは言った。

第五章

あのころ猿の身で感じたことを、いま人間のことばでなぞって言わなくてはならないのですから、言いそこないもあると思います。

フランツ・カフカ「ある学会報告」

1

じつは、ファーンと私には根本的に「同じじゃない」ところがある。あまりに法外で、ローウェルもサウスダコタに行ってみるまで想像もしなかったことだ。十年後にベイカーズ・スクエアの朝食でローウェルから聞かされるまで、私も全然知らなかったことだ。「同じじゃない」ところはこれだった。椅子や車やテレビと同じように、ファーンは売ったり買ったりできるモノなのだ。うちの家族としてファームハウスで暮らしているあいだずっと、姉妹や娘として忙しくふるまっているあいだずっと、実際にはインディアナ大学の所有物だったのである。

父がファミリー・プロジェクトからの撤退を決めたとき、当初は何らかのかたちで、研究室でファーンに関わるリサーチを続けられると思っていた。けれどもファーンはもともと金食い虫だったし、大学内に安全に飼育できる場所はないと通告されてしまった。大学側は打開策を探していた。即座に引き取るという条件で、ファーンはサウスダコタに売られた。

この件で父に発言権はなかった。マットを付き添わせる権限もなかったが、それでも行かせた。マットはサウスダコタで正規のポジションがなかったにもかかわらず、残れるだけ残って許されるかぎりファーンに会った。みんなできるだけのことはしたんだよ、とローウェルは言った。よりにもよって、この件では絶対に譲歩するはずのないローウェルがそう言ったのだ。でも当時の私には、親が自分の娘の運命にそこまで関与できないなんてまったく理解できなかったし、正直に言えば今でもそうだ。

「俺が押しかけたせいで、ファーンにはよけいつらい思いをさせてしまった。親父が会いにいくなと言ったのは正しかった」疲れで赤くなっていたローウェルの目は、手でこすったせいでますます赤くなった。「行ってもおまえの気持ちが楽になるだけだと言われたところだけは、間違ってたけどね」

「ファーンがいま、どこにいるか知ってるの？」私が訊くとローウェルはうなずいて、まだサウスダコタのウルジェヴィクの研究所にいると答えた。その後会いにいっていないのは気持ちの問題に加えて、ＦＢＩが張り込んでいるからだという。自分では絶対に行けないので、ある人物に頼んで監視させている。ローウェルはレポートを受け取る。

ウルジェヴィク本人は五年前に引退した。檻の中の住民全員にとって喜ばしいニュースだった。「あいつは科学者なんかじゃない。極悪人さ。触法精神障害者として強制入院させるべきなんだ」

悲しいことに世の中にはその手の科学者がまだ大勢いて、のうのうとしていやがる、とローウェルは言った。

「あいつは自分が檻の前を歩くとき、チンパンジーたちに手にキスさせるように仕込んだ。ファーンにも何度も何度もやらせた。以前あそこで働いていた男の話では、愉快な冗談だと思ってたらしい。ウルジェヴィクはだれも説明できない理由で、ファーンを毛嫌いしていた。俺はあるときある大金持ちに頼み込んで、ファーンを買い取る資金と、フロリダの私設動物保護区（サンクチュアリ）に金を積んで、空き待ちリストを無視してファーンを引き取らせるだけの金を出してもらう約束を取りつけた（サンクチュアリはどこもそうだが、そこも満員だった）。ところがウルジェヴィクが売るのを拒否した。そして別のチンパンジーを勧めた。その金持ちのほうは、何もしないよりはましだと考えてあっさり同意しちまった。結果的にはかえってよかったんだけどね。出来上がってる群れに新しいチンパンジーを入れるのは相当危険なものだから」

私の脳裏にはじめて幼稚園に入った日の光景がひらめいた——変わり者で社会性に欠け、しかも一学期遅れで入園した私の。

「ファーンのかわりに行ったチンパンジーは、攻撃されて半殺しの目にあったよ」ローウェルが言った。

ローウェルの話。

八九年に、ウルジェヴィクが予算不足を補うためにチンパンジーの一部を医療研究所に売ると言い出したときは、マジで心配した。ウマ、ピーター、タタとダオが売られた。今も生きてるのはウマだけだ。

ファーンもきっとリストに入れられると思ったけど、そうはならなかった。たぶん繁殖に成功してたからだろう。ただ、うちで育ったせいでファーンは性的には使いものにならなくなっててね、オスに興味がないんだ。だから人工授精させられてる。俺に言わせれば、殴らないレイプだよ。

ファーンはこれまで三回赤ん坊を生んだ。最初は男の子でベイジルと名づけられたけど、生まれてすぐに年上のメスに取り上げられちゃったんだ。ちゃんとした家庭でもあることらしいけどね。でもファーンはすごく悲しんでた。

ベイジルはさらにもう一度取り上げられた。ウルジェヴィクがベイジルと、ファーンの二番目の子のセージを、セントルイスの市立動物園に売りとばしたんだ。ちゃんとした家庭ではまずやらないことさ。うちは微妙だけど。

「一度会いにいってみろよ」ローウェルは私に言った。「すごくいいとは言えないけど、医学研究所じゃないだけ、まだましだ」

隣のテーブルで男が朝食相手の女を、おまえは尻の穴から虹やユニコーンを引っぱり出している〔ありもしないきれいごとをその場で適当にでっちあげているの意〕、と罵っていた。それを小耳にはさんだのがぴったりこの瞬間だったかどうかは憶えていないが、言葉だけはずっと記憶に残っていた。あまりに無残なイメージだったのと、ローウェルがしていることとまさに正反対だったからだ。ローウェルがけっしてしないことだったからだ。だからウルジェヴィクが引退してファーンの境遇がよくなったと聞いたとき、本当のことだとわかった。「大学院生はみんなファーンが大好きだよ。昔からそうだっただろ?」

ファーンはもうひとり、ヘイゼルという名の女の子を生んだ。ヘイゼルはちょうど二歳になったばかりで、ファーンが手話サインを教えているという。親子を対象にした実験が計画されているので、ファーンはこの子をずっと手元に置けることになりそうだった。研究所の職員は現在、ヘイゼルの前でサインを使うことを禁じられている。ヘイゼルはこれまで少なくとも十四の異なる状況でサインを使っているところを、少なくとも四人に目撃されている。

ファーンが使うサインは二百以上記録されている。研究員は、ファーンがそのどれを子どもに教えるか、リストを作っている。実用的なサインだけなのか、会話的なものも入るのか。

「ヘイゼルは小さな指で研究所の全員の心をつかんだ。もう自分でオリジナルのサインを創り出してる。木の葉はツリー・ドレス。ビッグ・スープはバスタブのこと。すごいだろ。まるでイエズス会士の天才チェスプレイヤーみたいだ。

「母親そっくりさ」とローウェルは言った。

「それ、ファーンにやられたの？」私は手の傷を指して訊いた。ローウェルは、違う、怯えたアカオノスリの置きみやげだ、と答えた。でもその話は聞けなかった。ファーンの話がまだ終わっていなかったからだ。

サウスダコタで研究所に押し入ったあと、ローウェルは治療が必要な状態だった。鉄格子で顔を痛打したのに加えて、指が二本折れ、手首を捻挫していた。とある家に地元の医師がやってきて、往診で記録を残さずに処置してくれた。ローウェルはひと晩その家に寝かされた。見知らぬ人が付き添ってくれ、夜中も定期的に起こしては、脳震盪の兆候がないか確認してくれた。そんな展開になったのは、だれかが研究所に侵入したローウェルを見ていたか、朝大学で見かけたかしたのだろう。あるいはブルーミントンでローウェルのラット大解放事件を見て感心した人がいたのかもしれない。ローウェルはそこだけは言葉を濁した。いずれにしてもその人物は実験動物の取扱いに反対していて、自分たちの計画にローウェルが使えると判断したのだろう。

「そのころには、自分ひとりでファーンを救い出すことなんかできっこないとわかった。何も知らないガキだったんだ。ファーンとふたりで仲よく出ていけると思うなんてさ、ハン・ソロとチューバッカみたいに。ハイパースペースにジャンプ、みたいに。

「要するに何も考えてなかった。ファーンの顔を見て、どうしてるか確かめて、忘れてなんかいないと言ってやりたかった。愛してるよって言ってやりたかっただけだ。

「ここへきてやっと、周到な計画が必要だとわかった。ファーンを連れていく場所と、手伝ってくれる人たちが必要だ。法律上は窃盗罪になることもわかったけど、法律なんてくそくらえだと思った。そのときカリフォルニアのリヴァーサイドである計画が進んでいると聞かされた。現地に向かう車にあとひとり乗れることも。すぐに行くと言った。ここで何かやっておけば、将来ファーンのための貯金になると思ったからだ」

ローウェルは私から顔をそむけ、大きな窓から通りのほうを見た。外では朝の通勤が始まっていた。また厚いチュール・フォッグが垂れ込めてきた。雨が上がって日がのぼったが、光が弱いので車はみなヘッドライトをつけていた。何か町全体がソックスの中に詰め込まれてしまったようだった。

ベイカーズ・スクエアも客が増えてきて、ナイフが食器に当たる音や会話のざわめきが聞こえた。キャッシュレジスターの音。ドアにつけられた鈴の音。私はいつのまにか泣いていた。

ローウェルが手をのばして、がさがさしたてのひらで私の両手を包み込んだ。その指は私より温かかった。「翌日、警察が研究所に俺を探しにきた——と聞かされた。警察は侵入事件のことを詳しく聞いたから、親父とおふくろも俺がサウスダコタに来て、一応無事だったとわかったはずだ。だけど俺はまだ頭に来てて、家に帰る気はしなかった。例のリヴァーサイド行きの車に乗るのが、いちばんてっとりばやい脱出法だと思った。

「自分ではいろいろ考え抜いたつもりだった。ファーンのためだと思って。でもそのときは怒り狂ってたからね、家族みんなに。ファーンの顔が頭を離れなかった」

「二度と帰らないなんてつもりじゃなかったんだ。ただ先にファーンの問題を片づけて、どこか幸せに暮らせる場所に落ち着かせようと思ってただけだ」ローウェルはそこで手に力を入れた。「どこかのファームに」

そのとき、レストランの騒音が突然すべてやんだような、あの不思議なエアポケットが訪れた。だれもしゃべらなかった。カップの内側にスプーンをぶつける人もいなかった。店の外では吠え声もクラクションも咳も聞こえなかった。フェルマータ。一時停止。

アクション再開。

ローウェルが声を落とした。「ほんとに馬鹿だったよ」淡々と言った。「あそこで大学に行くこともできたのに。研究所で働くことだってできたかもしれない。毎日ファーンに会って。それなのにＦＢＩに手配される身になって、気がついたら後もどりできなくなっていた。大学へも行けない。家にも帰れない」

ローウェルは突然空気が抜けて小さくなったように見えた。「あの子を助けようとして、俺はほんとに努力したんだよ。でも何年も何年もやってみて、いったいファーンに何をしてやれた？　ふがいない兄貴の惨めな弁解だけじゃないか」

ウェイトレスが一縷（いちる）の望みも捨ててしまってから何時間も経って、私たちはようやく勘定をすませた。ローウェルはバックパックをかつぎ、私たちは並んで霧のセカンド・ストリートを歩いた。ローウェルの黒っぽいウールのコートに水滴がついた。

ふと、幼い私が風邪をひいて寝込んでいるとき、外に出られないからとローウェルが雪を持ってきてくれた日のことを思い出した。ローウェルは黒革の手袋の甲に雪の結晶をのせてきて、入り組んだ六角形の結晶やミニチュアの雪の女王のお城を見せてくれると約束した。でも私が顕微鏡をのぞき込んだときには、どれもただの丸い水滴になっていた。

それはファーンがいなくなる前だったが、この思い出にファーンは登場しないので、どうしてだろうと考えた。くるくる回って跳んで宙返りして〝この日をつかめ（カルペ・ディエム）〟を地でいく快楽主義者のファーンを無視するのは、たやすいことではない。大学院生と何かの課題をしていたのかもしれない。本当はいたのに、私が記憶を消去してしまったのかもしれない。あの毛むくじゃらの元気印を思い出すのがあまりにつらかったから。

「駅まで送ってくれる？」ローウェルが言った。

ではもう行ってしまうのだ。ハーロウとのセックス事件で火がついた私の怒りが、完全に収まるまでの時間さえくれずに。「ハイキングぐらいはできるかと思ったのに」私は泣き言をやめようという努力さえしなかった。「あと一日はサンフランシスコに遊びにいこうかと。まさかこんなに早く行っちゃうなんて思わなかった」

いつか話そうと思ってこれまで積み上げてきたたくさんのこと。忍耐強く組み立ててきた嫌味をぶつけて、二度と私を捨てるわけにはいかないと思い知らせたかった。全力で罪悪感を煽ってやろうと。だからローウェルが一方的なおしゃべりをやめるのをずっと待っていたのに。

ローウェルは察していたのかもしれない。いつもとても聡いのだ。とくに私に関することでは。「ごめんよロージー。どこにも長居はできないんだ。とくにここはまずい」

カフェの開店を待つ十数人の学生がミシカの入口の前でたむろしていた。私たちはそのあいだを通り抜けた――ローウェルとバックパック、その横でうなだれた私。ミシカは期末試験の時期に人気の店だが、奥の席を取るためには早く来る必要がある。前のほうのテーブルはノー・スタディ・ゾーンと指定されているためで、それは「ザ・ルール」として知られている。

カフェの外では、霧がコーヒーとマフィンの匂いがした。顔を上げたら、一年のとき寮で一緒だったドリス・レヴィの顔があった。さいわい向こうは気づいた様子がない。ここで立ち話なんて耐えがたいところだった。

ローウェルは、学生たちから一ブロック以上離れるまでしゃべろうとしなかった。「FBIはおまえがここにいるのを知ってるはずだ。例の派手な逮捕騒動があったからなおさらさ。アパートの管理人が俺を見てる。おまえのルームメイトも。ハーロウも。危険すぎるよ。それにどのみち、行かなきゃならないところがあるんだ」

ローウェルは、別の活動を計画中なのだと言った。長期にわたる潜入を必要とするので、完全に身を隠す必要がある。それは例のファーンのレポートを受け取れなくなることを意味した。

だからレポートは私に送られることになる。手順は心配しなくていい、来ればわかるから、とローウェルは言った。最後の一点を除いて、手筈はすべて整っている。それは私に、ファーンを監視するのはこれからは私の仕事だと告げることだ。

ローウェルはそのために来たのだった。

私たちは駅に着いた。ローウェルが切符を買っているあいだ、私は何日か前にファーンが連れていかれた日のことを思い出して泣いた、まさにその同じベンチにすわっていた。ドクター・ソーサのクラス以来あれやこれやで泣いてばかりいたので、もう涙も涸れたと思うところだが、なぜかまたあふれてきた。すくなくともここは駅だ。空港と駅に涙はつきものだ。以前、泣くためだけに空港に行ったことがある。

私たちはホームに出ると、ふたりきりになれるところまで線路に沿って歩いた。出発するのが私ならよかったのに。行先はどこでもいい。いつかローウェルが現われるかもしれないという期待がなくなった以上、デイヴィスにいる意味がどこにある？　もうここにいてもしかたがないのでは？

私はエズラが毎日の生活を映画に見立てて役を演じるのを、愚かな自惚れだと思いながら見てきた。ずっとおもしろがっていた。でも今になってその効用がわかった。役を演じていれば距離を保てる。今感じていることは、感じているふりをしているだけなんだとわかったふりをすることができる。サウンドトラックが私が鼻をぐすぐすいわせる音だということを除けば、この場面はとても映画的だった。右を見ても左を見ても、線路が霧の中に消えていく。列車の警笛が近づいてくる。これが兄を戦争に送り出す場面だったとしてもおかしくない。若者が大都会に一旗揚げに行くところとか。あるいは金鉱に行方知れずの父親を捜しにいくところとか。

ローウェルが両腕で私を抱き寄せた。ウールのコートに私の涙と鼻水の筋がついた。私はローウェルの匂いを記憶にとどめようとして、詰まった鼻から息を吸い込んだ。濡れた犬の匂いがしたけれど、これはコートだ。コーヒー。ハーロウのバニラ・コロン。そのずっと下の本物の匂い――ローウェルの匂いまでは、どうしても行き着けなかった。ちくちくの頰に触れ、子どものころやったように、ファーンが私にしたように、髪の毛の中に指を走らせた。一度授業中に手をのばして、前の席の女性の三つ編みをお団子にした髪にさわってしまったことがある。何も考えていなかった。ただその複雑な編み目にさわりたい衝動が抑えられなかっただけだ。相手はぱっと振り向いた。「わたしの頭はあなたのものじゃないんですけど」冷たい声で言われて、私はどもりながら謝った。注意していないといまだにチンパンジーの本性が出てしまうのだと気づいて恐ろしかった。

近くの踏切で警報機が鳴り、北から列車が近づいてきた。私は言うつもりだった事柄を必死でさらい、いちばん大事なことをひとつ見つけ出そうとした。

そして案の定、浅はかな選択をしてしまった。「あなたがファーンのことでずっとわたしを責めてたのはわかってる」

「悪いことしたな。五歳の子を相手に」

「でもわたしはほんとに何も憶えてないの。ファーンがいなくなったときのことは何も憶えてない」

「まじで?」ローウェルが訊いた。そしてしばらく黙り込んだ。どこまで話そうかと迷っているのがわかった。まずい兆候だ。何か口に出せないほどのことがあるのだろう。私の心臓から棘が伸びてきて、鼓動するたびに胸を刺した。

列車が到着した。降りる乗客のために改札係がステップを取りつけた。何人かが降りてきた。乗る客もいた。もう時間がない。私たちは近くのドアに向って歩き出した。「ママとパパにどちらかを選べと迫ったんだ」とうとうローウェルが言った。「自分かファーンかと。やきもち焼きのチビだったからなあ」

彼はバックパックをデッキに載せ、自分も乗り込んでから、振り向いて私を見おろした。「まだ五歳だったんだから」繰り返して言った。「自分を責めるんじゃないよ」

それから私の顔を見つめた。この先長く会えない相手を見つめる目で。置き去りにされたときの、あの子の顔といったら。「親父とおふくろに愛してると伝えてくれるかい? 本気だとわからせてほしい。難しいとは思うけど」

彼はまだ乗降口に立っていた。その顔は、半分はローウェルの顔で、疲れて見えるほうの半分は父の顔だった。「おまえもだよ、チビちゃん。俺がどんなに家族を恋しいと思ってるか、想像もつかないないだろうな。なつかしのブルーミントン。『ウォバッシュ川を照らす月を夢見ると――』〔スタンダード・ナンバー『バック・ホーム・アゲイン・イン・インディアナ』の一節〕」

そう言われて私もインディアナの家が恋しくなってしまった。

ジーンズにハイヒールを履いたアジア系の中年女性が走ってきた。ステップをすばやく駆けあがる拍子に、ショルダーバッグがローウェルの腕にぶつかった。「あらごめんなさい。乗り遅れるかと思ってあせっちゃって」謝ってから客車に消えた。警笛が鳴った。

「友だちができてよかったよ」ローウェルが言った。「ハーロウはおまえのことがすごく気に入ってるみたいじゃないか」そこに車掌がやってきて、着席願いますと言った。だからそれが私の憶えている最後の言葉になった――私のお兄ちゃん、私だけのヘール・ボップ彗星、流れ星になってやってきて、また消えてゆく――ハーロウが気に入ってる、と。

ほんの短い訪問ではあったが、ローウェルは見事に私を打ちのめして去っていった。私は自分の淋しい生活を見せて負い目を感じさせてやりたかったのに、ハーロウとあのくだらない友情のおかげで帳消しになってしまい、私のほうが疾しさとともに残されることになった。ローウェルがファーンのことで私を責めているのは知っていたが、直接聞かされるのは十年ぶりだった。

ローウェルが言ったこととローウェルが行ってしまったことと睡眠不足と不快でむかつくドラッグの後遺症と。どれかひとつでも私をやっつけるには十分だったろう。それがすべて揃ったのだからすさまじかった。私は悲しくて、おびえて、情けなくて、取り残されて、寂しくて、疲れ果てて、カフェイン過剰で、罪悪感に苛まれ、打ちひしがれ、その他もろもろだった。心身共に機能しなくなっていた。霧に呑み込まれていく列車を見送って、感じたのは疲れだけだった。

「ロージーはファーンを愛してるのよ」だれかが私に言った。そうだ、昔の空想の友だち、メアリーだ。メアリーにはファーンと同じぐらい長く会っていないのに、全然変わっていなかった。彼女は長居はしなかった。私にひとつだけ伝言をもってきて――ロージーはファーンを愛してるのよ――また行ってしまった。私はその言葉を信じたかった。でもメアリーはもともと、ファーンのことで頭に来たとき私を慰めてくれるためにいた。今度も自分の役目を果たしただけかもしれない。

感情とは、感じるものだからそう呼ぶの。頭の中で始まるのではなくて、身体の奥からわきあがってくるものだから、と母はいつも言っていた。偉大なる物質主義者ウィリアム・ジェイムズを後ろ盾に使って。それが母の子育ての基本原理だった――感じることは変えられない、変えられるのは行動だけである（ただし、感じたことを口に出すのは行動だ。とくに意地悪な感情の場合は。でも子どものころの私は、そこはやや灰色の領域だと思っていた）。

ここへきて私は、この疲れきった身体を徹底的に検分してみた。すべての息、すべての筋肉、すべての鼓動を調べてみて、ほっとするような骨の髄からの確信を得た。私はファーンを愛している。昔からずっと愛していた。これからも愛しつづけるだろう。

線路の横にひとりぼっちで立っている私に、突然さまざまなイメージがシャワーのように降りそそいできた。私の半生。ただしファーンなしではなくファーンといっしょの半生の。幼稚園児のファーンが自分の手の輪郭をなぞって紙の七面鳥を作っているところ。高校生のファーンが体育館でローウェルのバスケットボールの試合を観戦しながら、彼が得点するたびにホッホッと歓声を上げているところ。大学に入ったファーンが新入生寮で、ほかの女の子たちに超変人なうちの親についてこぼしているところ。あのころ私たちがすごく気に入っていたハンドサインをしてみせるファーン。「終わってる」「どうでもいいし」

そんなあらゆる場所で、あらゆる瞬間に、私はファーンの不在を嘆きながら生きてきたのだ。しかも自分では気づきさえせずに。

それでいて記憶のあるかぎり昔から、私はファーンに嫉妬していた。ほんの十五分前にも、ローウェルが来たのが私のためではなくファーンのためだったと知って嫉妬したばかりだ。でももしかしたら、姉妹なんてみんなそんなものなのかもしれない。

とはいえ、姉妹の一方が他方を家から追い出すほどの嫉妬は明らかに尋常ではない。私は本当にそんなことをしたのだろうか？　お伽話もここから先は途切れて終わっていた。

とりあえずゆっくり休むまで、このことは考えないでおこうと決めた。かわりに浮かんだ疑問はこれだった。五歳の子どもにそんな決断をさせる家族が、いったいどこにいるだろう？

2

ヴァーミリオン行きの数時間のバス旅で、ローウェルは自分と一歳しか違わない、フィリピンから着いたばかりのメールオーダー・ブライドと一緒になったそうだ。ルイヤという名前だった。彼女はこれから結婚する男の写真を見せてくれた。ローウェルとしては、花嫁を空港まで迎えにこようとさえしない男に好意的なことなど何も言えなかったので、黙っていた。

バスに乗っていたもうひとりの男は、彼女にそっちの商売をしてるのかねと訊いた。彼女もローウェルも何のことかわからなかった。さらにもうひとりの、目が落ち着かなくて瞳孔の開いた男が後ろの席から身を乗り出してきて、母乳の鉛含有量が上がっているのは計画的な陰謀だと言い出した。女は家と家庭に縛られるのはもううんざりだと思っている。母乳が有毒だとなれば、待ちに待った口実というわけだ。「いまどきの女はみんなズボンをはきたがる」とその男は言った。

「今日はほんとにアメリカたくさん見るね」ルイヤは奇妙に訛りのある英語で何度もローウェルに言った。それはローウェルのお気に入りのキャッチフレーズになった。何か気に入らないものを見るとこう言うのだ――今日はほんとにアメリカたくさん見るね。

私はアパートに帰った。寒い道のりだった。ローウェルとファーンの亡霊が私の周囲を回っていた。さまざまな年齢、さまざまな気分のふたりが霧の中から現れたり消えたりした。私はローウェルの訪問とローウェルとの別れから立ち直る時間がほしくて、ゆっくり歩いた。それと本当のことを言えば、ハーロウに会うのを遅らせたくて。

いまはハーロウの心配などしたくなかった。ローウェルが最後に言ったのがハーロウのことだなんて許せなかった。私にとってはいちばんどうでもいい相手ではないか。なのに家に帰れば私のベッドにハーロウが寝ていて、なんとか対処しなければならない。

ローウェルが、女の子とセックスしてすぐに捨ててしまうタイプの男だとは思いたくなかった。何も言わずにいなくなるのはローウェルの側の事情であって、個人的な感情とはべつものだ。ハーロウも同じ目にあっただけのことだ。

ローウェルの肩をもつなら、私には彼は普通ではないように見えた。真性の、薬が切れたという感じの精神異常だ。そのあたりを私がきちんと伝えてこなかったのはわかっている。ローウェルを実際より正常らしく書いてしまった。愛情からしたことだ。でもここでは正直に事実を書こう。ごまかしたところでだれのためにもならないから。とくにローウェルのためにはならないから。

というわけで、愛しているからこそもう一度書かせてもらう。ハーロウがいっしょにいるあいだ、ローウェルは完全にまともな、いかにも本物の製薬会社のセールスマンらしく見えた。ハーロウにはそう説明していたのだ。事実そうだったのかもしれない。私を不安にさせたことはすべて、その後ベイカーズ・スクエアでふたりきりになってから起こった。

怒りの発作とかいうのではない——私がものごころついて以来、ローウェルはいつも怒っていた。地団太を踏み、中指を突き立てる、少年の顔をした嵐だった。私もそれには慣れていた。ローウェルの癇癪はノスタルジアだった。

そうではなくて、怒り狂うというよりは狂気に近いものだった。微妙ではあるけれど否定しがたいもの。見て見ぬふりをすることはできたし、できればそうしたかった。けれども十年間のデータの空白があるとはいえ、私はローウェルを知っている。かつてファーンを知っていたように、ローウェルのボディーランゲージはわかった。彼の目の動きには、どこかおかしいところがあった。肩のいからせかた、口のききかたも何かが変だった。「狂気」というのはちょっと違うかもしれない——内在する感じになるから。むしろ精神的外傷といったほうがいいかもしれない。あるいは精神不安定とか。ローウェルは文字通りの意味で不安定に、つまり追いつめられてバランスを失った人のように見えた。

ハーロウにはそこを説明しておこう。遊び人ってわけじゃないのよ、と言おう。精神的に不安定なだけなの。ハーロウならだれよりよくわかるはずだ。

ファーンの居場所を確保するために、ここでハーロウの件は忘れることにした。涙や未練はもうたくさんだ。ローウェルは、これからファーンは私の責任だと言った。でも本当はずっとそうだったのではないだろうか。仕事にかかるのが遅すぎただけで。

定期報告のことはそれでよい。とにかくうちのファーンを研究所の檻に入れておくわけにはいかない。とはいえ、ローウェルだって助け出そうと十年も努力してきたのだ。そしてすでにいろんな問題に直面していた——どうやって騒がせずにファーンを連れ出すか（しかもヘイゼルもいっしょに）、だれに助けを求めるか、素性がばれてすぐに送り返されないようにいかに居場所を隠すか。米国内のチンパンジー保護センターはどこも満員だし、盗まれたペアとわかれば受け入れてくれないだろう。

たとえ隠す必要がなかったとしても、どこへ連れていくかは大問題だった。まず金銭的課題が大きい。二頭のチンパンジー、しかも一頭は子どもを、すでにある群れに入れるのは非常に危険だ。私よりずっと物知りで、人脈もあって、怖いもの知らずのローウェルが失敗したことを、私ができるはずがないではないか。そもそもファーン自身、せっかく親しくなった人間やチンパンジーから引き離されることを望んでいるのだろうか？　ローウェルも、いまのファーンは研究所に友だちが大勢いると言っていた。

こうしたことはすべて、お金さえあれば解決するのだろうと思った。それも巨額の現金。映画を作るとか基金を設立するとかいうレベルのキャッシュだ。その十分の一でも一生見ることはないであろうキャッシュだ。

一見するとまったく脈絡なく見えるさまざまな問題も、つきつめると結局お金に行き着くことが多い。それがどんなに不愉快かは言葉にならないほどだ。金銭の価値というのは、持てる者が持たざる者をカモにする詐欺みたいなものだ。『裸の王様』のグローバル化だ。もしチンパンジーがお金を使い、人間が使わなかったら、だれも感心したりしないだろう。不合理で原始的だと思うだろう。まるで妄想だと。しかもなぜ金なのか。チンパンジーは肉で物々交換する。肉の価値は自明だ。

そのころには私の住む通りに着いていた。うちの建物の前に車が三台停まっていて、うち一台は室内灯がついていた。ライトに照らされた運転席に大柄な人影が見えた。私のスパイダー的勘が即座に反応した。ＦＢＩだ。もうすこしでローウェルが捕まるところだった。説得して泊まらせていたら、今ごろどんな思いをしていただろう。

それから車をもう一度よく見てみた。すごい年代物のボルボで、大昔は白かったらしい。だれかがバンパーステッカーを剝がそうとしてやめたとみえ、Ｖという字だけが残っている。あるいはＷが半分欠けたのかもしれない。私は助手席の窓をノックして、ロックが上がったところで乗り込んだ。中は暖かくて変な臭いがしたが、ミントの香りにうっすら覆われていた。寝起きの口臭のままミントを齧ったようだった。ライトがついていたのはドライバーが本を読むためだった――『生物学入門』という部厚い本だ。要するに寝ずの番で彼女を見張りながら、期末試験の勉強もしていたらしい。マルチタスクだ。

「おはよう、レグ」私は言った。

「なんでこんなに早く?」

「兄と出かけてたの。パイを食べに」これ以上無邪気で、ばら色のアメリカ人的な答えがあるだろうか。「あなたこそここで何してるの?」

「自尊心を失いかけてる」

私は彼の腕をぽんぽんと叩いた。「ここまでもっただけでも大したもんよ」

もちろん、これは気まずい状況だった。私は昨夜レグの電話に、ハーロウはここにはいないと答えた。彼がここにいること、ちょっとした張り込みをしていることは、私を嘘つき呼ばわりしたのも同然だ。侮辱だと傷ついたり、レグの異常な嫉妬心にあきれたりする余裕があればよかったのだが、今すぐにも正面玄関からハーロウが出てくるかもしれないという事実で台無しになった。

「家に帰りなさいよ。彼女も今ごろは帰って、レグはいったいどこに行ったんだろうと気にしてるかもよ」

彼は私をじっと見てから目をそらした。「俺たちもう終わりだと思うんだ。別れようと思う」

私はどっちつかずの音を出した。ふむ、の短縮版のようなやつだ。レグは私が初めて会ったときから彼女と別れようとしていたし、その後もほぼつねにそうだった。「ヘイソス」私はすこし間をおいてから意味を教えた。「何かを嫌悪することで得る喜び」

「まさにそれだな。ふつうの彼女がほしいよ。くつろげる相手が。だれか知らないか?」

「あなたがお金持ちだったら手を挙げるんだけど。ものすごいお金持ちだったら。巨額の富のためならいくらでもくつろがせてあげる」

「光栄だけど、金はないよ」

「それなら時間を無駄にするのはやめて、家に帰りなさいよ」私は車を降りてアパートに入った。レグがどうするか、振り返って確かめることはしなかった。振り向いたら怪しまれると思ったからだ。私は階段を上った。

アパート管理の苦労を担うには朝が早すぎたので、エズラの姿はなかった。トッドはまだ帰っていなかった。私の寝室のドアはまだ閉まっていた。マダム・ドファルジュはカウチにいて、陽気そうに頭の上で両脚を組んでいた。私は彼女を連れてトッドの部屋に行き、抱いたまま眠った。レグと私でギロチンと電気椅子とどちらが人道的か、言い争っている夢を見た。だれがどちらの側だったかは憶えていない。憶えているのはレグの立ち位置が説得力に欠けていたことだけだ。

3

ローウェルとの朝食の話で、精神状態以外にもふれなかったことがある。私はローウェルが話した内容を大幅に削ったのだ。繰り返すにはおぞまし過ぎるし、実際にはだれもが知っていることだから。それは私が聞きたくなかった話であり、読者も聞きたくないに違いないと思ったから、はしょったのだ。

でもローウェルならきっと、必ず聞かせるべきだと言うだろう。

ローウェルはここデイヴィスで三十年間続いた実験の話をした。何世代にもわたるビーグル犬がストロンチウム九〇とラジウム二二六で被爆させられた。犬が苦しむ声を聞かれないように、声帯は除去されていた。この実験にかかわった研究者は自分たちのことを、ふざけてビーグル・クラブと呼んでいたそうだ。

彼はまた、自動車会社が衝突実験の一環として、完全に意識のあるおびえきったヒヒの頭を拷問のように繰り返し殴打している話をした。犬を生体解剖する製薬会社と、犬がキャンキャン鳴いたり暴れたりすると怒鳴りつけて脅す技術者たちのこと。悲鳴をあげるウサギの目に化学物質をすり込んで、回復不能なダメージを受けたウサギは安楽死させ、回復したものには同じ実験を繰り返す化粧品会社の話。牛が恐怖のあまり肉が変色してしまう畜殺場の話。養鶏場の狭いカゴに詰め込まれたニワトリ。そこではボブ叔父さんが昔から言っているとおり、歩くどころか立つこともできないニワトリが飼育されている。エンタテインメント業界で使われるチンパンジーが子どもばかりなのは、思春期に達するころには力が強くなりすぎて制御できなくなるからだ。本来ならまだ母親の背中にずっとおんぶされているはずの赤ちゃんが、ひとりぼっちでケージに入れられ、野球のバットで殴られる。映画のセットに連れてこられるころには、バットを見せただけで服従するようになっている。映画のクレジットには、この映画を製作するにあたりいかなる動物虐待も行なわれていません、という文言が出るが、じつは虐待は撮影開始前に完了しているのである。

「こんな際限のない底なしの悲劇を燃料にして、世界は回ってる」ローウェルは言った。「彼らはそれを知ってはいるが、目に触れないかぎり気にとめない。見てしまえば気にするけど、怒りの矛先を向けるのは、見たくないものを無理に見せた者なんだ」

彼ら、と兄は言った。人間のことを語るときはいつも。俺たちは、われわれ人間は、という言いかたはけっしてしなかった。

数日後、私は『宗教と暴力』の期末試験の答案用紙に、これらのことをすべて書き連ねた。書くことは自分の頭の中にあるものを他人の頭に移そうとする試みであり、一種の悪魔祓い（エクソシズム）である。この答案のおかげで、私はドクター・ソーサの研究室に呼び出されるはめになった。壁にはハッブル宇宙望遠鏡が撮影した写真『創造の柱』のポスターサイズのカラープリントが飾られ、反対側の壁には、「だれもが世界を変えたいと思うが、だれも自分自身を変えようとは思わない」というトルストイの言葉が掛かっていた。ドクター・ソーサの研究室が学生にやる気を出させようとしているのは確かだった。

部屋がクリスマスムードだったのも憶えている。本棚にはクリスマスのバブルライトが這わせてあったし、教授はステッキ型の棒キャンディーを私と自分用に二本出してきて、しゃぶりながら話をした。

「きみを落第させたくはないんだ」ドクター・ソーサは言った。その点私たちは意見が一致していた。私も落第したくはなかった。

教授はデスクの椅子にもたれかかり、積みあげた雑誌に両足をのせていた。突き出した腹に置いた片手が、息をするたびに上がったり下がったりした。もう一方の手はキャンディーを握って、ときおりジェスチャーに使った。「きみは前半はよくやっていたよ。期末は……期末も情熱は感じられた。非常に重要な問題を提起していたのも確かだ」そこでいきなりすわり直すと、両足を床に置いた。「しかし試験問題にまったく答えていないことはわかるね？　惜しいとさえ言えないだろう？」言いながら身を乗り出すと、親しげにアイコンタクトを強要してきた。いかにもコツを心得ている。

でもそれなら私も同じだ。父の膝の上で訓練を受けて育ったではないか。だから教授の姿勢をそっくり真似て視線を受けとめてやった。「私は暴力について書こうとしたんです。共感。他者。それは全部関連していると考えました。トマス・モアは、人間はまず動物に残酷になるところから、人間に対する残酷さを学ぶと言っています」この議論は期末試験のエッセイで展開済みだったから、ドクター・ソーサはすでにトマス・モアに耐性があるはずだ。だが私が身を乗り出したとき、教授の両こめかみからクリスマスのバブルライトが角のように突き出して見えた。おかげで私の主張は勢いを失うことになった。

正確に言えば、トマス・モアは動物虐待をやめるというより、自分のかわりに虐待してくれる者を雇うよう奨めている。最大の関心事はユートピアの住民が手を汚さずにすむことで、私たちもまさに同じようにしているわけだが、私はそれが、モアが期待したほどわれわれの繊細な感受性に恩恵をもたらしているとは思えない。おかげでよりよい人間になれたとも思わない。ローウェルもそうは思わない。

ファーンも思わない。

ファーンに訊いてみたわけではないけれど。ファーンが何をどう考えるか、いまの私にわかるわけではないけれど。

ドクター・ソーサが試験の一問目を読みあげた。「世俗主義はおもに暴力を制限する方法として出現する。論ぜよ」

「接点はあります。動物に魂はあるのか？　古典的宗教上の疑問です。さまざまな結果が予測できます」

ドクター・ソーサは話をそらされることを拒んだ。第二の設問。「宗教的根拠を主張する暴力はすべて、真の宗教からの逸脱である。ユダヤ教、キリスト教、イスラム教のいずれかから具体例を挙げて論ぜよ」

「一部の人にとっては科学も一種の宗教であると言ったら？」

「私は反対するね」ドクター・ソーサはうれしそうにカウチにもたれた。「科学が宗教になったら、それはもう科学ではない」バブルライトが黒い目に反射して、クリスマスらしい輝きを与えていた。すぐれた教授はだれでもそうだが、この人は本当に議論好きなのだ。

ドクター・ソーサは、私を評価保留にしてあげようと言った。学期中を通じて熱心に授業に出席したのと、研究室まで来て勇敢に戦ったからという理由だった。私は提案を受け入れた。

成績表が届いたのは、クリスマスの直後だった。「おまえをあの大学に行かせるのにいくらかかるか、わかってるのか？」父が訊いた。「学費のために私らがどれほどあくせく働いているか。それをおまえはドブに捨てて」

学んだことは山のようにあるわ。私は偉そうに言い返した。歴史に経済学に天文学に哲学でしょ。名著を読みまくって新しい思想に目を開かれた。それこそが大学教育の真髄じゃないの。ある種の人たちの問題は（あたかもひとりしかいないような口調で）、すべてのものをドルとセントに換算できると考えることね。

成績とこんな態度のせいで、私の名前は即座にサンタの悪い子リストに登録されてしまった。

「言葉も出ないわ」母は言ったが、もちろん事実にはほど遠かった。

4

とはいえ、ここは先を急ぎすぎたようだ。
デイヴィスでは、私たちの真下にあたる三〇九号室のミスター・ベンソンがアパートを出ていった。
私はミスター・ベンソンを多少知っていた。年齢不詳で、ということはたいがい四十代半ばなわけだが、いつか私に自分はデイヴィスで唯一のデブだと言ったことがある。アヴィッド・リーダー書店で店員として働き、シャワーを浴びながら、上階まで響く大声で『ダンシング・クィーン』を歌っていた。いい人だった。

彼はこの一か月ほど、お母さんの世話をするためにグラス・バレーに行っていた。お母さんは感謝祭の翌日に亡くなったのだが、相当な遺産があったらしい。というのもミスター・ベンソンは仕事を辞め、部屋代を清算し、運送会社を手配して持ち物を荷造りさせたからだ。本人は一度ももどってこなかった。私はそういう話をすべてエズラから聞いた。エズラは悲しげに、前はそんなそぶりもなかったくせに、ミスター・ベンソンは結構嫌なやつだった、と言った。

三〇九号室に清掃業者が入り、ペンキを塗り替え、修理し、カーペットを張り替えているあいだ、エズラはハーロウを住まわせてしまった。アパートのオーナーは知らなかったと思う。エズラは彼女をあやしげな連中と同じ三階に入れるのをすまながっていたが、ハーロウがここに住んでいるというだけで有頂天だった。そして頻繁に三〇九に出入りしていた。しなければならないことが山とあると言って。ハーロウは工事の喧噪と、家具のない不便さと、おそらくはエズラの過干渉から逃れるために、一日の大半をうちの部屋で過ごしていた。トッドは憮然としていたが、この状況は一時的なはずだった。もうすぐクリスマスでみんな帰省するし、もどってくるころには正規の借り手が入居しているだろうから。ふつうに考えれば、そのだれかさんはハーロウ抜きのアパートを借りたがると思うわよと私は言ったが、トッドは確信が持てないようだった。

私は、ハーロウはいずれレグのところに帰るだろうと思っていた。レグにはあの朝の車以来会っていないし、ハーロウが彼の名前を口にすることはなかった。私はどっちがどっちに別れを告げたのかも知らなかった。

ハーロウは私たちのカウチにすわり、私たちのビールを飲みながら、熱っぽくローウェルについて語った。ローウェルにもう帰ってこないと言われたのに、ハーロウは信じようとしなかった。彼が言ったことすべてを強迫的恋愛中毒のレンズを通して見てしまうからだ。あなたは実の妹でしょ。妹に会うためだけでも帰ってくるに決まってるじゃない。

きみといると落ち着かなくなると言われたけど、それってどういう意味？　ずっと前からきみを知ってるような気がすると言われたのは？　そのふたつは矛盾するような気がするんだけど。ねえ、どう思う？

彼女はローウェルのすべてを知りたがった――どんな子どもだったか、ガールフレンドは何人ぐらいいて、そのうち本気だったのは何人か。好きなバンドは？　神様を信じてる？　彼がいちばん愛してるのは？

私は、兄は『スター・ウォーズ』が大好きだと話した。ポーカーで稼いでいたこと、部屋でラットを飼っていたこと、ほとんどのラットがチーズの名前をつけられていたこと。ハーロウはうっとり聞いていた。

私は彼女に、兄が高校時代につきあった子はひとりだけで、キッチというはちゃめちゃなモルモン教徒だと話した。高校のバスケットボールチームのポイントガードだったこと、いちばん大事な試合をすっぽかしたこと。親友のマルコとお菓子を万引きしたこと。それはまるでマリファナの密売のようだった。どれだけ話しても満足してもらえない。私はいらいらしてきた。書かなければならないレポートがあるのに。

でも彼はあたしのことなんて言ってた?

「私に友だちができてうれしいって。ハーロウはおまえのことすごく気に入ってるみたいだよって」

「それ、ほんとよ!」ハーロウの顔が宝珠(オーブ)のように輝いた。「ほかには?」

ほかには何もなかったが、その答えは残酷すぎた。でも期待をもたせるのも同じぐらい残酷だ。「トラヴァースは絶対もどってこないわよ」私は輝いている顔に向って言ってやった。じつは自分に言い聞かせていたのかもしれない。なにしろ人生の半分をローウェルを待ちながら生きてきたのだ。これからは待つのをやめて生きていかなければならない。「ほんとのこと言うとね、うちの兄貴は指名手配中なの。郵便局に貼ってあるポスターみたいなやつ。動物解放戦線のドメスティック・テロリストとしてFBIに追われてるの。絶対にだれにも言っちゃだめだよ。言ったらわたしが逮捕される。今度こそ本当に。

「この週末までもう十年も会ってなかったんだから。好きなバンドなんて知るわけないでしょ。トラヴァースだって本名じゃないんだから。ほんとにほんとにほんとに、兄のことは忘れたほうがいいよ」

またやってしまった。どうして黙っていられないのだろう。

なぜなら、これ以上『カサブランカ』な状況がどこにある？　ハーロウは突然、ずっと探し求めていたのはこういう骨のある男だと気づいてしまった。行動する男。ドメスティック・テロリスト。

すべての女性の夢だ。吸血鬼が手に入らないなら。


動物解放戦線（ＡＬＦ）には運営組織や本部があるわけではなく、会員名簿も存在しない。自律的な細胞組織間の緩やかな連帯のかたちをとっている。ＦＢＩにとってはそこが頭の痛いところだ。ひとりの名前からたどれるのはせいぜい二人か三人で、そこでラインは途絶えてしまう。ローウェルがＦＢＩの網にかかったのはしゃべりすぎたせいだ――ルーキーにありがちなミスで、その後は二度とやっていない（しかもローウェルはずっと私がしゃべりすぎだと言っていたのだから、皮肉な話だ）。

ＡＬＦにはだれでも参加できる。動物解放にかかわった者、動物の搾取や虐待を物理的に阻止した者はすべて、ＡＬＦのガイドラインに沿って実行されている限りメンバーとみなされる。ＡＬＦは動物と人間に対するいかなる殺傷行為も容認しない。

それに対して、財産の破壊は推奨される。動物の犠牲の上で利益を得ている人々に経済的損失を与えることが目標だと公言している。虐待を暴くこと――秘密の部屋で行なわれている残虐行為を人目にさらすことも、もうひとつの目標である。いくつかの州で、工場式畜産場や畜殺場の内部を隠し撮りする行為を重犯罪とする法改正が検討されているのは、そのためだ。現実に起こっている事実を人々に知らせることが重罪にされようとしている。

直接行動に対しては無条件でメンバーになる権利が与えられるのに対して、何も行動せずに入会することはできない。シンパというだけではALFには加われないのだ。動物の苦しみに胸が痛むとか悲しいとか、いくら書きつらねたところでメンバーにはなれない。何か実行する必要がある。

二〇〇四年、ジャック・デリダは変化が起こりつつあると書いた。虐待は被害者のみならず実行者にもダメージを与える。アブグレイブ刑務所で虐待事件を起こした米軍兵士のひとりが養鶏処理工場での勤務から直接、志願兵になったのは偶然ではないだろう。遅々とした歩みかもしれないが、動物虐待の光景はいずれ人間の自我認識に受け入れがたいものになっていくだろうと、デリダは述べた。

だがALFは遅々とした歩みには興味がない。

当然ではないか。これほど多くの悲惨な状況が、いまこの瞬間も続いているのだから。

ハーロウはみるみるやつれてきた。顔はむくみ、目は充血し、唇はひび割れ、肌はつやを失った。うちに押しかけるのをやめ、冷蔵庫の中身にも二日間手をつけていなかった。ということはたぶん何も食べていないのだろう。工具ベルトをぶらさげたエズラは、四階のサミットミーティングを招集し――といっても彼と私だけだが――三〇九の張り替えたばかりのカーペットにハーロウが突っ伏しているのを見たと報告した。泣いていたんじゃないか、という。エズラは女の涙と聞いただけでひどく狼狽するタイプの男のひとりで、現物を見る必要さえなかった。

彼はレグを責めていた。この建物と住人のことなら指で脈を診るように完璧に把握していると豪語するエズラにしては、脈の読み違いだ。「話してやりなよ。終わりは新しい始まりだとわからせてやらなくちゃ。そういうことは友だちから聞くもんだ」レグは隠れホモセクシャルか幼児虐待のサバイバーではないかというのがエズラの意見だった。ひょっとしてカトリックかい？　あの残忍さはそうとしか説明がつかないな。もしそうならハーロウは逃げ出せただけラッキーだったよ。

エズラは彼女に、中国語では「ドアを開ける」と「ドアを閉める」は同じ漢字で書くのだと話したという。彼自身つらいときにそれを思い出して救われたものだそうだ。どこから聞いてきたのかは知らないが、彼のネタ元はほとんどが『パルプ・フィクション』だということはわかっていた。だからおそらく間違っているだろうという自信がある。

私はエズラに、中国語の漢字で女は男がひざまずいている姿なのだから、傷心のハーロウが東洋の古代の知恵に救いを求めるのは無理筋ではないかと言ってやった。もちろんハーロウに話しにも行かなかった。このとき行っていたらどうだったろうと思ったことは何度もある。

私はまだ腹を立てていたのだ。彼女がローウェルと知り合ったのなんて、いったいいつよ？　十五分前？この私はローウェルを二十二年間愛しつづけて、その大半は会えずに生きてきたんだからね。ハーロウのほうこそ私を慰めてくれて当然じゃないの。そんな感じだった。

ときどき、こんなに同じ間違いばかり繰り返しているのは自分だけだろうか、それとも人はみなこんなものなのだろうかと考えてしまう。悪い癖というのは、だれでも一生ついて回るのだろうか。

だとしたら私のは間違いなく嫉妬心で、この悲しむべき一貫性は性格の問題だと解釈したくなる。ただ、もし父が生きていたら、確実に反対しただろう。いったい何様のつもりだ？　ハムレットかね？最新の心理学研究によると、人間の行動に性格が果たす役割は驚くほど小さい。じつは状況の些細な変化に過大に反応しているのだ。そういう意味では馬と似たりよったりで、ただ才能に乏しいだけだ。

それでも私はやはり納得できない。これまでの人生で、人が私にどういう態度を取るかはこちらが何をしたかより、結局その人の性格次第だと思うようになった。もちろんそう考えたほうが都合がいいからだ。中学校時代に私をあんなにいじめた連中はどうだろう？　みんなよほど不幸だったにちがいない！

というわけで、専門家の研究は私の説を裏付けてはくれない。でも研究はずっと続いていく。私のほうも考えが変わるかもしれないし、そうなればふたたび気が変わってやっぱり間違っていたということになるまでは、正しい側につけるわけだ。

それまでとりあえず父の顔を立てて、私の悪い癖のほうは見逃してもらうことにしよう。やはり嫉妬心などより、期末試験が迫っていたことのほうが大きかったのかもしれない。私もさすがに、最低でも何クラスかは修了する義務があると思っていた。しかも学期末レポートの締切がひとつあり、先延ばしにしたわけでもないのに、もう秒読みの段階に入っていた。自分で選んだテーマに本気で興味をもっていたが、それは驚くべきことだった。教授からは数週間前に助手の許可を得なければいけないと言われていて、そのころはまだ何に興味を抱くことになるかさっぱり見えていなかったからだ。私のテーマは、トマス・モアの『ユートピア』の中の劇化された悪がモアの実生活上の現実や政治にどのように表出したか、であった。頭をよぎるあらゆる想念にあてはまるような気がするテーマのひとつだ。もっとも、どんなテーマでもそう感じることが多かったのだが。

しかも例のスーツケースの件では、しつこく電話をかけつづけなければならなかった。サクラメント空港の荷物係はすっかりおなじみになった私を、親しみをこめてスウィートピーと呼ぶようになっていた。

というわけで、ハーロウのことはとりあえず棚上げにしておいた。もっともしてはいけないことをしたわけだ。あと二十四時間でインディアナポリス行きの飛行機に乗るというところで、『ジョイ・トゥ・ザ・ワールド』をハミングしながらトッドから借りたダッフルバッグに荷物を詰め、両親にローウェルのことをどこまで話したものかと迷い、新しい家も盗聴されているのだろうかと思いめぐらした。私たち一家は前の家が盗聴されていると信じ込み、父はそれですっかり頭に来ていて——研究室のラットか何かみたいに二十四時間監視されるとはな、われわれの税金がここで生かされるわけさ——引っ越しを決めたのもたぶんそのせいだったと思う。私はさらに、ドラッグで記憶喪失になっているあいだに自転車を失くしてしまったので、クリスマスに両親に新しいのをねだれないものだろうかと考えていた。そんな慌ただしいときに、玄関に警官がやってきたのである。

今回はハディック巡査ではなかった。今度の警察官は名乗りさえしなかった。大きな口と尖った顎がカマキリみたいな三角形の顔をして、底知れず邪悪な雰囲気をただよわせていた。同行願いますと言った口調は丁寧だが、絶対に友だちにはなれないのが本能的にわかった。名乗らないのもべつにかまわない。どうせ知りたいとも思わなかった。

5

今回は手錠はかけられなかった。留置場にも入れられなかった。事務所で書類を書かされることもなかった。かわりに取調室にひとりで残された。室内はほぼ空っぽで、椅子——すわり心地の悪いオレンジのプラスチック製——が二脚とリノリウム天板のテーブルがあるだけだ。ドアは外からロックされている。いかにも冷えびえとした部屋で、私も寒くてたまらなかった。

待っていてもだれも来ない。テーブルに水の入ったピッチャーが置いてあるが、コップはない。読みものもない。交通安全や銃規制や、麻薬が引き起こす悲劇を解説したパンフレットさえなかった。私はすわって待った。立ちあがって歩いてみた。私はどこへ行ってもかならず上を見あげて、自分ではどこまで登れるか、ファーンやメアリーならどこまで行けるかを目算してみる癖がある。この部屋に窓はなく、壁にも飾りひとつない。三人ともたいして上までは行けないだろう。

だれかが牛追い棒で痛めつけにくることはなさそうだと勝手に判断したが、どうやら私に身の程をわきまえさせようとはしているらしい。そうはさせるものか、と自分でも驚くほどの反発を感じた。私はずっと自分が何者なのかわからずに生きてきた。だからといって他人に決められたのではたまらない。

床にダンゴムシが一匹いたので、他にすることもないから観察することにした。ファーンはよくダンゴムシを食べていて、母はやめさせようとしたが、父はダンゴムシはじつは虫ではなく陸生甲殻類で、えら呼吸し、血液には鉄でなく銅が含まれているのだから、エビを食べたことがある人ならダンゴムシに顔をそむけるのはおかしいと言った。私は自分で食べた記憶はないけれど、きっと食べたのだと思う。口の中で朝食用のシリアルみたいにサクッとはじける感触を憶えているからだ。

ダンゴムシは壁に到達すると、壁に沿って角まで歩いた。そこで混乱したのかやる気をなくしたのか、止まってしまった。朝はこれで過ぎていった。私は自分の潜在能力の低さを思い知らされた。

私を連行した警官がようやくまた現れた。テープレコーダーと大量の書類やフォルダーやノートを持ってきて、テープレコーダーをふたりの間に置いた。積み重ねた紙のいちばん上に新聞の切抜きがあり、「ブルーミントンの仲良し姉妹」という見出しが見えた。どうやらファーンと私はニューヨーク・タイムズの記事になったことがあるらしい。全然知らなかった。

警官はすわって書類をめくりはじめた。また長い時間が経った。ずっとずっと昔の私ならこの沈黙を自分で埋めようとしただろうし、警官がそれを期待しているのもわかった。これはゲームだ、勝ってやろうと決めた。先にしゃべったら負けだ。昔のベビーシッターのメリッサや父方の祖父母が見たら、どんなに驚くことだろう。彼らがこの部屋にいて私を応援してくれるところを想像してみた。「ちょっと静かにしてちょうだい！」「頼むからその耳障りなおしゃべりをやめて！　自分で考えていることも聞こえやしない」

ゲームは私の勝ちだった。警官があきらめてテープレコーダーのスイッチを入れたのだ。そして日付と時刻を読みあげた。つぎに私に名前を言うように指示した。私は名前を言った。警官は私がなぜここにいるか知っているかと訊いた。私は知らないと答えた。

「あなたの兄さんはローウェル・クックだ」彼は言った。質問のようには聞こえなかったが、質問だったのだろう。「確認を」彼は無表情に続けた。

「はい」

「兄さんに最後に会ったのはいつです?」

私は前傾姿勢をとって、つい最近ドクター・ソーサが私を相手にみごとな効果を上げたアイ・コンタクトを試してみた。「トイレに行きたいんですけど」私は言った。「それと弁護士を呼んでください」いくら大学生でも、テレビドラマのひとつやふたつは見ている。私はこの時点ではまだ、自分の身が危ないとは思わなかった。ローウェルが捕まったに違いないと思っていて、それは恐ろしい恐ろしいショックだったが、恐ろしさのあまり今自分がすべきことを忘れてはならなかった。つまり、ローウェルに不利になる証言をしないことだ。

「いったいどうして?」警官は腹立たしげに立ちあがった。「きみは逮捕されたわけじゃないんだ。ただうちとけて話をしようというだけじゃないか」

そしてテープレコーダーのスイッチを切った。薄い唇をへの字に曲げ、スプレーで固めた共和党風の髪型をした女性が現われて、私をトイレに連れていった。彼女は個室の外に立って、私が排尿して水を流すのを聞いていた。付き添われて部屋にもどったときには、室内はまた空っぽになっていた。テーブルには書類も何もなかった。ピッチャーまでなくなっていた。

時間は刻々と過ぎていった。私はまたダンゴムシの観察にもどった。虫はぴくりとも動かないので、やる気をなくしたのではなく死んでしまったのではないかと心配になってきた。殺虫剤の臭いがするような気がした。私は壁にもたれて立っていた。そのまま腰を落としてしゃがみ込み、人差し指でつついてみたところ、丸くなったのでほっとした。そのとき、顔と腹の白い黒猫が尻尾を鼻にあてて丸くなっている場面が目に浮かんだ。

ローウェルが、おまえは本当に黙っていられないやつだなと言うのが聞こえた。おまえがママとパパにどっちを選ぶか迫ったんだ、と言うのも聞こえた。

その猫は父が車で轢き殺した猫によく似ていたが、こっちのはただ眠っているだけだった。違う猫よ。頭のいちばん奥で声が聞こえた。子音のひとつひとつまでくっきりと発音されていた。違う猫よ。

頭の中でこれほどはっきりした声を聞いたのは初めてだと思う。私の声ではなかった。では私の頭の中を走りまわる道化師の車の運転手はだれなのだろう？ 私に話しかけないときは何をしているのか？どんないたずらを？ どんな回り道を？ ちゃんと聞いてますけど、と声の主に言ってみたが、声には出さなかった。監視されているかもしれないからだ。彼女は答えなかった。

取調室の壁からは、外の物音はほとんど伝わってこなかった。照明は前に来たときと同じ、ジジジと音を立てる不愉快な蛍光灯だった。私はこの時間を利用して、つぎに入ってきた相手に何を言うべきかを考えた。コートと食べ物がほしいと言おう。朝食もまだ食べていなかったのだ。両親に電話したいと言おう。かわいそうなママとパパ。三人の子どもが揃って監禁されているなんて、なんと不幸な親だろう。

もう一度、弁護士を呼んでほしいと言ってみよう。だれも呼んだとは言ってくれなかったけれど、もしかしたらみんな私の弁護士の到着を待っているのかもしれない。ダンゴムシが丸めた体を慎重に伸ばすのが見えた。

さっきトイレについてきた女性がまた入ってきた。ツナサンドにポテトチップをのせた紙皿を持っている。サンドイッチはだれかが栞がわりに本に挟んだみたいにぺちゃんこに潰れていた。ポテトチップは端が緑に変色していたが、もしかしたら照明のせいでそう見えたのかもしれない。

女性はまたトイレに行きたいかと訊いた。行きたくはなかったが、言われたときに行っておいたほうがいいだろうと思った。時間潰しにもなる。もどってからサンドイッチをすこし食べた。手がツナの匂いになった。手にはついてほしくない匂いだ。キャットフードのような匂いだった。

頭の中の声に別の質問をしてみた——だったらどの猫なの？　小さいころファームハウスのまわりでよく見かけた、まんまるな目をした野良猫の姿が目に浮かんだ。母は冬になると餌を置いてやり、何度か罠をしかけて捕まえて避妊手術をしようと試みたが、野良猫は隙がなさすぎ、母にはほかに仕事が多すぎた。イラストがものすごく魅力的な『一〇〇まんびきのねこ』を母が読んでくれて以来、私は死ぬほど猫がほしくなっていた。実験用ラットがいつも出入りする家なので、うちでは猫を飼ったことがなかった。「猫は殺し屋なんだ」と父は言った。「愉しみのためだけに殺して獲物をもてあそぶ、数少ない動物だ」

そんなことを思い出しているうちに神経が昂ぶってきた。猫はおびえると毛を逆立てる。自分を大きく見せるためだ。チンパンジーも同じ理由で毛を逆立てる。立毛の人間バージョンは鳥肌だ。私はいま鳥肌が立っている。

『一〇〇まんびきのねこ』の最後で老夫婦が家に残すことにした子猫の絵が目に浮かんだ。ファーンが母といっしょに大きな椅子にすわり、絵本のページにのせた手を開いたり閉じたりしているところが見える。「ファーンは子猫がほしいんだって」私は母に言う。

まんまる目玉の野良猫には子どもが三匹いた。ある日の午後、私は小川のそばの日当たりのよい苔むした岩棚に寝そべって乳をのんでいる子猫たちを見つけた。小さな前足で母親の腹を押し、乳房を揉みながら吸っている。二匹は黒くてそっくりだった。母猫は頭を上げてこちらを見たが、動きはしなかった。私がここまで近づいても平気でいるのは珍しかった。母親になってすこし落ち着いたのだろう。

子猫たちはもう生まれたてではなかった。駆けまわって遊ぶ年になっていた。子猫のかわいさがピークになるころだった。私は子猫ほしさに我を忘れた。手を出すべきではないとわかっていたのに、「おんなじじゃない」グレーの一匹を無理やり乳首から引き離すと、ひっくり返して性別を確かめた。オスだった。子猫は大声で抗議した。歯と舌の奥のピンクの喉が見えた。お乳の匂いがした。何から何まで本当に小さくて、完璧に整っていた。母猫は取り返そうとしたが、私もこの子がほしかった。母猫がいなくて天涯孤独の孤児になったところを見つけたのなら、うちでこの子を飼わざるをえなくなると思った。

取調室で、私はがたがた震えていた。「いや、ここはほんとに寒いわ」だれかが監視している場合に備えて、声に出して言ってみた。敵の戦術が功を奏しているとは思わせたくなかった。満足させてなるものかと思った。「すみませんけど上着を返していただけます?」

じつのところ私が震えていたのは、がらんとした寒い部屋にひとりで残されたからではない。私をここに連行した警官が、『ユージュアル・サスペクツ』のギャング、カイザー・ソゼならかくやと思われるような雰囲気を放っていたからでも、ファーンと私のことを知っていたからでもなかった。ローウェルが逮捕されたからでもなかった。今起きていることや、つぎに起きそうなことを考えて震えていたのではない。これまで思い出したことのない、真偽もあやしい過去のファンタジーランドにどっぷり浸っていたのだ。

ジークムント・フロイトは、幼児期の記憶など存在しないと言った。幼児期の記憶だと思い込んでいるものは実際にあった出来事ではなく、その後できあがった視点に関連して想起される偽りの記憶なのだとした。何か激しい感情を引き起こされる事件があったとき、当初の強い感情を保ったまま他の場面の記憶がとってかわり、最初の記憶は捨てられ、忘れられてしまう。その新しい記憶は隠蔽記憶と呼ばれる。隠蔽記憶は、大きな苦痛をともなう出来事を思い出さないようにして自分を護るための、一種の妥協形成だ。

私の父はいつもジークムント・フロイトのことを、天才だが科学者ではなかった、そのふたつを混同したせいで測り知れない損害をもたらしたのだと言っていた。だからここで、実際には起こらなかったことを私が憶えているのは隠蔽記憶だと思うと認めるのは胸が痛む。父が理由もなく猫を轢き殺したと信じ込んでいた非道さに、フロイト理論による分析を上塗りするのは、父に対して不当に残酷すぎると思うからだ。

読者はご記憶だろう。私が五歳のときにファーンが姿を消し、私がインディアナポリスの祖父母の家に預けられたことを。私はそこでの出来事を語った。その後の出来事も語った。

今度はその前の出来事を語るべきだと思う。ただ、ひとつお断りしておきたいことがある――この記憶とすり替えられた記憶は、私にとって鮮明さでは同程度なのである。

6

ファーンと私は小川のそばにいた。ファーンは私の頭上の木の枝に立ち、ぴょんぴょん跳んで枝を揺らしている。前を安全ピンで留めるタイプのタータンチェックのプリーツスカートをはいているが、ピンをしていないので、スカートの生地が羽のようにふわふわ舞っている。下には何もはいていない。おまるのトレーニングがうまくいって、もう何か月も前からオムツは取れていた。

枝が下にしなうときを見計らって私がタイミングよくジャンプすると、ファーンの足にさわれる。それが私たちのゲームだった——ファーンが枝をしなわせ、私がジャンプする。ファーンの足にさわれたら私の勝ち。さわれなければファーンの勝ちになる。スコアをつけていたわけではないが、ふたりともご機嫌だったところを見るとほぼ互角だったのだろう。

ところがファーンはゲームに飽きて、私のとどかない高さまで登っていってしまった。降りてこようとせずに笑いながら木の葉や小枝を投げてきたので、私はもういいよと言った。そして何か大事な用事でもあるふりをして小川のほうへ歩いていった。じつはオタマジャクシにはもう遅く、ホタルには早すぎたのだが。そのとき岸の岩棚で猫の親子を見つけたのだ。

私は灰色の子猫を抱き上げ、母猫が怒って鳴いても返してやらなかった。そしてファーンに見せにいった。自慢するつもりだった。ファーンがすごくほしがるのはわかっていたが、子猫を抱いているのは私なのだ。

ファーンはすごい勢いで木から降りてきた。サインでそれをちょうだいとせがんだので、私は子猫は私のだけど貸してあげると答えた。まんまるい目の母猫は私のそばでは警戒しているだけだったが、ファーンには絶対近づこうとしなかった。たとえ出産後のホルモン異常で混乱していても、ファーンに子猫をさわらせることだけはなかっただろう。ファーンが灰色の子猫に手を触れるチャンスがあるとすれば、私が手渡す以外になかった。

子猫はミュウミュウ鳴きつづけていた。母猫が近づいてきた。小川のほうでは、放り出された二匹の黒い子猫がうらめしげに鳴いていた。母猫は毛を逆立て、ファーンも同じだった。つぎの展開はあっという間の出来事だった。母猫がシャーッと叫んで歯をむいた。ファーンの手の中の灰色の子猫は大声で鳴いていた。母猫は爪を立ててファーンに飛びかかった。その瞬間ファーンが腕を振りあげ、小さなかわいい動物を木の幹に叩きつけた。子猫は口を開き、ファーンの手からだらりとぶらさがった。ファーンは指を立てて、財布でも開くように子猫の腹を裂いた。

私はファーンの動作をまざまざと思い出す。世界は動物たちの終わりない底なしの苦痛を糧にして成り立っている、と言うローウェルの声が聞こえる。二匹の黒い子猫はまだ遠くで鳴いている。

私は半狂乱で家に向って駆け出した。家で母をつかまえて、連れてきてなんとかしてもらおう、子猫を助けてもらおうと必死だった。ところが途中でローウェルにぶつかってしまった。文字通り正面衝突して転び、膝小僧をすりむいた。私は今起こったことを説明しようとしたが、支離滅裂で言葉にならなかった。ローウェルは私の両肩に手を置いて落ち着かせると、ファーンのところに連れていけと言った。

ファーンはさっきの場所にはいなかった。小川の岸辺にしゃがみこんでいた。両手は濡れていた。猫は、生きたのも死んだのも、どこにも見当たらなかった。

ファーンはぱっと立ちあがると、ローウェルの足首につかまり、両脚の間でピエロのように宙返りした。そばかすのあるお尻が露出したあと、スカートが降りてきてきれいにカバーした。ファーンの両腕の毛には木の棘がからみついていた。私はローウェルに見て、と言った。「イバラのなかに子猫をかくしたんだよ。それとも小川に投げたのかも。さがさなくちゃ。お医者さんにつれていかなきゃ」

「子猫はどこ？」ローウェルは言葉とサインでファーンに訊いたが、彼女は無視してローウェルの爪先にすわり、両腕で彼の脚を抱え込んだ。ファーンはこうして靴に乗ったまま歩いてもらうのが好きだった。私も父となら同じことができたが、ローウェルの足に乗るには大きすぎた。

ファーンは数歩乗ってから、いつものように意味もなく楽しそうに飛び降りると、枝をつかんでブランコしながら渡ってゆき、またもどってきてぴょんと地面に降りた。「追いかけて」とサインをした。「追いかけて」。それはなかなかの演技だったが、完璧とまではいかなかった。ファーンは悪いことをしたのを知っていて、ごまかそうとしている。ローウェルはどうしてそれがわからないのだろう？

ローウェルが地面にしゃがむと、ファーンが来てその肩に顎をのせ、耳に息を吹きかけた。「もしかしたらうっかり猫を怪我させちゃったのかもしれないね。ファーンは力の加減を知らないんだ」ローウェルが言った。

それは私への懐柔策だった。本気で信じているのではなかった。ローウェルが信じていたのは、今日現在までずっと信じているのは、私がファーンを困らせるために話をでっちあげたということだった。猫の死体もなければ血の跡もない。すべて平穏ではないか。

私はブタクサやスベリヒユやタンポポやワルナスビのあいだをかき分けて捜した。小川の岩の間も捜した。ローウェルは手伝うそぶりさえ見せなかった。ローウェルの肩越しにファーンが見つめていた。琥珀色の大きな瞳をきらきらさせて、私には勝ち誇っているように見えた。

私はファーンが後ろめたそうだと思った。ローウェルは私が後ろめたそうだと思った。それは間違いではなかった。母親から子猫を取り上げたのは私だ。子猫をファーンに渡したのも私だ。こうなったのは私のせいだ。ただし、私だけが悪いのではなかった。

ローウェルを責めるわけにはいかない。私は五歳にして、作り話をする子という確かな評価を勝ちとっていたからだ。目的は受けを狙って人を喜ばせることにあった。まるっきりの嘘というより、退屈な話にちょっとドラマを加えようとしたのだ。でもその境界はしばしば曖昧になった。父は私のことをオオカミ少女と呼んでいた。

私が捜せば捜すほど、ローウェルは怒りをつのらせた。「絶対にだれにも言うなよ。聞こえてるかロージー？　本気だぞ。ファーンを困った目に合わせたら、おまえを憎んでやる。一生憎んでやる。おまえはとんでもない嘘つきだとみんなに言いふらすからな。絶対言わないと約束しろよ」

私は本気で約束を守るつもりだった。ローウェルに一生憎まれるイメージは鮮烈だった。

でも黙っていることは私の能力を超えていた。ファーンにできて私にできないことは多く、これもそのひとつだった。

数日後、私が家に入ろうとしたところを、ファーンが邪魔をした。それはいつものゲームで、ファーンにとってはたやすいものだった。身体は私よりずっと小さいくせに、ファーンははるかに敏捷で力が強かった。私が通り抜けようとしたところを、ファーンが通りすがりに手をつかんで思いきり後ろに引っ張ったので、肩がはずれそうになったのだ。ファーンは笑っていた。

　私はわっと泣き出して母を呼んだ。ファーンがいつもあまりにやすやすと勝ってしまうので、悔しくて泣いたのだ。私は母に、ファーンに痛くされたと訴えた。でもそれはいつものことだったし怪我をしたわけでもないので、真剣な主張ではなかった。子どもたちはだれかが痛い思いをするまで馬鹿騒ぎをするものだ。それが家族だ。母親は、そのうちだれかが泣くことになるわよ、といつも注意しているので、心配というよりいらだっている。

　でも私はそこで、あたしファーンがこわいの、と言った。

「どうしてファーンが怖いなんて思うの？」母が訊いた。

　私が話してしまったのはそのときだ。

　私が祖父母のところへ送られたのもそのときだ。

　ファーンがいなくなったのもそのときだった。

7

取調室で、こうした記憶は低気圧のように私の身体を通り抜けていった。この日の午後のうちに、いま語ったすべてを鮮明に思い出したわけではない。それでも場面ははっきりしていたし、しかも不思議なことに、記憶が通り過ぎるころには震えも涙もとまってしまった。空腹も寒さも感じなければ、弁護士やトイレやサンドイッチを求める気持ちも消えていた。かわりに奇妙に冴えわたった感覚があった。私はもう過去から立ち返って、明確に今を生きていた。落ち着いて集中していた。ローウェルが私を必要としている。それ以外のことはすべて後回しでかまわない。

　急にあの警官に話したくなった。

　私はダンゴムシを拾い上げた。それはぎゅっと丸まって完全な球体になった。アンディー・ゴールズワージーの彫刻作品か何かのようだった。私は食べ残しのツナサンドの横にその虫を置いた。ここから解放されることになれば、ローウェルはダンゴムシを置き去りにしてほしくないだろうと思ったからだ。昆虫にダブル・ボーナスポイント。こんな部屋にいたくないのは虫だって同じはずだ。

　私の作戦は、例のとっておきの話に固執することだった。祖父母とメロドラマの話、トランポリンと青い小さな家と、七面鳥みたいに縛り上げられた女の人の話——ただしそれをビッグワードを駆使して話すのだ。擬態（ミメーシス）、物語世界（ディエジェーシス）、作中作（ハイポディエジェーシス）——語るだけではなくて、解説もしよう。詳しく分析してやろう。それを、訊かれた質問に今にも答えそうな語り口でやるのだ。ここからリアルな話になるぞ、ついに本筋が出てくるぞ、と思わせるように。私の作戦は、悪意に満ちた服従だった。

じつは私はそれを何度も見てきた。十代のローウェルはジェダイ・マスターだったからだ。

ところがあの取調官は二度と現れなかった。パッ！と悪魔のようにかき消えてしまった。

かわりに、お尻の大きい、やる気のなさそうな女の人が、もう帰っていいと言いにきた。こんな仕事を頼まれるのは根っからの悪人ではないはずだ。私はその人の後について廊下を歩き、夜の戸外に出た。頭上にサクラメント空港に向かって飛んでいく飛行機のライトが見えた。膝をついて、手の中で丸まっていたダンゴムシを草の上に置いてやった。結局八時間近くも取調室にいたわけだ。

キミーとトッドとトッドのお母さんが、外で私を待っていた。ローウェルは逮捕されていないと教えてくれたのもこの三人だった。

逮捕されたのはべつの人だった。

その前の晩、私が学期の終了を祝ってはやばやとベッドに入っているあいだに、エズラ・メッツガーはUCデイヴィスの霊長類センターに押し入ろうとしていた。その場で逮捕されたとき、錠のピッキングやワイヤーの切断、電気信号のルート変更などに使用するさまざまな道具を、手に持つ以外に腰のベルトからもぶらさげていたらしい。彼は逮捕される前に八つのケージのドアを開けることに成功した。新聞は匿名の大学職員たちの話として、サルたちはこの乱入事件で深刻な精神的ショックを受けたと伝えている。ある匿名の職員によると、サルたちは恐怖で金切り声を上げ、鎮静剤を使用しなければならなかったという。このニュースでもっとも悲しかったのは、ほとんどのサルがケージから出ることを拒否した事実だった。

女性共犯者は現在も逃走中だ。女性がエズラの車に乗っていってしまわなければ、彼も逃げられたかもしれない。

いや、それはないだろう。最後の憶測は辛辣に過ぎた。


一九九六年といえば、カリフォルニア大学デイヴィス校が、動物モデルを利用した感染症研究を一か所に集約するために、医学部と獣医学部の掛け橋となる比較医学センターを設立してまもないころだ。霊長類センターはその中の主要部分を占めていた。ここでは設立当初から疾病対策が研究されていた。具体的には、腺ペスト、エイズ、クールー、その他サルからヒトに感染するマールブルグ・ウイルスのような動物原性感染症である。ソビエトの研究所員をマールブルグ・ウイルスに感染させた二件の事故は、まだ比較的記憶に新しかった。エボラ出血熱を扱ったリチャード・プレストンのノンフィクション・ベストセラー『ホット・ゾーン』が話題を集めていた。

こうしたことはすべて、新聞ではいっさい報道されなかった。エズラの事件は単なる悪戯のレベルではなく、彼自身が関知しないようなものまで解き放ってしまいかねなかったことが、公判前手続きで地味に指摘されただけだった。

七年後の二〇〇三年、厳重な管理体制下でサルを炭疽菌や天然痘、エボラ熱等に感染させ、対生物兵器防御研究を進めようという大学側の目論見は、一頭のアカゲザルがケージの清掃中に行方不明になるという事件で水泡に帰した。逃走したサルは結局見つからなかった。まんまと脱走を遂げたのだ。

現在デイヴィスの霊長類センターは、エイズ、アルツハイマー病、自閉症、パーキンソン病の解明と治療に目覚ましい成果をあげている。これらの課題がたやすく解決すると考える人はいないだろう。

私が刑務所に入らずにすんだ四つの理由。

「理由その一」は、トッドとキミーが前夜の私のアリバイを証明できたことだ。ローズマリーは早々に寝てしまったが、自分たちは学期終了を祝って夜どおし名作映画を観ながらクリスマス気分を盛り上げていたと警察に話してくれたのだ。ふたりが借りてきたのは『サイコ』『ナイト・オブ・ザ・リビングデッド』『ウィッカーマン』『キャリー』『三十四丁目の奇跡』で、この順番に観た。たまに台所に行ってポップコーンを作る以外はずっとリビングルームのカウチにすわっていたから、ふたりに気づかれずに私がアパートを出ることは不可能だった。彼女がスパイダーマンだったらべつですけどね、とキミーは警察に言ったそうだ。

「ぼくはターザンと言ったんだけど、たしかにスパイダーマンのほうがいいな」トッドが言った。

私がファーンだったらべつだけど、と私は思ったが、口には出さなかった。今ごろはもうみんなにファーンのことが知れわたっているのだろうと思っていた。でもそれは間違った思い込みに基づく憶測だった。警察の口の堅さを見くびっていたのだ。

じつのところ、「理由その一」の効果は小さかったのではないかと思う。私とローウェルの関係を知った以上は、警察は私がその共犯者だと確信したに違いない。そしておそらく私たち全員が同じテロリスト細胞に属していると考えただろう。仲間がカバーしあうのは当然だ。そもそも警察は以前からうちのアパートに目をつけていた。三階に危険分子が住んでいたからだ。

「理由その二」はトッドのお母さんだった。間抜けな警官が、トッドの話を聞く前に母親に電話をかけることを許可してしまったのだ。トッドのお母さんはサンフランシスコの著名な人権派弁護士だった。このことはもっと前に書いておくべきだったかもしれない。あの愛らしさには欠けるものの、ウィリアム・クンスラーを思い描いていただけばよいだろう。小柄な日系二世の女性版ウィリアム・クンスラーといったところだ。彼女はヘリコプターで到着すると、トッドとキミーを拘束することについての警告を気前よく私にまで拡大してくれた。私がようやく外に出てきたとき、彼女はレンタカーの高級車で全員を食事に連れ出そうと待ちかまえていた。

「理由その三」はハーロウだ。もちろん行方不明なのだからハーロウ本人のはずはないが、トッドとキミーが、警察が追っている女はハーロウ・フィールディングに違いないと話したのである。警察がレグに会いにいったところ、自分は何も知らないし、見ていないし、聞いてもいないが、アホな男を色仕掛けで身代わりに刑務所に送り込むなんて、いかにもハーロウらしいと答えた。

レグはまた、ローズマリー・クックはそんなことをしそうなタイプではないとも言ったらしい。ありがたい話だが、たぶん本気でそう思ったのだろう。レグはファーンが私の身代わりに檻の中に送り込まれたことを知らない。

エズラもまた警察に、女はハーロウだと話した。今度はいったい何の映画に出演しているつもりだろうと私は思った。『暴力脱獄』？『ショーシャンクの空に』？『アーネスト・ゴーズ・トゥ・ジェイル』？よくもそうあっさりとハーロウを見捨てたものだと呆れたが、あとでトッドに指摘されるまで、私を助けるためだったとは思いつきもしなかった。エズラがハーロウより私のほうが好きだったわけではない。断じてそんなはずはない。でも彼は名誉を重んじる男だった。私が犯してもいない罪で逮捕されるのを阻止できるなら、しないはずがなかった。

「理由その四」は、警察が私の「宗教と暴力」の期末試験の答案を読んでいなかったことだ。

トッドのお母さんは私たちを夕食に連れていってくれたが、デイヴィスには彼女好みの高級店がないので、石畳の道に板張りの歩道があるサクラメントのオールドタウンまで行った。ザ・ファイアーハウスというレストランで、トッドのお母さんは危機一髪の脱出を祝ってロブスターにしなさいよと私に勧めてくれたけれど、それには生きたのを生簀から選ばなければならなかったので、注文しなかった。ロブスターをお皿に盛ったところは、巨大なダンゴムシみたいに見えたことだろう。

私は警察と町から出ない約束をしていたが、彼女からは予定どおり翌日からクリスマスの帰省をしてかまわないと言われたので、そうすることにした。

私は何度も何度も御礼を言った。「いいのよ。トッドのお友だちならだれでも」トッドのお母さんは言った。

「わかっただろ？　あんなでたらめよく言うよな」トッドはあとで言った。私は最初、私がトッドの友だちだという部分がでたらめなのかと思った。でもそうではなく、彼女はただ小さな身体に似合わぬ大きなパワーを見せつけるのが好きなだけで、相手がだれかは関係ないという意味だった。たしかに母親がそんな性格だと困ることもあるかもしれないが、今回は悪くなかったような気がした。親については文句を言っていいときと感謝しなければならないときがあって、それを取り違えてはいけないと思った。このことはよく心に留めておこうと思ったのだが、心に留めたことのつねで、そのうち忘れてしまった。

何週間か経ってからトッドに、私たちって友だちなのかな、と訊いてみた。「ロージー！　最初からずっと友だちだろ」トッドは言った。傷ついたようだった。

黒塗りの大型車はアパートの前で私たちを降ろしたあと、トッドのお母さんを乗せたまま、星空の下を去っていった。三階ではすでにどんちゃん騒ぎが始まっていた。音楽は耳をつんざく音量で、最終的には警察が呼ばれることになった。授業のノートが細かくちぎられ窓から投げ捨てられて、紙吹雪となって宙を舞っていた。勉強机の椅子がそれに続き、歩道に積み重なってキャスターの車輪がまだ回っていた。私たちは水を入れたコンドームが降りそそぐ正面玄関から中に入った。管理の悪いアパートに住むというのはこういうことだ。これからは慣れるしかない。

私たちは自宅のテーブルを囲んですわった。愉快な馬鹿騒ぎの海に浮かぶ内省の島といったところだ。三人でトッドのサドワークのビールを飲みながら、エズラの話をしてため息をついた。ＣＩＡに入りたいと言っていたくせに、今回の（私たちが知るかぎりでは）初めての奇襲作戦で一匹のサルも救出できなかった彼のことを。彼らがファーンの話をしないので、まだ知らないのだと気づいた。でもローウェルのことは知っていて、そんな危険人物をうちのアパートでもてなしたのかとすっかり興奮していた。私についても、そんな隠された生活があったのかと感心していた。深みの奥にさらに深みのある複雑な人間と映ったらしく、想像もつかなかったと言われた。

トッドは、ローウェルがハーロウの手玉に取られたと決めつけていたことを謝った。実際は逆だったのにと。「兄さんのほうが彼女をリクルートしたんだろ。今ごろは細胞のメンバーになったんだ、きっと――」そんなふうに考えたこともなかった私は、言われたとたんに嫌な気分になった。まるでありそうにない話だ。ハーロウの失恋は本物に見えた。私はハーロウが演技しているところも、していないところも見てきた。その違いはわかる。

それから三人でもう一度『三十四丁目の奇跡』を観た。トッドとキミーの告白によると、これとほかに何本かの映画を観たときは、ほとんど寝ていたのだそうだ。だから私はふたりに気づかれることなく何度でも部屋を出入りできたはずだった。

『三十四丁目の奇跡』はとても弁護士びいきの映画だ。そのかわり心理学者には冷たい。

ローウェルが直接そそのかしたわけではないにしても、ハーロウがあんなことをしたのはやはりローウェルのせいだった。私たちは付き合うには危険な家族なのだ。トッドが考えているような危なさではないけれど。ハーロウはローウェルを捜そうとして、唯一わかるルートをたどった。ローウェルが残していったパン屑のあとを。はたして成功したのだろうか？　彼女のことだから、したような気がする。ハーロウは、本来ならローウェルのタイプではない。ふりをしたがっているだけだ。本気でローウェルが欲しいなら、ホンモノにならなければならない。演劇専攻はなし、ねえみんな私を見て！みたいな態度もなしだ。でも私は、ハーロウならやりとげたのではないかと思う。あのふたりは案外お似合いなのかもしれない。

その晩遅くに寝室のドアを開けたとき、ふとハーロウのバニラコロンの残り香を感じた。私はまっすぐパウダーブルーのスーツケースのところに行った。案の定、マダム・ドファルジュがいなくなっていた。

第六章

自分には二つの道があることを知りました。動物園へ行くか、それとも演芸館の舞台でお目見えするか。わたしは即座に演芸館めざして全力をつくすべく自分に固く言いきかせました。動物園はもう一つの檻にすぎず、そこに入れば、お先まっ暗というものです。

フランツ・カフカ「ある学会報告」

1

ファーンがいなくなってから何年かの間、クリスマスに家族旅行に出かけるのが習慣になった。ヨセミテには二回行き、プエルトバジャルタに一回行った。バンクーバーにも行った。一度ははるばるロンドンまで旅行して、私は生まれてはじめてキッパーを食べた。ローマに行ったときは、両親がコロッセウムの外にいた物売りから小さな少女のカメオを買ってくれた。ほらお嬢さんそっくりですよ、どちらもベリッシマ（すごくきれい）でと言われたからだ。帰国後に、インディアナ大学でドイツ文学を教えていたドクター・レーマクが隠れた才能を発揮してカメオを指輪に仕立ててくれたので、私はその指輪をはめるたびにベリッシマな気分になった。

うちの家族は信心深いほうではなかったので、クリスマスにたいして宗教的な意味はなかった。ローウェルがいなくなってからは、ほぼ完全に祝うのをやめてしまった。

一九九六年の厳寒の年末にようやくブルーミントンに帰省したとき、この季節を思わせるものはクリスマスツリーの形に刈り込まれたローズマリーの鉢植だけだった。鉢は家に入ってすぐのテーブルに置かれ、玄関に香りを漂わせていた。ドアの外にリースはなかった。ローズマリーにも飾りひとつついていなかった。両親にローウェルのことを話すのは、クリスマスが終わってからにしようと決めていた。家に華やいだ雰囲気がまったく見られないことが、クリスマスという日のあやうさと、母の不安定な精神状態を物語っていた。

この年は雪がなかった。二十五日の午後はクック家の祖父母とのクリスマスの晩餐のため、車でインディアナポリスに向かった。いつもどおりのべちゃべちゃした料理だった。マッシュポテトは水っぽく、インゲンは茹ですぎだった。どの皿にも正体不明のものが積みあげられて、ブラウン・グレイビーの池に浸かっていた。父は浴びるほど酒を飲んだ。

たしかこの年の父は、インディアナポリス・コルツのキッカーがAP通信によるアメリカンフットボールのオールプロ・チームに選ばれたのを祝して乾杯していたと思う。この投票ではインディアナポリスは無視されるのが通例だったのだ。父はジョーお祖父ちゃんを祝杯に巻き込もうとしていたが、祖父は食卓でしゃべっている最中に、魔法でもかけられたみたいに眠り込んでしまった。思えばこれがアルツハイマーの初期症状だったのだけれど、当時はそんなこととは知らず、みんなで愛情をこめて笑いあったものだった。

私は生理が近づいていて下腹部に鈍痛があった。それを口実に横になりたいと言って、ファーンがいなくなった夏に私が寝かされていた部屋に行った。もちろん露骨に生理痛だとは言わずにいかにも中西部的な婉曲語法を使ったので、ジョーお祖父ちゃんにはさっぱり理解できず、フレデリカお祖母ちゃんが耳打ちしてあげなければならなかった。

壁にはまだ昔と同じハーレクインの版画が掛かっていたが、ベッドは新しいロートアイアン製のフレームになり、ねじれた鉄細工の支柱がヘッドボードへとつながってツタのような葉がついていた。フレデリカお祖母ちゃんの趣味は、似非アジア風から真正ナチュラル・テイストへと劇的な変化を遂げていたのだ。

ここはむかし私が、自分はしゃべる言葉が口からヒキガエルやヘビになって出てくる『ほうせきひめ』の姉むすめのほうで、家から追い出されてひとりみじめに死んでいくのだと思いながら何週間かを過ごした部屋だった。きっとローウェルが私のことをとんでもない嘘つきだと言いふらし、嘘をついたことのないローウェルが言うことだからみんな信じたに違いないと思いながら過ごした部屋だった。いまごろ生きる喜びを謳歌しているはずのファーンとは反対に、私が絶望にうちひしがれていた部屋だった。

ファーンと子猫の話はなんともいまわしい。もし私がでっちあげたのだとしたら、たしかに赦しがたい。

私はそんなことをしたのだろうか?

ベッドランプを消し、窓側を向いて横になった。向かいの家の庇からつららのように下がったクリスマスライトが、青白い光を投げかけている。新入生寮でいっしょだったアビーを思い出した。姉が父親から性的虐待を受けたと訴え、その後やっぱりあれは夢だったと撤回したという話だ。「頭のおかしい姉貴がひとりで何もかもぶち壊すんだから」と彼女は言った。「本気で嫌いになる」と。

そしてローウェルも言った。「だれかにしゃべったらおまえを一生憎んでやる」

新入生寮で夜あの話を聞いたときは、もっともだと思ったものだ。そんなひどい嘘をついたお姉さんを憎悪するのは当然だと思った。

同じように五歳の私をローウェルが憎んだのも当然だった。だれにも言わないと約束しておきながら約束を破ったのだから。ちゃんと警告もされていたのに。

ベッドカバーの上に私たちの冬物コートが積み重ねてある。そこから母のパーカを引っぱり出して足にかけた。私が小さいころ、母はフロリダ・ウォーターという名のオードトワレをスプレーしていた。いま使っている香水は、両親が住んでいるモデルハウスみたいな家と同様、私には全然なじみのないものだ。でもこの部屋の匂いは昔からまるっきり同じだった——私が五歳のころとまったく変わらない、しけたクッキーの匂いだった。

記憶を呼び覚ますには、その記憶が刻まれた場所にもどるのが最善の方法だと、以前は信じられていた。わかっているつもりのことは何でもそうだけれど、この説ももう確実とはいえなくなっている。しかしいまは一九九六年の話だ。私は五歳にもどったつもりになって、流刑生活の一日の終わりにこの部屋のこのベッドに横になった自分の、頭の中に踏み込んでみようとしている。

最初に浮かんできたのが、約束を守らなかった疚しさだ。第二がローウェルの愛を永久に失った悲しみ。第三が家を追われた絶望だった。

さらなる疚しさ。私は抗議の声を上げる母猫から子猫を取りあげ、ファーンに渡してしまった。しかももっと悪いことに、ファーンのしたことを言いつけるときはその部分を隠して、ファーンがひとりでやったようにみせかけた。私とファーンは何をするときもいっしょで、叱られるのもふたり一組だった。ひとりで逃げるのは名誉にかかわる問題だった。

でも、そのときの私はすっかり頭に来ていた。私にも落ち度はあったとはいえ、猫を殺したのは私ではない。ファーンひとりでやったことだ。私の話を信じてくれないのも、私だけが罰を受けるのも、不公平すぎる。子どもはチンパンジーに負けず劣らず不公平なことに敏感だ。自分が被害をこうむるときはとくに。

私は真実をすべて話したわけではなかったかもしれない。でももし嘘をついていたら、これほど強烈な不満を抱くことはなかっただろう。

母のコートを足に巻いてベッドに寝そべり、食器を片づける音やスポーツの話、毎年この季節に繰り返される、フレデリカお祖母ちゃんと母がタッグを組んで父の飲酒癖を責める声、テレビから流れる、若くて細身だったフランク・シナトラが歌うクリスマス・キャロルの再放送を聞くともなく聞きながら、私は当時のいわしい記憶をもう一度検証してみた。どこかに欠けたところはないか考えてみた。自分を見つめている自分を観察してみた。そのとき驚くべきことが起こった。自分という人間がはっきりと理解できたのだ。

私の頭の中には、明確に的を絞った数学的証明のようにクリアーで、記憶というもののコンセプトが覆されるほど鮮明な、例の隠蔽記憶があるにもかかわらず、また人間の行動を決めるのに性格はほとんど関係しないという研究結果が出ているにもかかわらず、さらには読者にはおそらく私が見知らぬ人形遣いの手の内の操り人形のように見えているであろうにもかかわらず、それでも私は、あの子猫の話が偽りでないことがわかった。私という人間、私がずっとそうであった人間は、絶対にそういう作り話はしないと確信できたからだ。

私はそこで眠りに落ちた。むかし父と母は私をそっと抱きあげて車に乗せ、ブルーミントンまで連れ帰って、一度も起こさずに部屋に寝かせてくれたものだ。クリスマスの奇跡みたいに、翌朝目を開くと私は家にいて、ローウェルとファーンもいっしょだった。

私はその夜のうちに両親にローウェルの話をするつもりでいた。つらい自分探しを経験したあとで話したい気分になっていたし、長時間のドライブはちょうど教会の告解室のようで——告解などしたことがないからあくまでも想像だが——話しにくいことを話すのにぴったりだと思ったからだ。ところが父はすっかり酔っぱらっていて、シートを倒して寝てしまった。

翌日は、理由は忘れてしまったが話すには不都合な日になった。たぶん母の調子が悪かったのだろう。その後私の成績表が届くと、話題をそらすには好都合だとは思ったものの、さすがに気が咎めた。というわけでやっと話を切り出したのは、休暇もあと三日ほどになってからだった。私たちは朝食のテーブルについていて、庭のデッキを見渡すフレンチドア越しに太陽が燦々と降りそそいでいた。庭の奥に繁る木々が日よけになって、部屋の中まで陽が差し込むことはめったになかった。私たちはこの貴重な機会を楽しむことにしていた。目にとまる生きものといえば、餌台に行儀よく群らがったスズメだけだった。

読者はローウェルの訪問のいきさつをご存じだから、繰り返すかわりに私が省略した部分だけを挙げておこう。ハーロウ、エズラ、UC霊長類センター、二度の警察行き、ドラッグ、泥酔、器物損壊。どれも父と母には興味がないはずだというのが、私の判断だった。私は話を真ん中から始めて、真ん中で打ち切った。ほとんどがベイカーズ・スクエアで語りあいながらパイを食べた、長い夜の話になった。

この部分では、私のレポートは詳細だった。ローウェルの精神状態への危惧も、ローウェルが父の研究や人間の仲間の動物に対する残虐な扱いを批判したことも、包み隠さず話した。父の衝撃は大きかった。ファーンの話になると、じつは過去も現在もファームに送られたことなどなく、うちを出て以来ずっと檻の中でみじめに暮らしているという事実に触れないわけにはいかなかった。正確にどんな言葉づかいをしたかは憶えていない。でも父は私がそのことばかり蒸し返すと非難した。「おまえはまだ五歳だったんだぞ。五歳の子にいったいどんな説明をしてやれたと思う？」まるで父の最大の罪は、私に嘘をついたことだとでもいわんばかりに。

ローウェルが本当は大学に行きたかったという話が、両親にはいちばんこたえたようだ。家に帰ってきたかったという話は考えるのもつら過ぎると思ったので、同じ日の二度目の会話のときまで持ち出さずにおいた。テーブルを囲んで三人で涙にくれた。母はナプキン代わりに使ったペーパータオルをちぎりながら、大きめの切れ端で目や鼻を拭っていた。

驚いたのは、私のほうも驚かされる話が出てきたことだ。新情報を提供するのはこちらだけだと思っていたのに。何より衝撃だったのは、うちでファーンの話ができなかったのは私のせいだ、ファーンの話題に耐えられなかったのは私だと両親が言い出したことだった。ファーンの名前が出ると私はすぐに過呼吸を起こし、血が出るまで皮膚を掻きむしったり、髪を引き抜いたりしたのだそうだ。この点で父と母は完全に一致していた。長いあいだに何度もファーンのことを話そうとしたけれど、私がことごとく拒絶したのだと。

ローウェルが夕食の席でファーンはトウモロコシが大好きだったねと言い出し、母がまだファーンの話に耐えられないのを見て家を飛び出していった日のこと——両親が記憶しているその日の夕食は、私とは違っていた。ふたりとも、わっと泣き出してもうやめてと叫んだのは私だと言った。あたしは胸が痛くなるのと言って、あとは意味不明のことをヒステリックにわめき出したので、みんな口をつぐんでしまい、ローウェルが家を出ていったのだという。

両親には断言されたものの、それは私のさまざまな記憶とまるで矛盾する。ここでは父と母の主張を実際に起ったこと（レス・イプサ・ロキタ）として書いてはおくけれども、けっして納得したわけではない。

私がヒステリーを起こしたと言っておきながら、両親はファーンの運命をめぐる私の罪悪感の深さに驚いたらしかった。いくら気懸りではあっても、動物を殺したからといってわが子を捨てる親はいない。ファーンがよそへやられたのは子猫のせいではなかった。ローウェルが言ったとおりファーンは問題児扱いされて、小さなかよわい生きものにはさわらせない手だてが取られ、そこで一件落着になっただろう。

だが実際はほかにもいろいろな事件があったのだ。両親は私も絶対に目撃しているはずだと言ったが、私にはまったく記憶がなかった。まずヴィヴィ叔母が、ファーンが私のいとこピーターのベビーカーにかがみ込んで赤ん坊の耳をすっぽり口にくわえていたと騒ぎ立てた。叔母はこのけだものがいるかぎり二度とこの家には来ないわと宣言し、母はすっかり落ち込んだ。父は互いにそのほうが好都合だと思ったらしいが。

大学院生のひとりは手をひどく嚙まれた。彼はそのときオレンジを持っていたので、ファーンがオレンジに嚙みつくつもりだった可能性もある。だが傷はひどくて二度の手術が必要になり、大学を相手取った訴訟にまで発展した。しかもファーンはもともとその学生が嫌いだった。

ある日ファーンは大好きだった院生のエイミーを壁に突きとばした。それは何の前ぶれもなく起きたように見え、エイミーは偶然ぶつかっただけよと言い張ったけれど、ほかの学生たちはファーンがふざけたようにも不注意にも見えなかったと言っていた。ただ、そんな攻撃的な行動をとる理由はさっぱり思い当らなかった。事件を目撃したシェリーはプログラムをやめてしまったが、エイミーは残った。

ファーンはまだ幼い女の子で、気立てもよかった。それでも成長は著しく、手に負えなくなりつつあった。「これ以上本当に重大な事件が起こるまで放置するのは、無責任すぎた」と父は言った。「ファーンを含めてだれのためにもならない。ファーンが本格的に人を傷つけるようなことがあれば、大学は安楽死させざるを得なかったろう。私たちはみんなのために一番いい方法を考えたんだ。いいかね、ああするしかなかったんだよ」

「あなたのせいじゃないのよ」と母は言った。「最初からあなたのせいなんかじゃなかったの」

依然として完全に納得できる話ではなかった。帰省が終わるまでの数日間、何度も話しあっているうちに、私は自分をひとつの嘘から無罪放免にした後で、もうひとつの嘘について自分を責めるようになった。ファーンが猫を殺したと母に話したのは嘘ではなかったし、そのせいでファーンが家を出されたわけではないのだから、疾しく思う必要もないわけだ。

でも事はそこで終わらなかった。ファーンが故意に私を傷つけるかもしれないと思ったことは一度もない。それは考えもしなかった。ローウェルや両親に対する気持ちとまったく同じだった。ただ、ファーンの非情さ、死んだ子猫を見つめる冷たい目と平然と腹を指で切り裂いた行為には、心の底から衝撃を受けたのだ。だから母にはこう言うべきだった。私が言いたかったのはこういうことだった――

ファーンの中には私の知らない何かがある。

ファーンのことは全部わかっていると思ったのに、そうではなかった。

ファーンは秘密をもっていて、それは何かよくないものだ。

それなのに私はファーンが怖いと言ってしまった。その嘘が、ファーンが家を出されるきっかけになった。その瞬間私は両親に、自分とファーンのどちらかを選ぶように迫ったのだ。

2

だれの人生にも、ずっとそばにいる人、去ってゆく人、当人の意に反して連れ去られてしまう人がいる。

トッドのお母さんがエズラの弁護を引き受けてくれた。法律制度はドアを開けることを閉めるのと同じにはみなしてくれない。エズラは罪状を認め、ヴァレーホの軽警備刑務所で八か月の刑を言いわたされた。トッドのお母さんによると、態度がよければ五か月で出られるだろうという。エズラはこれで大切にしていた職を失った。ＣＩＡに入るチャンスも失った（いや、じつは逆かもしれない。わかるものか。この前科こそ向こうの期待通りの付加価値になるのかもしれない）。その後私が出会ったアパート管理人の中に、エズラほど誠心誠意仕事に打ち込む人はいなかった。「いい人生を送るコツは、何をやるときもＡゲーム（ベストをつくす）でいくことさ」と彼は私に言ったことがある。「たとえゴミ出しだけにしたって、最高のやりかたってのがあるんだ」

私は面会日に会いにいってみた。クリスマス後だったから、刑務所暮らしも一か月ほどたったころだ。オレンジ色のジャンプスーツを着たエズラが連れてこられ、状況が違えばピクニックテーブルと呼べるかもしれない机をはさんで向かい合った。私たちは接触してはいけないと念を押されてから、二人で残された。エズラは口ひげがなくなり、唇の上が毛をむしられたように生々しくてバンドエイドみたいに見えた。顔全体が裸になったようで、歯が大きくてウサギっぽかった。意気消沈しているのは明らかだった。私は調子はどう、と訊いた。

「もう以前みたいなおフザケじゃすまねえんだよ」彼が言ったのでほっとした。やっぱりエズラだ。相変わらずの『パルプ・フィクション』だ。

彼はハーロウから連絡があったかと訊いた。

「ご両親がフレズノから捜しにみえたけど、残念ながら無駄足だった。だれも見た人がいないの」

私がローウェルに、ハーロウは家族の話をしたことがないと言ってからしばらくして、彼女はつぎのような家族情報を出してきた。弟が三人に姉が二人。厳密にいうとすべて異父きょうだい。

ハーロウによると母親は、妊娠しているのが好きだが恋人との関係は続かないという、よくあるタイプだった。ヒッピー娘、大地母神。姉弟はすべて父親が違うのだが、全員が母親といっしょに町はずれの傾きかけた家に住んでいた。最後の二人が生まれる前に場所が足りなくなってしまったので、父親たちが地下にウサギ小屋のような寝室をたくさん作り、子どもたちはそこでほぼだれの監視を受けることもなく、ピーターパンのような暮らしをしていた。ハーロウは実父にはもう何年も会っていなかったが、父はグラスヴァレーで小さな劇団をやっており、卒業後は彼女に問題なく仕事をくれるはずだった。それがあたしの最後の切り札ってわけ、と彼女は言った。

ハーロウの地下室とむかし私が夢見たツリーハウスには似たところがあると思ったが、ハーロウのネバーネバーランドに行くには階段を降りなければならなかった（これはかなり重要な違いだ——最新の研究によると、たったいま階段を上がってきた人は思いやりのある態度をとり、降りたばかりの人は寛容さに欠けるという——この種の研究が壮大なゴミの山であれば話はべつだが。つまりこれも科学、あれも科学というわけだ。ヒトを対象とした研究は似非科学であることが多い）。

地下室とツリーハウスにはもうひとつ共通点があった。どちらも実在しなかったのだ。

じつはハーロウはひとりっ子だった。犬がいるからだ。父親はＰＧ＆Ｅのガスメーター検針員で、これは華やかさはないが驚くほど危険な職業だった。母親は市立図書館に勤めていた。私が世界の支配者になったら、図書館司書だけは悲劇に合わないようにするだろう。たとえ少々悲しいことがあっても、利用者が本を取り出すまでの時間しか続かないようにすると思う。

ハーロウの両親はふたりとも背が高いのに猫背で、たったいまパンチを食らったようにまったく同じ曲線で上半身が曲がっていた。母親はハーロウと同じ色の髪をしていたが、所帯じみたショート・カットだった。首にシルクのスカーフを巻き、その下には銀の長いチェーンに古代エジプトのカルトゥーシュのペンダントを下げていた。私にはヒエログリフの鳥だけ判読できた。警察に出向き、私とレグにも会うために、入念に服装を整えたのだろうなと思った。わが子について胸の張り裂けそうな話を聞くために、クローゼットの前で服を選んでいる姿が目にうかんだ。ハーロウのお母さんは私の母を思い出させた。傷心以外には何ひとつ共通点のないふたりではあったけれど。

ハーロウの両親は、娘が誘拐されてひどい目にあっているのではないかと恐れていた。親が心配していることを知りながら電話一本してこないなんて、あの子らしくないからだ。両親はふたりとも吹きガラスのように儚げで、ハーロウが死んでしまったのではないかと怯えていた。そしてその心配を口には出さずに私に察してもらいたがっていた。ふたりはエズラがもっとずっと大きな悪事を隠蔽するために霊長類研襲撃事件を企んで、ハーロウに罪をなすりつけたのではないかと匂わせた。あの子がクリスマスに帰ってこないはずがありません、と彼らは言った。暖炉にはまだ靴下がかけてあります。どんな姿になってもあの子が帰ってくるまではそのままにしておくつもりです。

ふたりはこの話のために私を外へ連れ出すと言い張ったので、私たちはミシカに行き、コーヒーを飲んだ。冬学期が始まったばかりの静かな日で店にはほかに客もなく、コーヒー豆を挽く音が響くだけだった。

というか、私はコーヒーを飲んだ。ふたりのコーヒーは手つかずのまま刻々と冷めつつあった。

私はふたりに、ハーロウが生きていることは間違いありませんと告げた。現に例の事件のあと、私のアパートに忘れ物を取りにきている。姿こそ見ていないけど、証拠があるんです、確かな証拠を残していきました、とだけ言っておいた。ハーロウのお母さんが、あえぎとも悲鳴ともつかない音を立てた──無意識に出た声だが、大きくて甲高かった。それからわっと泣き出して私の手をつかんだはずみに、ふたりのコーヒーカップをひっくり返してしまった。

コーヒーを大半浴びたのはお母さんだった。素敵なブラウスはおそらく救済不能だったと思う。「しかしまさかあの子にかぎって──」私たちがコーヒーの後始末をしているあいだ、お父さんは何度も繰り返した。「どこかへ押し入るだの、人様のものを盗むだの」──サルのことだな、と私は思った。マダム・ドファルジュの件は話してなかったからだ──「あれが自分のでもない物を勝手に取るなんて」

これが同じ人間の話だろうかと私は思った。何もかも、およそハーロウらしくなかった。

要するに実の親ほど騙しやすい相手はいないのだ。親は自分が見たいものしか見ない。私はエズラにすこしだけこの話をしてみた。でもすっかり落ち込んでいて興味を示さなかった。我ながら驚いたことに、エズラに触れたいという欲求──いままで一度も感じたことはなかったし、禁じられたのでさわりたくなっただけだと思う──が抑えきれないほどの強さで襲ってきた。腕を撫でて髪をいじり、元気にしてあげたくてたまらなくなった。私は自分の手の上にすわった。
「サルを逃がしたらどこへ行くと思ったの?」私は訊いた。
「サルのことなんか知るかよ」彼は言った。

3

デイヴィス駅でローウェルにさよならを言った瞬間から、これ以上残って大学生活を引き延ばしている理由はなくなってしまった。私には面倒を見なければならない双子の姉がいる。いよいよ本気を出すときだ。

例のファーンのレポートの一回目が届くのを心待ちにしていたのだが、結局来ずじまいだった。ローウェルが手配したつもりでいたことが伝わっていなかったらしい。その間に私は世のモンキーガールたちに関連した本を図書館で借りては読みまくった――ジェイン・グドール（チンパンジー）、ダイアン・フォッシー（ゴリラ）、ビルーテ・ガルディカス（オランウータン）。

卒業後はゴンベ・ストリーム国立公園に行き、日がな一日カサケラ・チンパンジーを観察して暮らそうかとも考えてみた。いまなら父の実験のせめてもの成果として、私ならではの貢献ができるのではないかと思ったのだ。それこそは私が送るべく生まれついた生き方であり、かつて夢見ながら眠りについたツリーハウスにも重なるはずだ。ついに私が私らしくいられる場所が見つかる。ジャングルのターザン。考えただけで胸が高鳴った。

がーん。そこで思い出したのが、ドクター・ソーサのレクチャーで聞いた三日に一七〇回のレイプの話だった。どこかの科学者が一頭のチンパンジーがレイプされるところをじっと観察しつづけて、実際にカウントを取ったわけだ。優秀な科学者。私は絶対なれない。

しかもこれまで細心の注意をはらって霊長類に関係する科目の履修を避けてきたせいで、このキャリアを選択するためには大学生活を一からやり直す必要があった。

それではたしてファーンのためになるだろうか？

ローウェルの昔の彼女キッチから、あなたならいい先生になれるわよと言われたのを思い出した。そのときはお世辞みたいなものだろうと思ったし、ちょっと頭がおかしい——よくあることで、女子大生になっていい加減おかしくなっている——のかなとも思った。だが片手に大学の履修案内、片手に成績表を持って何時間も検討してみた結果、これまでに取得した単位の大半が認められる最短のルートは、やはり教育学だと判明した。もちろん教員資格を取る必要はあるが、マヤ暦の最後の審判が来る前に他の専攻で卒業できる見通しはまったくなかった。


その春のある日、図書館でレグにばったり出会い、演劇学科の男女逆転版『マクベス』を観にいかないかと誘われた。ハーロウの友だちからもらったチケットが二枚あるのだといって。

私たちは夕暮れ時に演劇学科の建物の前で待ち合わせた（ここは一か月後に、名誉教授にちなんで、いみじくもセレステ・ターナー・ライト・ホールと改名された。キャンパス内で女性の名を冠した建物はここを含めて三か所しかない。デイヴィスのすべての女性より、ありがとうセレステ！）。とても気持ちのいい夜で、劇場の裏手の植物園ではアメリカハナズオウやスグリの花が満開だった。坂の下ではマガモがけだるそうに喧嘩していた。

芝居はありがちな殺伐とした代物で、ハーロウのアイデアはひとつも採用されていなかった。もったいないと思った。悪い出来ではなかったが、ハーロウが考えた演出ならもっとずっとおもしろかっただろう。ところがレグは最初の評価を変えようとせず、男にドレスを着せるほど愉快なものはないと言い張っていた。

私は、これはひどすぎるし、女性と世の異性装者(クロスドレッサー)に対する侮辱だと思って憤慨した。『マクベス』で笑いを取ろうなんて考えるバカは世界中であなたひとりよと言ってやった。

レグは愉快そうに両手を振ってみせた。「フェミニストの芝居に彼女を連れていこうなんて思いついた時点で、どんな目にあうかはわかってるさ。その晩は確実に喧嘩別れになるってこと」そして私にひょっとしたら生理前なのかと訊いた。自分ではそれもうまい冗談だと思っているみたいだった。

私たちはレグの車のほうに歩いているところだった。私はだしぬけに振り向いて言った。「あたし歩いて帰りたいの。ひとりで」。まったく嫌味な女だ。家まで半分ほどの距離を歩いたところで、ふと気づいた。「彼女を連れていこうなんて……」つまり、今夜はデートだったのだ。

翌日レグから電話があり、またデートに誘われた。レグとはその後五か月ほど続いた。四十に近づいたいま考えても、あれは私のパーソナルベストだった。レグがとても好きだったが、結局いっしょに住むことはなかった。会うといつも喧嘩になった。私は彼が期待したような心休まる相手ではなかった。

「俺たち、やっぱり無理だな」ある晩レグが言った。私のアパートの前に車を停めて、警察が立ち去るのを待っているときだった。警官は三階の住民に騒音条例違反の切符を切っていた。

「それはどうして?」私は科学的興味から訊いてみた。

「きみはすごくいい子だと思うよ。めちゃかわいいし。いちいち全部言わせるなよな」だから私はなぜ別れることになったのかを知らない。

もしかしたら彼の側の問題だったのかもしれない。それとも私の。あるいはハーロウの亡霊が現われて、血まみれの頭でうなずいてみせたのかもしれない。**去れ、恐るべき影よ、まがい物よ、去れ！**〔『マクベス』第三幕第四場より〕

こうして書くと痛ましい会話のように見えるだろうが、実際はそうでもなかった。レグのことはいまでも好意をもって思い出す。別れようと言い出したのは彼のほうではあったが、当時はきっかけを作ったのは私だと思っていた。でもその後レグが男の子とデートしていると聞いたから、私の思い上がりだったのかもしれない。

私が同じ相手とセックスを長続きさせられないという事実は、相変わらず残った。けっして努力が足りないわけではない。いちいち全部言わせないでほしい。

ローウェルなら、うちで育ったせいで性的に使いものにならなくなったのさ、と言うかもしれない。もしかしたら同じ相手とセックスを長続きさせられないのはみんな同じで、私だけではないのかもしれない。

自分だけは大丈夫と思っている人も、じつはだめなのだ。自分の障害を直視することができない「病態失認」は人類共通の症状で、私だけがその疾患を免れているのかもしれない。

母は、あなたはまだ運命の人にめぐりあっていないだけなのよ、あなたの目の中に星を見てくれる人に、と言っている。

たしかにそうだ。まだそんな男に会ったことはない。

母の目の中に星を見た男は、一九九八年に亡くなった。父はひとりで一週間の休みをとり、ウォバッシュ川にキャンプと釣りとカヤックと内観の旅に出た。二日目に入り、岩と岩の間でカヤックを操っているときに心臓発作を起こしたが、自分では悪い風邪だと思い込んでいた。なんとか家に帰りついてベッドに入ったものの、翌日二度目の発作を起こし、その晩病院で三度目を起こした。

私が到着したとき、父はまたアウトドアに出て、辺境の地で夢の山に登っていた。父に私がいることをわからせるには母と私の必死で根気強い努力を要したが、それでも本当に私を認識しているのかどうかはわからなかった。「ひどく疲れたよ」父は言った。「このリュックを持ってくれないか？　ほんのすこしの間でいいから」恥ずかしそうだった。

「いいわよ、パパ。ほら、ちゃんと受けとったからね。いつまでも持っててあげるから大丈夫」私が口にして父が理解したと思われる言葉は、これが最後になった。

こう書くと、まるで映画の感動的別れのシーンのように聞こえるかもしれない――クリーンでクラシックで、深遠にして重厚な一場面。だがじつをいうと父はあと一日生きながらえた。それはおよそ見よいものではなかった。血、便、粘液、呻き声に、何時間にもわたる苦しげなあえぎ。医者と看護師が忙しく出入りし、母と私は病室に入ることを許されたり追い出されたりを繰り返した。

待合室に熱帯魚の水槽があった。透明な体の中で心臓が鼓動するのが見える魚がいて、うろこがガラス色をしていたのを憶えている。水槽の内側を這う巻き貝がいて、動くたびに口が拡がったり縮んだりするのが見えた。医者が出てきたので、母が立ちあがって迎えた。「残念ながら今回は亡くなられました」と医者は言った。まるでつぎの回があるかのように。

もしこのつぎがあったら、私は父との関係をやりなおしたい。

このつぎはファーンの件について母にもそれなりの責任を取ってもらい、母が倒れるのを未然に防ぐようにするだろう。父ひとりを悪者にしたりはしない。

このつぎは私の役割をきちんと引き受けて、やりすぎも不足もないように気をつけるつもりだ。つぎはファーンの事件についてはロをつぐみ、かわりにローウェルの話をするだろう。父と母にローウェルがバスケットボールの練習をさぼったことを伝え、両親からローウェルに話して家出を思いとどまらせるだろう。

私はずっと、いつか父を赦すつもりでいた。父は多くのものを失ったけれど、娘を失ってはいないと言ってあげるつもりだった。そうしなかったのは一生悔やまれるし、愚かだったと思う。

だからこそ、父の最後の頼みには感謝している。たとえ夢の中でも、父の重荷を引き受ける機会を与えられたのは本当にありがたい。

父は亡くなったとき五十八歳だった。医者は、糖尿病と飲酒の組み合わせのせいで、父の身体は実年齢よりずっと老化が進んでいたと言った。「ストレスの多い方だったんですか？」医者に訊かれて母は訊きかえした。ストレスのない人なんています？

私たちはさらなる科学分析のために父の遺体を残し、ふたりで車に乗り込んだ。「ローウェルに会いたい」母が言ってハンドルの上に突っ伏した。泣きあえぎすぎて、このまま息が止まって父のあとを追うのではないかと思うほどだった。

私たちは席を代わり、私が運転した。何度か曲がったところでふと、空間ばかり多い石の家ではなく、大学のそばの私が育ったソルトボックスハウスに向かっていることに気づいた。知らないうちに家に帰ってしまうところだった。

ニューヨーク・タイムズには、敬意のこもった長い死亡記事が載った。父が読んだら喜んだことだろう。もちろんファーンのことも出ていたが、あくまでも研究対象としてで遺族ではなかった。無防備な状態でファーンの名前を見せられ、私は飛行機がエアポケットに入ったように激しく動揺した。モンキーガールはいまだに露出を怖れている。しかも今回は国際的な漏洩になりそうだった。

もっともこのころには私はスタンフォードに転学していて、周囲にろくに知り合いもいなかった。だからだれからも何も言われずにすんだ。

記事が出てからまもなくして、フロリダ州タンパの、急勾配の屋根とピューター色の窓で知られる四十二階建てのリージェンズ・ビルディングの写真の絵葉書を受け取った。「今日はたくさんアメリカ見たね」と書いてあり、母と私に宛てられていた。署名はなかった。

4

一九九六年に話をもどそう。私がクリスマス休暇で帰省した直後に、航空会社がスーツケースを届けてきた。休みになってもなかなか帰ろうとしないトッドが部屋にいて、ＩＤを見せて受け取っておいてくれた。「取引成立。正真正銘のきみのスーツケース。ひとめでわかるよ」トッドはもうひとつのスーツケースを返却した。まさか留守中にこんなことになるとは思ってもみなかったので、私はあわてふためいた。

もちろん、私がインディアナに出かけたあとでハーロウがいつものように部屋に忍び込み、マダム・ドファルジェをパウダーブルーの石棺に納めていったということがありえないわけではない。「ありえないわけではない」は「あるわけない」と同レベルだが。

本当に申し訳ないことをしてしまった。あれは高価で貴重なアンティークにちがいない。スーツケースを返す前にお詫びのメモを入れておくつもりだったのに。かわりにここに書いておくことにしよう。

ジョギング好きの人形遣い様へ

私がマダム・ドファルジュを盗んだわけではありませんが、私の手元にある間に消えてしまったのは事実です。大変申し訳ありません。さぞ大切にしていらしたこととお察しいたします。

お伝えできる唯一の慰めとしまして、彼女は現在、本来の性格にふさわしい、報復に次ぐ報復の生活を送っていることと存じます。つまり政治活動家にして正義の執行者の地位に返り咲いたのです。

私はいまでも、いつの日か彼女を無傷のままご自宅に送り届けたいと切に願っております。イーベイに出品されていないか、月に一度はチェックするつもりです。

心よりお詫びをこめて
ローズマリー・クック

私の膨らんだスーツケースからは、紛失したものはなかった。青いセーターも寝室用スリッパもパジャマも下着もあった。母の日記もあったが、最後に見たときのようにぱりっとはしていなかった――長旅で角が擦れ、表紙がずれて、クリスマスのリボンもよじれていた。すべてのものがどことなく押しつぶされていたが、本質的には無事だった。

私はすぐに日記を開いてはみなかった。帰省で疲れ果てたうえに、この何週間かファーンについてさんざん話したり考えたりして、神経がひりひりすり減っていたからだ。しばらくはクローゼットの上の棚に入れて、ミラーつきの引き戸を開くたびに見なくてすむように、ぐっと奥へ押し込んでおくことにした。

そしてその決断をしたあとで、一冊目だけをぱらぱらめくってみた。

私がこの世に生まれて数時間後に、病院で撮られたポラロイド写真があった。私はイチゴみたいに真っ赤で、子宮で水に漬かっていたせいでてかてか光り、細めた目でうさんくさそうに世の中をうかがっている。両手を顔の前で握りしめ、いまにも喧嘩を売りそうだ。写真の下に詩が書かれていた。

ねえ、ねえ、
こんなに丸い大きなお顔だよ
この牡丹は！

さらに二冊目のノートを開いてみた。ファーンにも写真と詩——すくなくとも詩の一部が与えられている。写真はファーンがファームハウスにやってきた最初の日に撮られたものだった。生後三か月になるところで、だれかの腕にワカメみたいに巻きついている。母の腕にちがいない。ざっくりした布の緑のシャツは、ほかの写真で見た覚えがあった。
ファーンの頭の毛は頬ひげと同じように立っている。そして毛のない顔から不満げな怒りの光輪みたいに突き出している。腕は小枝のようで、おでこがへこみ、大きなびっくり眼をみはっている。

クイーンさえも動かす物腰——
半分は子ども——半分はヒロイン——

母の日記は科学的な記録ではない。グラフや数字や計測結果も多少織り込まれてはいるが、私が想像していたような無味乾燥な観察日誌ではない。
どうやらこれは、私たちの育児日記のようだった。

5

私は物語の真ん中を語った。始まりの終わりと終わりの始まりも語った。うまくいけば、残りのふたつの部分にはかなり重複しているところがあるはずだ。

昨秋、母と私は何週間もかけて母の日記をいっしょに読みなおし、出版する準備をした。六十代後半になった現在、母はオーバーオールにはまっている——「二〇〇一年以来一度もウエストを見てないわ」というのがお気に入りの台詞だが、じつは年とともに痩せてきて、いまや腕はロープのよう、脚は骨のようだ。いまでも魅力的な女性だけれど、顔の下に頭蓋骨の形が見えるようになった。古い写真は、私たちが壊してしまう前の母がどれほど幸福だったかを思い出させる。

「あなたは見たこともないほどかわいい赤ちゃんだったのよ」母は言った。ポラロイド写真にそれを裏づける証拠はない。「アプガー指数は満点の一〇でね」日記によれば出産にかかった時間は六時間だった。三二三二グラム、四八・三センチメートル。大きさに不足はない。

はじめてのおすわりは五か月だった。背中を編み針みたいにぴんと伸ばしてすわっている写真がある。ファーンは私によりかかり、おなかに両腕をまわしている。あくびをする直前か直後のように見える。

五か月のファーンは拳と縮めた足とを使って、もうはいはいしていた。「だけど床がどこにあるかわからなくなっちゃうの」と母は言った。「手はいいのよ。見えてるし、どこに置けばいいかわかるから。でも足のほうは、ぐるぐる回してみたり、床を探して上にあげたり、横に突き出したり。どうしても下に行かないの。あれはかわいかった」

私は十か月で歩き出した。十か月のファーンは、階段の手すりにぶらさがってひとりで一階まで降りられるようになっていた。「ほかの子と比べると、あなたは何をするのも標準よりずっと早かったのよ」母は慰めるように言った。「たぶんファーンが刺激になったんだと思うわ」

私は十か月で六・五キロになり、歯は上下二本ずつの四本生えていた。ファーンは四・六キロだった。母の表によると、ふたりとも月齢のわりに小さめだ。

私が最初に覚えた言葉は「バイバイ」だった。十一か月でしぐさができるようになり、十三か月で発話した。ファーンの最初のサインは「カップ」で、十か月だった。

私はブルーミントンの病院で生まれた。特筆することもない出産だった。ファーンはアフリカで生まれたが、一か月も経たないうちに母親が殺され、食用として売られた。

母は言った。

チンパンジーを育てることは何年も前から考えていたのよ。机上の空論みたいなものだったけど。私はいつも、母親から無理に引き離された子は育てないと言っていた。ほかに行くところのない子でなければだめだと。その時点で話は終わりだと思った。あなたを妊娠して、チンパンジーの話は出なくなったわね。

そのころファーンの話を聞いたの。知り合いの知り合いがカメルーンの市場で密猟者からチンパンジーの赤ん坊を買ったって。私たちが欲しがると思ったからって。買ったときは死にかけていたそうよ。ぼろきれみたいにぐったりして汚くて、下痢にまみれて蚤だらけだったんですって。生きるとは思えなかったけど、見捨ててはおけなかったのね。

それに、もし助かったらよほど根が丈夫なのだと証明されたことになるでしょう？　回復力があって順応性が高い。うちにぴったりじゃない？

あなたが生まれたとき、ファーンはまだ検疫所にいた。うちに何か悪いものを持ちこむことがあったら取り返しがつかないからよ。だから最初の一か月は、うちの赤ちゃんはあなただけだったの。元気でいつも機嫌のいい赤ちゃん。扱いやすくて――ほとんど泣かなかった。でも私は迷い始めていた。赤ちゃんの大変さを忘れていたの。夜も眠れないし、四六時中おっぱいを飲ませなければならないし。研究なんかやめてと言いたいところだった。でもそうしたらファーンはどうなるの？　それに私が迷うたびに、みんなが手伝うと言ってくれた。ご近所や大学院生たちがね。

ファーンが風に乗ってやってきたのは、大風の吹いた日だったの。こんなにちっぽけで、怯えきって。風でドアがバタンと閉まったものだから、連れてきた男の人の手から私に向ってぴょんと跳んできたのよ。それで決まり。

このころのファーンはものすごい力で私にしがみついていたから、おろそうとするときは指の一本一本を引きはがすしかなかった。最初の二年はファーンの手と足の指の痕で、全身に痣ができたものよ。でも野生ではそれがあたりまえで――チンパンジーの赤ちゃんは二年間は母親に抱きついて暮らすの。

ファーンは握力がとても強くて、うちに来て間もないころ私がベッドに置こうとしたら、嫌がって手をばたばたさせているうちに、うっかり両手を握りあってしまったことがあった。ハマグリみたいにがっちりはまってしまって、自分でも外せないのよ。そこで悲鳴をあげ始めたから、パパが力ずくで離してやらなきゃならなかったの。

最初の一週間はほとんど眠ってたわね。揺りかごがあったのだけど、眠ってしまってからでないと置けなかった。ファーンは膝の上でまるくなって私の腕に頭をのせたまま、喉の奥まで見えるような大きなあくびをするの。見ていると私まであくびが出たわ。そのうち目の輝きがだんだん消えていく。まぶたが下がってきて、ちょっと震えたと思うと閉じるの。

あの子はいつもぼうっとして、何にも興味がなかった。起きているときはできるだけ話しかけてみたけど、気づいてさえいないみたいだった。やっぱり健康体ではないんじゃないかと心配になったわ。それともあまり頭がよくないか、深刻なトラウマから回復しないんじゃないかと。

でもね、最初の一週間で、あの子は私の心をつかんでしまった。ほんとに小さくて、世界中でたったひとり。怯えきって悲しそうで。しかも人間の赤ちゃんと何も変わらなかった。あなたそっくりで、違うのはひどくつらい目にあっていたことだけだった。

私はパパに、あなたのように平穏に生まれ育った子とファーンのようにつらい目にあった子をどうやって比べるつもりなのと問い詰めたものよ。だけどそのころにはもう後もどりはできなくなっていた。ふたりのことを心から愛していたから。

家庭で育ったチンパンジーの本を片っ端から読んでみたわ。とくにヴィッキーについて書いたキャサリン・ヘイズの本を読んで、これならなんとかなると思ったの。本の最後にキャサリンは、ヴィッキーをずっと手元に置くつもりだと書いている。周囲からはいつかヴィッキーが攻撃的になったらどうするのかと訊かれるけれど、朝刊を開けば子どもがベッドに寝ている親を殺したという記事が出ている。だから親はみなリスクを負っているのだと言うわけ。

もちろん、ヴィッキーは完全に大人になる前に死んでしまったから、ヘイズ夫妻の実験は証明されなかった。でもパパと私も同じように考えていたのよ。ファーンは最後までうちに置いておこうって。あなたの側の研究は学校に行き始めたところで終わるけれど、ファーンの研究はずっと続けるつもりだった。いずれあなたとローウェルは大学に行って、ファーンだけが家に残る。私が承諾したのはそういう決断だったの。

何年か前にウェブでヴィッキーのお父さんの話を読んだわ。ヴィッキーがいつも言語習得実験の失敗例にあげられるのはおかしいと抗議していた。失敗して当然なのに。彼らはヴィッキーにヒトの言葉をしゃべらせようとしたけれど、もちろんそれはチンパンジーにとって生理学的に不可能だったのよ。今ではわかっていることだけれどね。

でもミスター・ヘイズは、自分たちの研究には人々が故意に無視しようとする、非常に重要な発見があったと言っている。ヴィッキーが正常な人間の子どもと大きく違っていたのは、発話能力だけだったということよ。


「成功したことなんて、失敗したことにくらべたらたいして意味がないのよね」私は言った。

「おやおや、それは気の滅入る話だこと。私が本気でそう思ったら、いますぐ食事なんかやめて毒ニンジンのジュースをあおると思うわ」母が応じた。

この会話が交わされたのは、ある日の夕食後、テーブルで残りのワインを飲んでいるときだ。それは私たちの本の出版が決まったお祝いの特別ディナーだった。前払い金の額は予想を超えていた（とはいえ必要額には足りなかったが）。風通しのいいキッチンでキャンドルライトが揺れてまたたき、食卓にはファーンのいた日々を生き延びた上等の食器がならんでいた。母は穏やかで、それほど悲しそうではなかった。

母は言った。「いつだったか、チンパンジーを手なずけるために小型化しようとした科学者の話を読んだわ。ダックスフントやトイプードルみたいに」

私は、一九二〇年代にヒトとチンパンジーの異種間交配を試みて「ヒューマンジー」を作ろうとした、イリヤ・イワノヴィッチ・イワノフについて読んだことがあるが、そのことは言わずにおいた。チンパンジーにヒトの精子を人工授精させたのだが、もともとのアイデアは逆――ヒトの母親にチンパンジーの精子だった。そういう夢を抱くところが人間なのよ、ママ。用が済んだら私にもその毒ニンジンをまわしてちょうだい。

母は言った。

ファーンはいつも目を覚ました瞬間から完全に目覚めている子だった。風車みたいにくるくる回って、元気がはじけて。『X―メン』に登場するコロッサスの小型版みたいに家じゅうを跳びまわっていたものよ。パパがパイプオルガンの名前にひっかけて、マイティー・ホワーリッツァー（サイレント映画時代に使われた劇場用オルガンの名前「マイティー・ワーリッツァー」と「旋風」を組みあわせたもじり）と呼んでいたのを憶えている？　我が家の騒々しさと愉しさといったら、毎日がまるでマルディ・グラだった。

あなたがすこし大きくなってからは、最高のコンビになったわね。ファーンが台所の棚を開けると、あなたがお鍋やフライパンをひとつ残らず引っぱり出すの。ファーンは扉のチャイルドロックなんて一瞬で外してしまうけど、あなたのような粘り強さはなかった。ファーンが靴紐に夢中だったのを憶えてる？　知らないうちに靴紐をほどかれているものだから、みんなつまずきそうになったものよ。ほかにも、クローゼットにするすると登って、ハンガーからコートを全部あなたの上に落としたり、私のお財布からコインを出してあなたにしゃぶらせたり。引出しを開けて、あなたに待ち針や針や鋏(はさみ)やナイフを渡していたこともあった。

「私のこととか、どんな影響を受けるかとか、心配じゃなかったの？」私は訊いた。そして元気づけにワインをもう一杯注いだ。しらふで聞きたいような答えが返ってくるとは思えなかったからだ。

「したに決まってるでしょう」母は言った。「いつも心配でたまらなかったわよ。でもあなたはファーンが大好きだった。それに本当に明るくて楽しい子だったの」

「そうなの？　憶えてないけど」

「本当よ。ファーンのような姉妹をもってどうなるのかと心配はしたけど、あなたのためになるとも思ったのよ」キャンドルライトが台所に影絵を映し出している。ワインは赤。母はそれを一口すると、すこしたるみの出た顔をそむけた。「あなたには非凡な人生を送ってほしかったから」

大学院生のひとりが制作したビデオを母が見つけ出してきた。ビデオは山ほどあり、よそがみなVHSデッキを処分したあとも我が家に年代物が残してあるのはそのためだった。オープニングはファームハウスの階段のロングショット。サウンドトラックは『ジョーズ』から。私の寝室のドアがぱっと開いて悲鳴が響く。

カメラがファーンと私をとらえる。ふたりは私のビーズソファに並んでもたれている。姿勢はまったく同じで、両手を首の後ろにまわし、手のひらに頭をのせている。両膝を曲げて脚を組んでいるので、片足は床の上、片足は宙に浮いている。してやったりという満足げな顔つき。

部屋の中はめちゃくちゃだ。私たちはカルタゴの瓦礫にすわるローマ人か、アイゼンガルドのメリーとピピンかというところ。新聞はびりびりに破かれ、洋服と玩具が散乱し、食べ物が捨てられ、踏んづけられている。ベッドカバーにはピーナツバター・サンドイッチがはりつき、カーテンにはマーカーで一面に落書きしてある。満足そうな小さなふたりのまわりで、大学院生が掃除を始めている。彼らが働いているうちに、スクリーン上でカレンダーのページがひらひらと落ちてくる。

いつの日か、このビデオを本に挿入してみようと思う。でも今回はベビーブックの写真を使うことにして、「初めてリスト」から——初めての一歩、初めての歯、初めての言葉、など——ストーリーらしきものを組み立ててみた。ファーンについては、ドナお祖母ちゃんの帽子をかぶっている写真を使うことにした。ほかには足でつかんだリンゴを口にくわえているところ。そして鏡で自分の歯を見ているところだ。

どちらのノートにも、情緒観察として顔のクローズアップがたくさん入っていた。私たちはヒトの子どもとチンパンジーの子どもの感情表現を対比させられるように、写真をペアで載せることにした。私がご機嫌で歯を全部見せているところと、ファーンの上唇が歯の上にめくれ上がっているところ。私が泣くときは顔がゆがむ。額に皺が寄り、口が大きく開いて涙が頬を伝っている。ファーンが泣いている写真は、口はやはり開いているが、頭をうしろにそらし、目は閉じている。涙はない。

私のうれしい顔と、「興奮」とラベルされた顔との間に大きな差は見られない。でもファーンのは違いがわかりやすい。初めのほうでは唇が開いているが、あとのほうはすぼめている。うれしいときの額はつるりとしているが、興奮のほうは深いしわがある。

私の写真のほとんどにファーンが写り込んでいた。私がフレデリカお祖母ちゃんの腕に抱かれている写真では、ブランコをつるしている頭上の横棒からファーンがぶらさがっている。私が幼児用ブランコに乗っている写真では、ファーンが足元にいて祖母の脚にしがみついている。私が幼児用ブランコに乗っている写真に私たちがもたれかかっているところ——わが家の小動物が一堂に会した写真だ。私たちはふたりともタマラの毛に手を突っ込んでぎゅっと握っている。タマラは、みんな愛しあっているから痛くなんかないよと言うように、やさしい目でカメラを見つめている。

父とレモン湖をハイキングしている写真もあった。私はベビービョルンのキャリアに入れられ、背中を父の胸にあてて、顔はストラップで押しつぶされている。ファーンはバックパックに収まっている。父の肩越しにのぞく顔は毛も目もワイルドだ。

私たちのベビーブックに書きとめられた詩は母の筆跡だが、詩人は父のお気に入りの二人、小林一茶とエミリー・ディッキンソンである。一九九七年の冬に学生時代の寝室で、はじめて母の日記でこれらの詩を読んだとき、あれほど激しく擬人主義を排斥していた父が、わざわざローウェルの親近感検出テストで高得点をあげそうな二人を選んだことに驚いた。昆虫にボーナスポイント。

一茶

待て、そのハエを殺すな！
あんなに拝んでいるじゃないか

手と足をこすりあわせて

ディッキンソン
ミツバチ！　待っているんだ！
昨日も言っていたところさ
きみも知っている人に
もうきみが来るところだと――

カエルたちは先週帰ってきて――
すっかり落ち着いて働いているよ――
小鳥たちもおおかたもどり――
クローバーは茂って温かく――

ぼくの手紙が
十七日までには着くだろう
返事を　いやそれより、早く来ておくれ――
草々。ハエより

二〇一二年。

壬辰の年。

いうまでもないことだが、アメリカは大統領選挙の年で、テレビからはアイン・ランド礼賛の毒舌に満ちた音楽が流れている〔アイン・ランド〔一九〇五―一九八二〕はアメリカの思想家、劇作家。ランドが提唱したリバタリアニズムはこの年の共和党大統領候補ミット・ロムニーの主張に近い〕。

そしてグローバル・レベルでは――恐竜たちの黄昏。最終幕：新興哺乳類への復讐。人類が自らの愚かさによって焼かれるシーンだ。愚かさが燃料なら尽きるおそれはない。いっぽうで国内外の狂信的な殺し屋たちは、世界の終わりまでに残されたわずかな時間に、つかのまの喜びへの期待さえも踏みにじるのに忙しい。

とはいえ私個人の生活はというと、なかなかうまくいっている。とりたてて不満はない。

いま、母と私はサウスダコタ州のヴァーミリオンでふたり暮らしをしている。例の空間の多い石張りの家よりまだ小さい、何の変哲もないタウンハウスを借りて。ブルーミントンの穏やかな冬や、北カリフォルニアのさらに穏やかな冬が恋しくないことはないが、ヴァーミリオンは大学町で暮らしやすい。七年前から、私はアディソン・エレメンタリーの幼稚園で教師をしている。いまのところこれが、チンパンジーの群れと同居するのにもっとも近い暮らしだからだ。しかもキッチは正しかった。正しいというより預言者だった。私は教職に向いていた。ボディーランゲージを読み取るのが得意で、小さい子相手ならなおさらだ。子どもたちをじっと見て声を聞いていれば、どんな気持ちでいるのかがわかるし、何より重要なことに、つぎに何をしようとしているかが読めてしまう。

当時あれほど嫌われた私の幼稚園時代の行動も、教師となればまったく問題ないらしい。私たちは毎週、パパとママも知らなそうな言葉をひとつずつ覚えることにしていて、みんな夢中で取り組んでいる。先週は frugivorous（果実食性の）で、今週は verklempt（感情がこみあげた）だった。私は子どもたちにSATの準備をさせているのだ。

ちゃんと話を聞いてほしいとき、私は椅子の上に立つ。私がカーペットの上にすわると、子どもたちがみんな膝に乗ってきて、私の髪に指を突っ込む。だれかの誕生日にカップケーキが届いたときは、チンパンジーが食べ物を見つけたときの伝統的なホッホッという声で出迎える。

子どもたちはチンパンジーの正しいエチケットをひと通り学ぶことになっている。チンパンジーのおうちに行くときは、こわがらせないように、かがんで小さくならなければだめよ。そして手で「友だち」のサインを作るやりかたを教える。上の歯に上唇をかぶせる笑いかたも。クラス写真を撮るとき、私は写真屋さんに二種類の写真を頼む。一枚は家に持って帰ってパパとママに見せるもの、一枚は教室に貼るためのもの。教室の写真では、みんなチンパンジー・スマイルで笑っている。

みんなが正しいマナーをマスターしたあとは、現在は霊長類コミュニケーション・センターと改名されたウルジェヴィク研究所にフィールドトリップに出かける。一列になってビジター・ルームに入ると、防弾ガラスの壁の向こうにチンパンジーたちがいる。

ときにはチンパンジーのほうが訪問客に会いたがらないことがあって、すごい音を立ててガラスに体当たりしてくるので、枠ががたがた揺れるほどだ。そんなときはさっさと退出して、べつの日に出なおすことにしている。センターは彼らの家だ。だれを家に入れるか選ぶ権利は彼らにある。

でも教室にはスカイプもつながっていて、午前中は公開しているので、園児たちはいつでも好きなときにチンパンジーの様子を見られるし、チンパンジー側も園児をチェックできる。いまここに残っているのは六頭だけだ。三頭――ヘイゼル、ベニー、スプラウト――はファーンより若く、二頭――アバンとハヌー――は年長でどちらもオスだ。つまりファーンは最大でもなければ最年長でもなく、オスでもない。けれども私の観察によれば、彼女が一番高い地位にいる。ハヌーがファーンに対して、腕をのばして手首をぶらりとさせる哀願のポーズをするところを見たことがある。でもファーンが他のだれかにこのポーズをするのを見たことはない。さあどうです、ドクター・ソーサ。

幼稚園児たちには、私の姉ファーンより姪のヘイゼルのほうがずっと人気がある。一番人気は、最年少でまだ五歳のスプラウトだ。スプラウトはファーンと血縁関係はないのだが、ファーンよりこの子を見ていると、いろいろなことを思い出す。スカイプでは大人のチンパンジーの様子を追うことはめったになくて、もっぱら扱いやすい赤ちゃんたちばかり見ている。ファーンはずんぐりして動きも鈍くなった。長年の疲れがたまってきたのだろう。

うちの園児たちはファーンのことをちょっと意地悪だと言うけれど、私に言わせれば単によい母親なのだ。彼女はセンターの社会生活を仕切っていて、勝手なまねは許さない。諍いがあれば止めに入り、両者にハグさせて仲直りさせる。

スカイプにはときどき私の母が現われて、仕事の帰りに何々を買ってきてと頼んだり、歯医者の予約を忘れないようにと注意したりする。母は毎日センターでボランティアをしている。目下の仕事はファーンが好物を食べられるように見とどけることだ。

母がはじめて入っていったとき、ファーンは絶対に母のほうを見ようとしなかった。ガラスに背中をつけて立ち、母とヘイゼルが何を話しているか振り向いて確かめようとさえしなかった。母はファーンが大好きだったピーナツバタークッキーを焼いていって差し入れたが、ファーンは食べるのを拒んだ。「私のことがわからないみたい」と母は言った。でも私は逆の証拠だと思った。ファーンが理由もなくピーナツバタークッキーを拒むはずがない。

母がはじめてチンパンジーにランチを届けた日――そのためにトレイを通せるだけの大きさの窓が作ってある――向こう側でファーンが待ちかまえていた。ファーンは手をのばして母の手をつかんだ。すごい力で握られたので、母は痛くて何度も放してと頼んだが、ファーンは聞こえたそぶりを見せなかった。ずっと無表情で尊大な態度をとっていた。母は放してもらうために嚙みつかねばならなかった。

でもその後は徐々に態度がやわらいできた。いまでは母とサインを交わし、ほかのだれよりも母の動きを注意深く追っている。ファーンはガラスの内側、母は外側にいるが、可能なかぎり母のあとをついてまわる。クッキーも食べる。ファーンのベビーブックには、ファームハウスのキッチンでファーンと私がテーブルにつき、泡立て器をなめている写真がある。ファーンは泡立て器を鶏の脚みたいに齧っている。

はじめのうち私は、ファーンに父やローウェルのことを訊かれたらどうしようと心配していた。かつて私たちは、老人ホームに入っているジョーお祖父ちゃんに父が亡くなったことを何度も何度も説明しなければならなかった。それでも五分後には同じことを訊いてきて、絞り出すような声で、わたしはひとり息子が会いにもきてくれないほどひどいことをしたんだろうかと言うのだった。でもファーンはどちらのことも一度も話題にしなかった。

うちの園児とチンパンジーたちは、ときおり合同で工作プロジェクトを催す。センターに出向くこともあれば、スカイプですることもある。フィンガー・ペインティングをしたり、紙に糊を塗ってラメを撒いたり、粘土の皿に手形を押したり。センターはときどき資金集めのパーティーを開いて、チンパンジーの作品を売る。私たちのタウンハウスの壁にもファーンの作品が何点か飾ってある。私のお気に入りはおそらく鳥を描いたもので、薄色の空を横切るように黒っぽい斜線が入っている。創造物にもアーティストにも、檻はどこにも存在しない。

センターでは棚また棚のビデオが分析を待っている。研究員のデータ解析が十年以上も遅れているのだ。現在センターに残された六頭のチンパンジーは、科学ゲームからは引退ずみだ。だから私たちが立ち入るのはチンパンジーにとってよい刺激になると歓迎されており、いまさら実験結果の混乱を心配する必要もない。

六頭のチンパンジーは現状では最良のケアを受けてはいるものの、けっして羨まれるような身分ではない。屋内にももうすこしスペースが必要だし、屋外はなおさらだ。彼らには小鳥や木々やカエルのいる小川や虫のコーラスなど、手つかずの自然が必要なのだ。毎日の生活にもっと驚きがほしい。

夜、ベッドに横になると私は、かつてファーンと暮らすツリーハウスを夢見たように、人間が暮らす家を思い描く。守衛所のようだがもっと大きい、寝室が四つと浴室が二つある家。正面玄関は広大な敷地の唯一の入口になっている。家の奥の壁は一面の防弾ガラスで、ハナミズキやウルシやセイタカアワダチソウ、ツタウルシの生い茂る二万坪かそれ以上の敷地を見渡せるようになっている。私の空想の世界では人間のほうが家に閉じ込められ、チンパンジーだけが敷地内を自由に走りまわれるのだ。センターにいる六頭に加えて、できれば私の甥のベイジルとセージも呼び寄せたい。でもそこまで考えたところで、すべて単なる空想にすぎないことがわかる。成長しきった二頭のオスを既存の集団に入れるなんて、危険で愚かしい思いつきだから。

ここ数年、チンパンジーによる恐ろしい傷害事件が何度か報じられている。私はファーンを怖いとは思わない。それでもファーンと私が二度と触れあえないこと、お互いの腰に手をまわして並んですわったり、二人で一人みたいに前後にはりついて歩いたりできないことはわかっている。この夢のサンクチュアリが、私に想像できる最善の解決策なのだ――全体を電気柵に囲まれ、防弾ガラスで隔てられた住まいが。

それには幼稚園教師の給料では足りない。日記を児童書として出版しようというのは、母のアイデアだった。もとの日記は母が書き、最終版をまとめる仕事もほとんど母がやったのだが、カバーには洒落で、共著者としてファーンと私の名前が入れてある。純益は直接センターに振り込まれ、チンパンジーの屋外施設を拡充するための基金に組み込まれることになっている。本には寄付を募る葉書も挿入する予定だ。

出版社は勢い込み、強気になっている。刊行日は私の夏休み中と決まった。宣伝部ではテレビ出演も想定しているようだ。深く考えるとパニックになってきて、ラジオより新聞、テレビよりはラジオ、いっそまったく注目されなければいいのにとまで思ってしまう。

不安の半分は、例によって人目にさらされることへの恐怖だ。夏になったら、もう隠れてやり過ごすことはできなくなるのかと思うと恐ろしい。なじみの美容師から英国女王まで、だれも彼もに私の正体を知られるなんて。

もちろんそれは真実の私ではなく、一般受けして好かれやすいように画像修正された私だ。幼稚園教師の私であって、一度も子どもを産まずに終わる私ではない。双子の姉を愛する私であって、姉を家から追い出した私ではない。私はいまだに本当の自分でいられる場所を見つけていない。そもそも本当の自分でいることなど、だれにもできないのかもしれない。

以前の私はモンキーガールを自分だけの問題だと思っていた。でもいまは社会的な脅威になりかねないことがわかっている。だから昔ながらの露出への恐怖のほかに、モンキーガールぶりをどこまで見せるかを読み違えて何もかもぶちこわしにするのではないかという、べつの恐怖が加わった。私が何をやっても愛されるなどというデータはない。あっというまに中学時代に逆もどりするかもしれない。今回は廊下や教室はないが、かわりにタブロイド新聞やブログがある。

私がみなさんの見ているテレビに出演しているとしよう。私はきちんとした人間らしくふるまおうと努力している。テーブルの上に登ったりソファで跳びはねたりはしない。ところがじつは過去にテレビでそういうことをした人間は何人もいて、人類から除外されたりはしていないのだ。それでもあなたは考える――不思議だなあ、この人はどう見ても正常だし、見ようによっては美人ともいえるほどなのに、どこか変なところがある。はっきりこれと指摘はできないのだけど……。

私には不気味の谷現象を起こさせる何かがあるらしく、それで相手を引かせてしまう。あるいはイラッとさせる。そう言われることは多い。でもどうかファーンのせいにはしないでほしい。ファーンのことはだれでも好きになるはずだ。

メディア対応はできれば母に頼みたいところだったが、母の場合は罪のない被害者では通らない。スタジオの観客に罵声を浴びせられるかもしれない。

というわけで、私が登場するはめになった。『ブルーミントンの仲良し姉妹』の人間側の相棒、移り変わる幻影のようなローズマリー・クックが旅回りのショーに出演。私がしゃべることはすべて双子の姉のためだ。そんな私は尊敬を集める。ファーンも目に見えない影響力をもつ。それが私たちの計画だ。

それが計画だった。

6

私の話を聞きたくないのなら……

マダム・ドファルジュ演じる姉の一生をご覧いただこう。

昔むかしあるところに、お父さんお母さんと息子がひとりに娘が二人の、幸せな家族が住んでいました。姉娘は賢くすばしこく、毛皮におおわれてとてもきれいでした。妹娘は平凡な少女でした。それでも両親と兄は姉妹をわけへだてなく愛していました。

たいへん（モン・デュー）！　ある日姉娘が邪悪な王様に捕えられてしまいました。王様は彼女を牢屋に入れて、だれとも会えないようにしました。そして逃げられないように魔法をかけました。王様は毎日、おまえは醜いと娘に言いつづけました。悪い王様は死にましたが、魔法はとけませんでした。

魔法をとくことができるのは、おおぜいの人間だけです。おおぜいの人が来て、娘の美しさに気づかなければなりません。おおぜいの人が牢屋にやってきて、この娘を解放しろと要求しなければなりません。人びとが立ちあがったときはじめて、魔法がとけるのです。

さあ、立ちあがりましょう。

二〇一一年十二月十五日のニューヨーク・タイムズで、国立衛生研究所がチンパンジーの生物医学的および行動学的研究に対する新規助成金をすべて停止するというニュースが報じられた。将来的にチンパンジー研究は、ヒトの健康のために必要なリサーチで他に代替手段がないと認められた場合だけ、助成されることになる。例外の可能性は二つ、現在進行中の、免疫とC型肝炎についての研究だ。とはいえこの記事の骨子は、チンパンジー研究の大半はまったく不必要と結論づけられたことにあった。

小さな勝利。ファーンと私はこのニュースをシャンパンで祝った。父はむかし、大晦日の夜だけ私たちにシャンパンをひとなめさせてくれたものだ。するとファーンはいつもくしゃみをした。

はたしてファーンは憶えているのだろうか。彼女が今回の祝杯を大晦日と混同していないことはたしかだ。センターでは祝日をきちんと祝っていて、ファーンはその順番をはっきり憶えている——まず仮装のお面をかぶる日があって、つぎに七面鳥を食べる日。お菓子のついたツリーの日のあとで、ベッドに入らなくていい日が来る。

私はよくファーンの記憶について考えてみる。ローウェルは言った。ファーンはすぐ俺に気づいた。母は言った。ファーンは私がわからないみたい。

京都大学の研究によれば、ある種の短期記憶のテストではチンパンジーがヒトを上回る。しかもはるかに優秀だ。はなから競争にもならないくらいに。

それにくらべて長期記憶は調査が難しい。一九七二年、エンデル・タルヴィングが「エピソード記憶」という用語を創造した。これは時間や場所（いつ、どこで、何を）と関連した人生の個人的経験を記憶し、のちにエピソードの意識的な再体験として、一種のメンタル・タイムトラベルのように思い出すことのできる能力のことだ。

タルヴィングは一九八三年に書いている。「動物王国の他のメンバーも、学習し、経験から学び取り、適応して順応する能力や、問題を解決して決断を下す能力を身につけることはできる。しかし、自分の記憶の中の過去に旅することはできない」エピソード記憶は人間だけに与えられた才能だと、彼は述べた。

なぜそう断言できるのかは明確でない。私の印象では、これだけは人間にしかできないと断言されるたびに——羽根なしの二足歩行、道具の使用、言語——ほかの種が現れてさらっていってしまうような気がする。謙遜が人類特有の美徳なら、もうすこし慎重になることを学んでもよかったものを。

エピソード記憶は多分に主観的で、「過去性の感覚」といわれるものと、回想の内容が正しいという自信（たとえ間違っていても）をともなう。こうした内面性は、他の種では観察されない。だからといって存在しないとはいえない。存在するともいえない。

ほかの種でも、エピソード記憶が働いている証拠——個々の体験の何、どこ、いつを思い出せる——を示すものはある。アメリカカケスのデータはとくに説得力がある。

じつはヒトは「いつ」を記憶するのがあまり得意ではない。いっぽう「だれ」は非常によく憶えている。チンパンジーは社会的動物なので、同じではないかと思う。

ファーンは私たちを憶えているだろうか？　憶えてはいるけれど、記憶の中の私たちと同じだとは気づいていないのだろうか？　私たちの外見はまったく変わってしまったし、ファーンが子どもは大人になること、ヒトもチンパンジー同様年を取ることを知っているかどうかわからない。チンパンジーが二十二年前のことをどんなふうに憶えているかなんて、研究した人はいないからだ。

それでも私は、ファーンには私たちがわかっていると思う。決定的とまではいかなくてもかなり説得力のある証拠ももっている。データに厳格な父の影がちらついて、主張をためらわせているだけだ。

7

この二月のこと、私の広報エージェントが、ありがたくない驚くべきニュースを電話で知らせてきた。午前中いっぱい、さまざまなメディアから取材申し込みが殺到したというのだ。そして聞き慣れた名前をならべたてた——チャーリー・ローズ、ジョン・スチュワート、バーバラ・ウォルタース、「ザ・ビュー」。出版社は刊行日を早められるかどうか検討しているがどう思うか？　私のほうの作業は終わるか？　この知らせを伝えるときの彼女の口調は奇妙に静かだった。私はこうしてローウェルが逮捕されたことを知った。

ローウェルが捕まったのはオーランドで、ずっと『戦争と平和』並みの厚さになる容疑に加え、警察は彼がシーワールド襲撃計画の最終段階にいたと主張していた。間一髪で阻止したのだ。

身元不明の女性共犯者はなおも逃走中だった。

母と私が日記の出版を決めたのは、ファーンのためだ。ふたりぶんのノートを一緒にすると、かわいくて楽しい子ども向けの本になった。「ファーンとローズマリーは姉妹です。ふたりはいなかの大きなおうちに住んでいました」。このお話のなかには、ローストターキーみたいに縛り上げられた女性もいなければ、殺された子猫もいない。書いてあることはすべて事実だけれど——「真実のみを述べることを誓います」――すべての事実を書いたわけではない。子どもたちが知りたがり、ファーンにとって必要だと思う事実だけを書いた。

その事実はローウェルにとって十分ではない。

だからこの物語はローウェルのために書いた。そしてファーンのために。またしてもファーン、いつもファーン。

私の兄と姉はふたりとも非凡な人生を送ってきた。でも私はそばにいなかったから、その話はできない。しかたがないのでここで自分の経験を語るしかないのだが、私が語ったことはすべてふたりの話であり、ふたりがいるべきだった場所を示す、チョークの線である。三人のきょうだいに、ひとつの話。

私が語り手になっているのは、私だけが檻の外にいるからだ。

私はこれまでの人生の大半を、ローウェルとファーンと自分の話を口走らないように気をつけながら生きてきた。雄弁に語ろうとするには練習が必要だ。ここで私が語ったことは、その練習だと思ってほしい。

今後うちの家族に必要なのは、雄弁な語り手なのだから。

ここでローウェルの無実を論じるつもりはない。兄がシーワールドのシャチ飼育場を残酷で醜悪だと考えたことはわかる。つぎの死者が出る前にシーワールドを阻止しなければと考えたのもわかる〔オーランドのシーワールドで二〇一〇年に、シャチが飼育員を死なせる事故が起きている〕。ローウェルが、考えるだけでなく実行せずにいられないのもわかる。

だから容疑は本当なのだろう。ただし、「シーワールド襲撃」は爆弾かもしれないし、ただの落書きとキラキラとパイ投げだったかもしれない。政府はそのふたつをあまり区別しないように見える。

だからといって、ローウェルが深刻な被害を与える事件を画策していなかったと言いたいわけではない。人間の共通語はカネだ、とずっとずっと前にローウェルは私に言った。人間とコミュニケートしたいなら、その言葉を学ばなければならないと。私はただ、ＡＬＦは動物も人間もその他のものも傷つけない主義だということを思い出してもらいたいだけだ。

ローウェルがもっと早く捕まってほしかったと思っている自分に気づく。一九九六年に私の手で警察に引き渡してしまえばよかった。あのころなら容疑はもっと少なくて、この国もまだ民主主義国家の体裁を保っていたのに。刑務所には送られただろうが、いまごろは刑期を終えて家に帰っていただろう。一九九六年なら、テロリズムで逮捕された市民にも人権があった。ローウェルは拘束されて三か月経つのに、まだ弁護士との面会を許されていない。彼の精神状態は芳しくない。

とにかく私はそう聞いている。母と私も面会を許されていないからだ。新聞やウェブには最近の写真が載っている。どこから見ても正真正銘のテロリストだ。突っ立った髪、もじゃもじゃのひげ、落ちくぼんだ目。連続爆弾魔ユナボマーの目つき。ローウェルは逮捕されてから、ひとことも口をきいていないと新聞で読んだ。

ほかの人はみなその沈黙に戸惑っているけれど、私にとって理由は火を見るより明らかだった。十六年前に会ったときも、すでに道半ばだったと思う。兄は動物として裁判にかけられるつもりなのだ。人間以外の存在として。

動物が裁判に関わったことは以前にもある。ＡＬＦの米国内での最初の活動は、一九七七年にハワイ大学から二頭のイルカを海に逃がした事件だとされる。実行者たちは重窃盗罪で起訴された。イルカには人格がある（イルカのスーツを着た人間、と被告のひとりは言った）という当初の弁護側の主張は、即座に判事によって否定された。裁判所が適用している人格の定義というのが私にはよくわからない。イルカは篩にかけられてしまうのに、企業はうまく滑り込めるというしろものだ。

二〇〇七年にはウィーンで、マティアス・ハイアスル・パンというチンパンジーのための訴訟が起こされた。裁判は最高裁まで持ち込まれ、チンパンジーはモノであって人ではないという判断が下された。ただし裁判所も、ハイアスルを分類できるような第三の法的カテゴリー——人間でもなくモノでもない——が欠落していることを認めた。

人間以外の動物には優秀な弁護士が必要だ。一五〇八年には、バルテルミー・ド・シャスネがフランスの田舎のネズミを見事に弁護して、富と名声を勝ちとった。ネズミたちは畑の大麦を食い荒らした罪と、裁判所の命令を無視して出廷せず、釈明しなかったために告訴された。このときバルテルミー・ド・シャスネは、ネズミたちが出廷しなかったのは通り道で村の猫に襲われないよう裁判所が適切な防護手段を取らなかったからだと主張し、弁護に成功した。

私は最近トッドのお母さんと連絡を取り合っていて、ローウェルの弁護を引き受けてもらえるのではないかと期待している。興味を持ってくれてはいるのだが、なにぶん複雑な裁判でかなり長引くことになるだろう。巨額の資金が必要だ。

結局すべては金なのだ。

トマス・モアのユートピアに金はないし、私有地もない——そんなものはユートピア人には醜すぎる。彼らは人生の粗野な面から庇護されなければならない。近隣の部族ザポレッツが彼らのぶんまで戦争をしてくれる。彼らのために食肉処理をするのは奴隷たちだ。トマス・モアは、ユートピア人にそんな仕事をさせたら、繊細な愛情や慈悲の心を失ってしまうのではないかと心配らしい。ザポレッツは殺戮や略奪がこよなく好きだと聞かされているからまあいいとして、食肉処理が奴隷たちに与える影響についてはは論じられていない。ユートピアも万人のためのユートピアではないのだ。

そこでまたローウェルの話にもどることになる。ローウェルは二十年以上も畜産工場や、化粧品や製薬会社の研究所にスパイとして潜入して働いてきた。私たちが目をそむけて見ようとしないものを見て、だれもやらされてはならない仕事をしてきた。その間自分の家族も将来も犠牲にしたうえに、いまは自由まで奪われている。彼は、モアが汚い仕事をさせようとしたような極悪人ではない。ローウェルが生きてきた人生は、彼自身の最大の美徳、人間ならだれでも最大の美徳とされるもの――共感、思いやり、忠実、愛情――の直接的な結果だ。これだけは認めておく必要がある。

私の兄は大人になるにつれて危険になっていった。姉も同じだった。それでも私たちにとってはかけがえのない家族であり、家に帰ってきてほしいと思う。わが家にはふたりとも必要なのだ。

真ん中から話す、というのは子どものころ考えたよりずっと曖昧な概念だということがわかった。要するにどこでも好きなところを選べるわけだ。それは始まりでも同じだし、終わりでも同じことだけれど。もちろん私の話はまだ終わったわけではない。事件が決着していないという意味では。とりあえずここで語るのをやめるというだけだ。

最後に、かなり以前にあった出来事で物語を終えようと思う。引き離されて二十二年後に、双子の姉に再会したときの話をしめくくりにするつもりだ。

私がどう思ったかは説明できない。どんな言葉でも言い表せない。私の身体の中に入り込んだ人にしか理解できないだろう。でもとにかく、私たちがしたことはこうだ。

それまでに母はもう二週間ほどファーンを訪ねていた。ふたりでいきなり出ていってショックを与えたくなかったので、私はすこし待つことにした。当初母への反応が冷たかったので、私はさらに待った。ファーンと母がサインを交わすようになってしばらくして、母はファーンに私が来ることを告げた。

私は事前にいくつかの品物を届けておいた。古いペンギンのデクスター・ポインデクスター。ファーンが憶えているかもしれないから。さんざん着古したセーター。私の匂いが染みついていると思ったから。そして赤いポーカーチップ一個。

ファーンに会う日、ポーカーチップをもう一個持っていった。見学室に入った。ファーンは奥の壁際にすわって雑誌を見ていた。私が最初に見分けがついたのは耳だけだった。ほかのチンパンジーより高く突き出していて、まるいのだ。

私はエチケットどおりに身をかがめ、ふたりを隔てているガラスのほうへ歩いていった。こちらを見ているのがわかったところでファーンの名前をサインで作り、それからふたりで考案したローズマリーのサインをした。私は真ん中にポーカーチップをはさんだまま、てのひらを防弾ガラスに押しつけた。

ファーンが重そうに立ちあがって近づいてきた。彼女は自分の大きな手を私の手に当てると、指をすこしまるめて、ポーカーチップを取ろうとするようにひっかいた。私が空いた手でもう一度私の名前のサインをすると、彼女も同じサインを返してきた。でもファーンが私を思い出したのか、礼儀としてやっているのかはわからなかった。

そのとき彼女がガラスにおでこをつけた。私も同じようにして、私たちは顔と顔と寄せあったまま、とても長いあいだじっと見つめあった。その場所からは、涙に浮かぶさまざまなパーツだけしか見えなかった――

ファーンの目
ふくらんだ鼻孔
顎にぽそぽそと生えた毛と、耳を縁どっている毛。
小さく上がったり下がったりする丸い肩
彼女の息で白くなったり消えたりするガラス

ファーンが何を考えているか、感じているか、私にはわからなかった。彼女の身体は私に縁のないものになっていた。それでいて同時に、私は彼女のすべてを記憶していた。私の双子の姉、ファーン。この広い世界でたったひとつの赤いポーカーチップ。まるで鏡を見ているみたいに。

謝辞

今回は本当に多くの方にお礼を言わなければならない。

ワシントン州エレンズバーグ市「チンパンジーと人のコミュニケーション研究所」のタトゥ、ダル、ルーリス、そして同じ動物である人間たちに。

ヘッジブルック・リトリートのすばらしい面々に。スタッフと仲間の多くのレジデントは、私がまさに必要としているときに励ましと居場所を提供してくれた。とりわけ驚異的に頼りがいのあるルース・オオゼキの友情と支援には、感謝してもしきれない。

書くことに行き詰っていた私を暗がりから救い出してくれた、敬愛する友人のパット・マーフィーとエレン・クレージスに。

ブルーミントンの住民についてのリサーチをお願いしたミーガン・フィッツジェラルドに。

本書のさまざまな部分を読んで検証していただいた多数の校正者のみなさんに――アラン・エルムス、マイケル・ブラムライン、リチャード・ラッソ、デビー・スミス、ドナルド・コチス、カーター・ショルツ、マイケル・ベリー、サラ・ストリーチ、ベン・オーロヴ、クリントン・ローレンス、メリッサ・サンダーセルフ、サンダー・キャメロン、アンガス・マクドナルド。

また原稿を一度ならず通して読み、明晰で有益な助言を与えてくれたミカ・パークス、ジル・ウルフソン、エリザベス・マッケンジーに。

同じく原稿を読み、動物学理論について解説いただいたカーラ・フリクセロ博士に謝意を表したい。

故ウェンディ・ウェイルと、ウェイル・エージェンシーのエミリー・フォーランド、エマ・パターソンに心からの感謝を捧げる。いつものとおり、有能なマリアン・ウッドにも。

とはいえ、本書が生まれたのは私の娘のおかげである。ある年に新年のプレゼントとして本書のアイデアを贈ってくれたうえに、執筆中もつねに貴重なフィードバックを与えてくれた。娘と息子はまた一九九〇年代の大学生活について彼らが見聞きした情報を提供し、夫はいつものように私を惜しみなく支えてくれた。

訳者あとがき

アメリカの作家には「家族」というものへのオブセッションがあるようだ。アップダイクからアン・タイラー、ジョナサン・フランゼンなど、苦笑いしながら読み進むうちに胸が張り裂けそうになる家族の物語には事欠かない。カレン・ジョイ・ファウラーのきわめつけに面白い新作 *We Are All Completely Beside Ourselves*（二〇一三年）も、間違いなくこの系譜に入るだろう。本書は二〇一四年のＰＥＮ／フォークナー賞とカリフォルニア図書賞を受賞、同年のマン・ブッカー賞最終候補に選ばれたほか、ファウラーは同じく二〇一四年全英図書賞の国際作家賞を受賞した。

物語の冒頭から読者は、主人公の語り手ローズマリー・クックの兄と双子の姉が失踪してすでに十年以上経つことを知らされる。この時点でローズマリーはまだ大学生なのだから、穏やかな話ではない。じつはクック一家には、かつてどの小説にも書かれたことのない驚くべき秘密があったのだ。

本を読み始める前に「あとがき」をぱらぱらめくってみる癖のある読者へ。綿密に練り上げられたこの小説のサプライズを作家の意図どおりに味わいたい方は、どうか先を読まずに本文にもどっていただきたい。サプライズは本編の第二章の中ほど、正確に言えば八九ページで明らかになる。

ローズマリーの父は、インディアナ大学の心理学教授。動物行動心理学を専門にしている。彼は自分の家族をモデルにある実験を試みた。娘のローズマリーと、数か月前に生まれたチンパンジーのファーンを双子として育てたのである。ふたりは昼夜を分かたずいっしょに過ごし、やがてローズマリーはファーンの気持ちをすべて理解する代弁者になる。小説の原題は、「ふたりで大はしゃぎ」というやや時代がかったイディオムと、常に寄り添っている、という文字どおりの意味とを掛け合わせたダブルミーニングになっている。それはつまり、ローズマリーがチンパンジーの習性を身につけ、いっぽうファーンは自分を人間だと思い込んで育ってしまったということでもある。

五人家族に大勢の大学院生を交えたにぎやかで幸福な日常は、ある日突然終わりを告げる。祖父母に預けられた五歳のローズマリーが家に帰ってみると、ファーンがいなくなっている。父は酒に溺れ、母は神経を病んで引きこもる。十歳上の兄ローウェルは家族に心を閉ざし、高校卒業間際についに家出してしまう。愛する妹を救い出したい一心でファーンが送られた研究施設に侵入したローウェルは、ドメスティック・テロリストとしてＦＢＩに手配される身になる。

一見荒唐無稽に思えるストーリーだが、じつは多数の実例が存在するらしい。早くは一九三〇年代から八〇年代初めにかけて、アメリカではチンパンジーを家庭で里子として育てる言語活動実験が盛んに行なわれた。しかしチンパンジーは子どものうちこそかわいいが、大人になると「猛獣」と化す。手に負えなくなった成獣が悲惨な末路をたどったケースも多々あるという。

アメリカでは、ある研究が学会の注目をひくと、他の研究者も争ってとびつき、一種の「流行」をつくり出す。その結果、膨大な数の論文が発表される結果になるが、やがて「流行」が下火になると、研究費はたちまち削られて、問題は残されたまま研究者の関心は別の方向へ向かってしまう。チンパンジーの言語学習の研究もその通りの経過をたどり、それが用ずみになったチンパンジーの悲劇にもつながっている。(『悲劇のチンパンジー』ユージン・リンデン著　岡野恒也・柿沼美紀訳　どうぶつ社「訳者あとがき」より)

だがファウラーは、この扱いにくい素材を持ち前の鋭い洞察力で料理して、家族の愛と崩壊と再生の物語としてみごと仕上げてみせた。それには本書の複雑にして緻密な構成がものを言っている。語りは「真ん中」から、つまりローズマリーの大学時代から始まり、ファーンの失踪の背景を探りつつ過去の幼児期にもどり、何度も行き来したのちに、ファーンに再会する「現在」で終わる。時空を超えて移動しながら、まったく綻びがない。もともとサイエンス・フィクション作家として世に出たファウラーの面目躍如たるところだ。あるインタビューの中でファウラーは物語を真ん中から始めた理由を問われ、読者にはまずファーンをローズマリーの姉として知ってもらい、チンパンジーという要素を二義的にしたかったのだと答えている。

一人称のユーモラスな語り口に加えて、複雑な構成を無理なく読ませるテクニックのひとつが、リフのように巧みに繰り返されるさまざまな言葉、フレーズ、あるいはイメージである。「ビッグワード」、「不気味の谷現象」、マダム・ドファルジュの腹話術人形、一九九〇年代のアメリカの大学生が使っていた「Loser」(終わってる)などのハンドサインと、ファーンが使う手話サインなど、挙げればきりがない。(ちなみにファーンがローウェルを呼ぶときのサインは、Loserと同じLだ)。重いテーマに反して、軽いサブカルの要素が絶妙に配置され、あげくは『ジャングルの王者ターちゃん』まで登場するのも、日本の読者には堪えられないところだろう。

訳者にとって本書は『ジェイン・オースティンの読書会』（白水社）に続き、カレン・ジョイ・ファウラー作品二冊目の翻訳にあたる。

ファウラーは一九五〇年インディアナ州ブルーミントン生まれ。カリフォルニア州サンタバーバラ在住。夫と一男一女がいる。カリフォルニア大学バークレー校で政治学を、同デイヴィス校大学院で日本と中国を研究した。一九八五年にSF短編作家としてデビューし、ジョン・W・キャンベル新人賞、ネビュラ賞、世界幻想文学大賞などをつぎつぎに受賞する。五作目の長編でこれまでとは趣を異にした『ジェイン・オースティンの読書会』（二〇〇四年）が、おりしも全盛期を迎えた読書会ブームに乗ってベストセラーになり、各国で翻訳もされて、広く一般読者に知られるようになった。この小説はその後映画化され、原作から軽い皮肉や毒気をすっかり取り去ったハリウッド・バージョンも人気を集めた。六作目の『ウィッツ・エンド』（二〇〇八年）は小説の近未来を扱った実験的な作品だったが、長編七作目にあたる本書で再び広く注目を浴びたわけである。

しかし作家の説明によると、この小説の構想は二〇〇〇年から温めつづけてきたものだという。原書のペーパーバック版には、ファウラー自身が本書の成り立ちを書いたエッセイがついている。ファウラーの父は、ローズマリーの父親と同じインディアナ大学の心理学教授で、ラットを使った実験を行なっていた。大学の研究所にはアカゲザルのケージもあり、ファウラーは子どものころ、近づくと怒って檻に体当たりしてくるサルたちを見て、父の実験がこれでなくて本当によかったと思っていたらしい。ローズマリーの幼児期の描写に圧倒的なリアリティーがあるのは、作家自身の実体験が色濃く投影されているからだ。

ミレニアムと騒がれた二〇〇〇年の新年、ファウラーは長女に誘われてインディアナ州ブルーミントンの生家を再訪した。大学のキャンパスに行き、父の研究所の跡地を娘に見せた。ここでかつてケロッグ博士が、チンパンジーを自分の息子といっしょに育てる実験をして言語学習上の発見をしたことを話したところ、海洋生物学を専攻して現在はアシカの学習行動を研究している長女は即座に言ったそうだ。「実験台になったその男の子は、どんな思いをしたのかしら。それを小説に書くべきよ」

アーシュラ・ル・グィンがいみじくも述べた通り、「カレン・ジョイ・ファウラーは、ずっと自分の中にあって書くべきだった物語を書いた」のであろう。

なお、各章のエピグラフになっているフランツ・カフカの「ある学会報告」は、池内紀訳（白水ｕブックス『断食芸人』収録）を使わせていただいた。

個人的な感想になるが、作者とほぼ同年代で同じく娘と息子を持つ私にとって、本書の翻訳は単なる仕事以上の意味があったような気がする。本書を訳出する機会を与えてくださった白水社と、いつものように丁寧に訳文をチェックしてくださった編集部の糟谷泰子さんに、この場を借りて篤く御礼申し上げたい。

二〇一六年十二月

矢倉尚子

訳者略歴
上智大学文学部英文学科卒
主要訳書
ウェルドン『男心と男について』
ミン『マダム毛沢東——江青という生き方』(集英社)
トマリン『ジェイン・オースティン伝』
ファウラー『ジェイン・オースティンの読書会』
フォスター『大学教授のように小説を読む方法』
ナフィーシー『語れなかった物語——ある家族のイラン現代史』(以上、白水社)

私たちが姉妹だったころ

二〇一七年一月二〇日 印刷
二〇一七年二月一〇日 発行

著　者 カレン・ジョイ・ファウラー
訳　者 © 矢倉(やぐら)尚子(なおこ)
発行者 及川直志
印刷所 株式会社理想社
発行所 株式会社白水社

東京都千代田区神田小川町三の二四
電話 営業部〇三(三二九一)七八一一
編集部〇三(三二九一)七八二一
振替 〇〇一九〇-五-三三二二八
郵便番号 一〇一-〇〇五二
http://www.hakusuisha.co.jp

株式会社松岳社

ISBN978-4-560-09532-4
Printed in Japan

語れなかった物語

ある家族のイラン現代史

アーザル・ナフィーシー 著／矢倉尚子 訳

政治家の両親のもとに生まれた少女の生活が、平穏だったことはなかった。「毒親」との確執と、家族を、一族を飲み込んでいく政界の陰謀やイスラーム革命の粛清の嵐……。生の回想録。

オデュッセイアの失われた書

ザッカリー・メイスン 著／矢倉尚子 訳

ホメロスの叙事詩『オデュッセイア』の別バージョンが発見された⁉　トロイア戦争の英雄オデュッセウスの冒険を、人間心理に対する深い洞察をもって描いた、奇想と幻想の短編集。